CHRISTIAN BOURGOIS ÉDITEUR
8, rue Garancière – Paris VIe

Du même auteur
dans la collection 10/18

VENDREDI, ON SOUPÇONNE LE RABBIN, nº 1560.
SAMEDI, LE RABBIN SE MET À TABLE, nº 1578.
DIMANCHE, LE RABBIN EST RESTÉ À LA MAISON, nº 1705.
LUNDI, LE RABBIN S'EST ENVOLÉ POUR ISRAËL, nº 1803.
MARDI, LE RABBIN A VU ROUGE, nº 1891.
MERCREDI, LE RABBIN A PLONGÉ, nº 1970.

JEUDI, LE RABBIN EST SORTI

PAR

HARRY KEMELMAN

Traduit de l'américain
par Lazare RABINEAU

10|18

INÉDIT

Série « Grands Détectives »
dirigée par Jean-Claude Zylberstein

Titre original :

Thursday, The Rabbi Walked out

ISBN 2-264-01345-1

1.

Lorsque son mari préparait un sermon, Myriam prenait soin de ne pas se trouver sur son chemin, non pas par peur de le déranger dans ses pensées, mais pour ne pas lui fournir un prétexte d'interrompre son travail. Car David Small, le rabbin de la communauté conservatrice [1] de Barnard's Crossing, n'aimait pas trop préparer ses sermons pour la bonne raison qu'il n'appréciait pas de les prononcer. Comme d'habitude, il avait commencé par étaler ses papiers, tailler des crayons, ajuster la lampe de sa table de bureau, tout cela pour retarder le moment de commencer. Il était mince et pâle et quand il se penchait pour écrire ses épaules se voûtaient comme il convenait à un érudit. Le fait que sa chevelure clairsemée commençait à grisonner aux tempes ne lui donnait pas un air plus distingué, mais uniquement plus âgé. Il écrivait quelques mots pour les scruter à travers ses épais verres de myope. Puis les barrait, tambourinait avec son crayon sur la table avant de

1. Le judaïsme américain comprend trois tendances : une tendance orthodoxe ou de stricte obédience, une tendance conservatrice assez proche de la tendance dite « libérale » en France et une tendance libérale, peu traditionaliste. (*N.d.T.*)

se mettre à gribouiller des hachures et contre-hachures, des carrés et des cercles, ce qui l'accaparait tant qu'il en oubliait complètement le sermon. Il était enchanté lorsqu'il entendit la sonnerie de la porte d'entrée.

– Je m'en occupe, cria-t-il.

Surgissant de sa cuisine, Myriam dit :

– Ne te dérange pas. C'est probablement le porteur de journaux qui vient encaisser pour la semaine.

Cependant, en ouvrant la porte, elle aperçut la sympathique figure rubiconde de Hugh Lanigan, le commissaire de police de Barnard's Crossing.

Venant derrière elle, le rabbin le salua gaiement.

– Entrez, entrez, commissaire. Myriam était justement en train de faire du café. N'est-ce pas?

En épouse soumise, Myriam confirma :

– Oui, j'ai mis le percolateur en route. Entrez s'il vous plaît. (Elle ne put s'empêcher d'ajouter :) David prépare un sermon, et je sais qu'il cherche une excuse pour s'arrêter.

Lanigan sourit.

– Que se passe-t-il, David? Éprouvez-vous des difficultés pour celui-ci?

– David éprouve des difficultés pour tous ses sermons, fit Myriam avec aigreur.

Elle était petite et avec son pull, sa jupe et ses mocassins elle aurait pu passer pour une adolescente si ses traits avec son menton pointu n'exprimaient pas de la maturité et de la détermination. La masse de ses cheveux blonds empilés sur la tête, comme s'il fallait l'écarter, semblait presque disproportionnée par rapport à sa coquette petite silhouette.

– C'est ainsi? J'aurais cru que vous y preniez du plaisir, dit Lanigan. Vous pouvez les engueuler sans qu'ils puissent vous répondre. Il s'agit d'un auditoire réduit au silence.

Le rabbin grimaça un sourire.

– Je ne tiens pas particulièrement à engueuler les

gens, notamment parce que je suis trop conscient de mes propres faiblesses. Par ailleurs, cela ne sert à rien. Le sermon est un genre de divertissement dispensé par le rabbin pour que les fidèles ne trouvent pas l'office trop pesant. En réalité, ce n'est même pas son rôle d'en prononcer. Dans le temps, le rabbin n'en prononçait pas.

– Voulez-vous dire que lorsqu'une synagogue engageait un rabbin, elle ne s'attendait pas à ce qu'il prêche?

Le rabbin secoua la tête.

– Ce n'était pas la synagogue qui l'engageait. C'était la ville ou la communauté. Et il était engagé pour faire fonction de juge et résoudre les problèmes de droit qui se posaient. Le temps qui restait, il était censé le consacrer à l'étude.

– On le payait pour étudier?

– Pourquoi pas? Les universités subventionnent bien des chercheurs. Pourquoi une communauté ne le feraitelle pas?

– Soit. Et alors, ne prêchait-il pas du tout?

– Selon son contrat, il devait prononcer deux sermons dans l'année : le sabbat avant Pâque et le sabbat avant le Jour du Grand Pardon. Mais il ne s'agissait pas vraiment de sermons tels qu'on les conçoit. C'étaient des dissertations, analogues aux cours d'un professeur de droit. Le rabbin n'exhortait pas la communauté. Le genre de sermon auquel vous pensez, contre le péché, était habituellement prononcé par un prédicateur itinérant appelé *maguid*. Bien entendu, de nos jours, on demande au rabbin de prononcer un sermon par semaine, comme les curés et les pasteurs. Certains rabbins l'apprécient, je suppose qu'ils sont spécialement doués. L'étudiant le plus nul de ma classe au séminaire est un des prédicateurs les plus prestigieux de la région new-yorkaise. Il a une magnifique voix de baryton et peut vous arracher des larmes simplement en récitant l'alphabet. Nous l'appelions la Voix.

– Reuben Levy? questionna Myriam. L'homme aux paraboles?

Le rabbin rit de bon cœur.

– C'est bien lui. (A Lanigan, il expliqua :) Un jour, alors que nous étions réunis, un groupe de séminaristes et leurs épouses, à parler de sermons, car à l'époque on nous expédiait pour un sabbat dans de petites communautés, Levy indiqua que pour préparer un sermon, il ne cherchait pas des exemples ou des paraboles autour desquels il bâtissait une histoire. Il procédait de façon inverse. Quand il avait entendu une bonne histoire, il la gardait en mémoire pour construire un sermon autour d'elle.

– Comme le gars qui s'est taillé une réputation de champion de tir en commençant par tirer pour dessiner ensuite une cible autour du trou creusé par sa balle? avança Lanigan.

– Exactement! confirma le rabbin.

Alors que Myriam s'était rendue à la cuisine pour s'occuper de son café, le rabbin continua.

– Mes propres sermons sont toujours du type dissertation. Voyez-vous, chaque semaine, nous lisons un autre passage du Pentateuque, de sorte que je relie mon sermon au passage hebdomadaire.

– Vous avez donc toujours un sujet, remarqua Lanigan. Voilà qui doit vous faciliter les choses.

– C'est vrai, mais après toutes ces années, je commence à avoir peur de me répéter.

– Ah bon! fit Lanigan en prenant la tasse de café que Myriam lui tendait. Vous est-il jamais venu à l'idée que de toute façon votre communauté ne vous écoute que d'une oreille distraite?

Le rabbin sourit amèrement :

– Merci.

– Non, sérieusement, voilà bien dix ans que vous êtes là?

– Douze.

– Alors, si vous resservez quelques-uns des sermons que vous avez prononcés lors de votre arrivée, qui s'en rendrait compte?

– Moi, répondit le rabbin.

– Écoutez, vous venez de dire que vos sermons sont comparables à des cours professoraux. Or les professeurs donnent les mêmes cours, année après année, non? Je sais que chaque année il y a une nouvelle classe d'étudiants. Mais je serais prêt à parier que depuis les douze ans que vous êtes là, une bonne partie de votre communauté originelle s'est évanouie; certains membres sont décédés, d'autres ont déménagé ou ont pris leur retraite en Floride. D'un autre côté, il y a eu beaucoup de nouveaux venus. Aussi, ce qu'il était important d'apprendre à votre ancienne communauté est demeuré tout aussi important pour les nouveaux membres.

Le rabbin acquiesça.

– C'est assez vrai. Cela se produit graduellement, de sorte que l'on ne s'en rend pas compte; il est certain qu'il ne reste pas beaucoup de membres qui étaient là à l'origine.

– Beaucoup de gens sont venus s'établir dans la région, insista Lanigan.

– Actuellement, nous sommes près de trois cents familles, dit Myriam.

– Trois cents? répéta Lanigan. J'aurais pensé que vous étiez plus nombreux dans notre ville.

– Oh oui! lui accorda le rabbin. Il y a peut-être encore plusieurs centaines de familles qui ne sont pas affiliées à la communauté, dit-il en souriant. A entendre Henry Maltzman, notre président, elles vont toutes nous rejoindre. Il est très fort pour recruter de nouveaux membres. (Il rit.) Il parle toujours d'utiliser de nouveaux trucs pour y arriver.

– Pourquoi ne sont-ils pas tous membres? Dans notre église, dès que quelqu'un emménage sur le territoire d'une paroisse, il est immédiatement sollicité par le curé ou un de ses vicaires. Et s'il ne donne pas suite aux sollicitations, on ne lâche pas prise. Je parierais que dans notre ville il n'y a pas une douzaine de catholiques qui ne soient pas d'une façon ou d'une autre en relation avec la paroisse.

– Votre religion est basée sur l'église, dit le rabbin. Elle se bâtit autour de la messe, la communion et la confession, ce qui nécessite un prêtre et une église. Notre religion est d'abord centrée sur le foyer familial. Le sabbat est célébré à la maison. La fête de Pâque est célébrée à la maison. Par ailleurs, les structures financières sont différentes. Chez nous tout est payé par les membres et la cotisation annuelle s'élève à plusieurs centaines de dollars. C'est beaucoup pour un jeune couple et la plupart des nouveaux sont de jeunes couples. Ils sont venus s'établir car ils ont trouvé des emplois dans les laboratoires de recherche et les usines automatisées de la zone d'activités 128.

– Certaines de ces entreprises sont en train de réduire leur personnel, observa Myriam, et pour d'autres il est même question de fermeture.

– Pensez-vous à la Société Rohrbough? demanda Lanigan.

– On en a parlé, répondit Myriam. Je connais des épouses qui se font du mauvais sang à ce sujet.

– J'ai vu un article dans le journal de dimanche, ajouta son mari, concernant la reprise par une grosse entreprise de Chicago.

– Le Groupe Segal? Lanigan secoua la tête. Il ne faut pas en attendre grand-chose. On a parlé hier soir de cet article à la réunion du Conseil municipal; Al Megrim, qui en sa qualité d'agent de change doit connaître le sujet, a précisé qu'il s'agissait d'un groupe financier et non d'une entreprise à vocation industrielle. Ils achètent des entreprises comme des gosses achètent des photos de vedettes. Dès qu'ils ont pris le contrôle d'une société, ils en tirent un maximum, vendant le stock et tous les actifs, pour ne laisser que des bâtiments vides.

Il posa sa tasse de café et se renversa dans son fauteuil.

– Avez-vous eu des échos sur la réunion d'hier soir?

Le rabbin secoua la tête.

Lanigan remua sur son siège, mal à l'aise. Il s'éclaircit la gorge et dit :

– Il a été décidé de reconsidérer l'implantation des feux de circulation près de la synagogue.

– Mais il y a une semaine, le projet avait été adopté à l'unanimité, protesta Myriam, déconcertée.

– Après des semaines de discussions, renchérit son mari. Y a-t-il eu quelque chose qui ait changé la situation? Nous avons des enfants qui vont tous les après-midi à l'école religieuse et...

– Je sais, je sais, David. Il ne s'agit probablement que de routine, expliqua Lanigan.

– De la routine consistant à adopter une mesure pour la remettre en question la semaine d'après?

– Bon, connaissez-vous Ellsworth Jordon?

Le rabbin secoua la tête.

– Il est propriétaire de terrains dans le coin. Il possède des terrains partout en ville. Par conséquent, il est riverain. Il a écrit au Conseil municipal qu'il aurait dû être avisé. De ce fait, Megrim a demandé de reconsidérer la décision et le reste du Conseil l'a suivi par courtoisie.

– Alors que se passe-t-il maintenant? demanda Myriam.

– L'affaire sera remise à l'ordre du jour la semaine prochaine, dit Lanigan sur un ton apaisant. Je pense que le projet sera adopté. Mais je tâcherai d'être à la réunion, ajouta-t-il.

– Si on constituait une délégation? suggéra Myriam.

Lanigan hésita.

– N... non, je ne suis pas de cet avis. Les conseillers pourraient ressentir cela comme une pression et en concevoir de l'irritation. Après tout, nous sommes en Nouvelle-Angleterre et avons affaire à des Yankees conservateurs. Quand ils pensent être l'objet de pressions, ils sont capables de s'obstiner, voire de s'entêter comme des mules. Ce n'est que mon opinion, vous me comprenez.

Elle lança un regard interrogateur à son mari.

– Je crois que le commissaire a raison, dit le rabbin. Cependant, j'en parlerai à Henry Maltzman. Il vient ce soir.

Tandis que Myriam lavait les tasses et les soucoupes, le rabbin accompagna son visiteur à la porte.

– Qu'y a-t-il réellement derrière ce vote de reconsidération? demanda-t-il. Ce Jordon est-il vraiment tellement fâché de ce que le Conseil municipal ne l'ait pas avisé?

Lanigan s'arrêta sur le seuil.

– Dans une ville de cette dimension, on entend des bruits sur toutes sortes de gens. Pour ma part je les écoute, car il arrive que cela facilite mon travail. J'ai le sentiment qu'il a agi dans ce sens parce qu'il ne vous aime pas.

– Il n'aime pas...

– Les juifs.

2.

Henry Maltzman était un homme de grande taille. Aussi, bien qu'il eût pris un peu de ventre depuis le temps où il avait été capitaine d'une unité de marines durant la guerre de Corée, il tenait la tête droite, le menton serré et les épaules en arrière comme lors d'un défilé. Cependant, la cinquantaine étant venue, il semblait manquer de naturel, comme un bon gros qui essaye de rentrer son ventre à la plage pour épater une belle fille, on s'accordait à trouver qu'il avait de la prestance, même qu'il était bel homme, avec ses joues roses et sa chevelure frisée abondante coupée ras. Les méchantes langues disaient qu'il avait un faible pour les dames, qui le lui rendaient. Et le fait qu'il ait été élu à la présidence de la communauté plaidait en faveur de son pouvoir d'attraction. En effet, il était loin d'être favori pour les élections à la présidence, alors qu'il n'avait appartenu que durant une seule mandature au Conseil d'administration juste après la modification des statuts destinée à conférer le droit de vote aux femmes.

Maltzman prenait un air important pour regarder les Small de sa hauteur. Il avait de petits yeux bleus, qui étincelaient normalement d'amabilité, mais qui pouvaient prendre un ton acier quand on lui tenait tête et qui semblaient dangereusement protubérants dès lors qu'il était en colère. Pour le moment, ses yeux étaient amicaux tandis qu'il serrait la main du rabbin, et qu'il gratifiait Myriam du sourire chaleureux venant automatiquement sur ses lèvres en présence de dames alors qu'elle le débarrassa de son pardessus. Il s'assit sur le siège que lui désigna le rabbin et se releva immédiatement dès que Myriam s'en revint du couloir.

– Oh! vous allez certainement parler des affaires de la synagogue, fit-elle, je vais vous laisser.

– J'aimerais que vous restiez, madame Small, dit-il. Il s'agit évidemment de la synagogue, mais cela vous concerne également. Du moins, je le pense. Je veux vous parler de la place des femmes dans les offices à la synagogue, monsieur le rabbin.

– Aimeriez-vous un thé ou un café? s'enquit Myriam.

– Non rien, merci.

– David?

– Rien pour moi, Myriam.

Maltzman attendit qu'elle fût assise avant de s'asseoir à son tour.

– Maintenant qu'il y a des femmes au Conseil d'administration, commença-t-il, il existe de fortes pressions pour leur accorder une pleine égalité dans la célébration des offices. Évidemment, une telle mesure ne peut pas être décidée par un simple vote majoritaire du Conseil d'administration. Pour une décision aussi fondamentale, nous devons soit organiser un référendum, soit convoquer une assemblée générale.

– Je suis d'accord pour estimer que le Conseil d'administration n'est pas habilité à prendre à lui seul une telle décision, concéda le rabbin. Alors pourquoi ne convoqueriez-vous pas une assemblée générale?

– Parce que nos adversaires ne s'inclineront pas devant le vote, rétorqua Maltzman d'un air contrarié. Kaplan, qui représente les éléments orthodoxes, m'a pratiquement fait connaître que si nous procédions au changement, consistant notamment à compter les femmes pour le mynian [1] et à les appeler à la Lecture, il ne resterait pas; lui et son groupe quitteraient la communauté.

Le rabbin acquiesça.

– Oui, je pense qu'il le ferait. J'ignore combien de membres le suivraient, mais à mon avis s'ils arrivent à être assez nombreux pour créer une autre synagogue, d'autres membres les rejoindront.

– C'est bien comme cela que je vois le problème, admit Maltzman. Aussi me semble-t-il que le moment est venu de faire preuve d'autorité. Il est certain que si le rabbin de la communauté s'engage pour l'égalité, prononce des sermons à ce sujet...

– Ne comptez pas sur moi, monsieur Maltzman, dit rapidement le rabbin.

1. Voir le glossaire en fin d'ouvrage.

– Voulez-vous dire que vous êtes contre moi? Mais pourquoi?

Maltzman était vraiment perplexe.

Le rabbin sourit.

– Vous pouvez le mettre sur le compte d'un traditionalisme naturel. Un changement par trop brutal peut entraîner différents effets, tout à fait imprévus, dont certains indésirables. Il y a une loi sociologique fondamentale selon laquelle on ne peut limiter un changement à un seul élément.

– Est-ce à dire que vous êtes opposé à tout changement?

– Non, je ne suis pas opposé par principe à tout changement. Cependant, je suis un adversaire des changements inutiles. En l'occurrence, il me semble que le changement réclamé est inhérent à l'effervescence soulevée actuellement par le mouvement du Women's Lib, et comme dans toutes les phases initiales d'un mouvement quel qu'il soit, il y a des réactions exagérées. Toute association masculine doit admettre des femmes sous peine de passer pour sexiste. Pour évoquer le genre humain, il ne faut plus parler de l'homme mais de l'humanoïde. Lors d'une réunion à laquelle j'ai assisté, l'orateur, ayant utilisé l'expression « chacun pour soi », fut interpellé par une femme du public lui reprochant de ne pas avoir dit « chacun ou chacune pour soi ». Ridicule! Écoutez, nous sommes une institution vieille de plusieurs milliers d'années. Devons-nous changer pour nous adapter à une nouvelle mode? Faut-il modifier l'air traditionnel du Kol Nidré * parce que la mode est au rock and roll?

– Cependant, il y a eu des changements, monsieur le rabbin.

– Certainement, quand c'était pratique et nécessaire. L'édit de Hillel a modifié les lois de l'année sabbatique pour les adapter à la situation économique de l'époque. Rabbi Guerschom a modifié les lois relatives au mariage et au divorce. Sans parler des nombreuses lois qu'il a fallu modifier car elles étaient devenues caduques du fait de la destruction du Temple de Jérusalem. Le Mouvement conservateur auquel nous appartenons a été créé et s'est développé pour répondre aux conditions de la vie américaine. Des changements ont été effectués quand c'était nécessaire. Mais uniquement en tant que besoin.

Le rabbin fit une pause et comme Maltzman ne répliquait pas, il poursuivit en élevant la voix.

– Elles veulent compter pour le mynian *? Pourquoi? Le mynian * est requis pour la tenue d'un office public; pour qu'il soit réuni, il faut la présence de dix fidèles de sexe masculin ayant atteint leur majorité religieuse. Cette condition étant remplie, tout fidèle, homme ou femme, est le bienvenu s'il veut se joindre à la prière. Cela étant dit, nous arrivons tout juste à nous retrouver à dix aux offices du matin en semaine, grâce à Kaplan et à son groupe d'orthodoxes. Quoi que je dise ou quoi que décide le Conseil d'administration, dès lors qu'il n'y aurait pas dix fidèles adultes de sexe masculin, les pratiquants venant habituellement à ces offices des jours ouvrables estimeront que le mynian * n'est pas réuni et ne participeront pas à l'office.

» Quant à être appelé à la Lecture, il s'agit d'un honneur auquel une poignée de fidèles uniquement peut être conviée lors d'un office. S'agit-il pour autant d'une discrimination à l'encontre du restant de la communauté? C'est bien plus un honneur social qu'un honneur religieux et maints fidèles n'y sont jamais conviés durant toute leur vie d'adulte.

– Et si la communauté en tant que groupe se prononce en ce sens? questionna Maltzman.

– Là, ce serait différent. Si une nette majorité de la communauté en exprime le désir, cela signifierait qu'un changement sociologique majeur dont un tel vote serait l'expression s'est produit en son sein.

Incertain, Maltzman regardait tantôt le rabbin, tantôt son épouse avant de dire :

– Que pensez-vous de tout cela, madame Small?

Myriam rit.

– A vrai dire, monsieur Maltzman, je pense aux jours d'hiver, quand il gèle et qu'il neige, et que David se lève de bonne heure le matin pour se rendre à la synagogue afin que le quorum du mynian * soit atteint; je me rappelle m'être pelotonnée sous les couvertures en remerciant Dieu d'être dispensée de cette obligation.

Maltzman eut un sourire.

– Oui, je vous crois sur parole. Très bien, je leur ferai part de votre façon de penser, monsieur le rabbin. (Son sourire s'élargit.) Et également de la vôtre, madame Small. L'affaire n'en sera pas terminée pour autant...

– Je sais, dit le rabbin. Mon agenda prévoit une entrevue avec une délégation de l'Entraide féminine. (Puis se tournant vers Myriam :) Maintenant, monsieur Maltzman prendra peut-être une tasse de thé; pour ma part, je serais amateur.

Elle lança un regard interrogateur sur Maltzman, lequel, après un moment d'hésitation, déclara :

– Oui, d'accord pour une tasse de thé maintenant.

Tandis que Myriam quittait la pièce, Maltzman reprit :

– Vous savez, monsieur le rabbin, je ne suis pas d'accord avec vous, pas d'accord du tout à ce sujet. D'autres communautés, dont des communautés conservatrices, font participer pleinement les femmes aux offices. Elles sont également pourvues de rabbins, ce qui me fait supposer qu'il existe des arguments rabbiniques opposables aux vôtres.

– Il s'agit de déterminer le point le plus important à atteindre, admit le rabbin avec affabilité.

– Eh bien, pour moi, ce qui importe en premier lieu, c'est le nombre de membres, répondit Maltzman. Je vois que beaucoup de nos gens ne sont pas inscrits à la communauté. Ce serait sans doute un bon truc pour les faire adhérer.

– Croyez-vous que nous gagnerons en adhérents si les éléments les plus pratiquants quittent la communauté? questionna le rabbin.

– Voilà qui demande réflexion, admit Maltzman.

Myriam arriva avec le thé et, en donnant sa tasse à Maltzman, elle demanda :

– Avez-vous eu des échos sur la réunion d'hier soir du Conseil municipal? Vous a-t-on appris ce qui a été décidé?

Il écouta attentivement le rabbin lui faisant le récit de ce que lui avait rapporté Lanigan.

– Ah! ce fils de pute, ce salopard d'antisémite... je suis navré, madame Small, mais...

– Parlez-vous de Megrim, le conseiller municipal? interrogea le rabbin Small.

– Non, Megrim est très bien. Je pensai à Ellsworth Jordon.

– Pourquoi le traitez-vous d'antisémite? demanda le rabbin.

Maltzman était déchaîné.

– Quelle raison pouvait-il avoir pour s'opposer à l'implantation de feux de circulation? Il est contre parce que nous sommes pour. Permettez-moi de vous renseigner sur ce Jordon, monsieur le rabbin. Il est propriétaire de terrains dans les différents quartiers de notre ville, moi-même je suis agent immobilier, de sorte que par la force des choses nous sommes en contact; or, je n'ai jamais pu traiter une seule affaire avec lui. Les terrains qui lui appartiennent figurent au nom de différentes sociétés qu'il contrôle : Jordon Realty, Ellsworth Estates, E. J. Land Corporation...

– E. J. Land Corporation? répéta Myriam en écho.

Maltzman acquiesça.

– C'est bien cela, cette société est propriétaire du terrain attenant à la synagogue, celui qu'on voulait acheter pour y installer la nouvelle école religieuse. J'ai écrit à E. J. Land Corporation, pour demander le prix du lot. Je n'ai pas reçu la moindre réponse. Au bout d'un certain laps de temps, je me suis mis en rapport avec mon excellent ami du Barnard's Crossing Trust, car la E. J. Land Corporation y est domiciliée. Je lui ai demandé ce qu'il en était; il m'a répondu que le terrain n'était pas à vendre. Alors à quoi doit-il servir? Jordon tient-il simplement à payer les taxes foncières y afférentes? Aurait-il l'intention de le cultiver?

– Il se peut qu'il ait l'intention de construire, suggéra le rabbin doucement.

– A côté de la synagogue? Non. Il est fou, mais pas à ce point-là. D'ailleurs, cela fait vingt ans qu'il n'a pas construit. A l'époque, il avait construit un certain nombre d'immeubles, il est architecte ou ingénieur, et il les a vendus au bon moment. Puis, il a acheté beaucoup de terrains, dans l'intention d'y édifier un grand nombre de maisons, un gros projet d'immeubles d'habitation. Mais il est tombé malade, de sorte qu'il n'y a pas eu de suite. C'était l'époque où le prix des terrains augmentait fortement. Grâce au tunnel et au pont qui avaient été construits, notre ville n'était plus qu'à trente ou quarante minutes de Boston, elle devenait un lieu où l'on pouvait élire domicile alors que jusque-là c'était plutôt un lieu de résidence secondaire. Le prix des terrains a encore augmenté et il en a une masse. Certains de ses lots peuvent être vendus pour plus de dix fois ce qu'il a payé. Il est cinglé et farfelu mais...

– Cela ne fait guère farfelu, remarqua Myriam.

– Oh! pour ce qui touche à l'argent il est assez avisé. Cependant, il demeure un farfelu. (Il se mit à rire.) L'année dernière, faisant une collecte pour l'Appel unifié, je suis tombé sur son nom. Il habite cette vieille maison en forme d'arche, dont les fenêtres sont toutes condamnées par des planches...

– Sur une colline? demanda Myriam.

– C'est exact. C'est sur un vaste terrain entièrement entouré par un grillage métallique.

– Les enfants l'ont appelée la maison hantée, dit Myriam. Te rappelles-tu, David, nous sommes passés devant en voiture. Mais les fenêtres sont toutes condamnées par des planches. Je ne pensais pas qu'elle pouvait être habitée.

Maltzman acquiesça.

– C'est à cause des arbres, car pour y arriver il faut monter une pente d'où seuls sont visibles les deux étages supérieurs dont les fenêtres sont condamnées. M'étant avancé jusqu'à la maison, j'ai sonné. De l'intérieur une voix a crié : « Entrez, entrez. » Poussant la porte, je me suis trouvé dans une grande pièce parcimonieusement éclairée par une seule ampoule de mettons 25 bougies pendue au plafond. Puis, j'ai entendu une voix disant : « De quoi s'agit-il, jeune homme? Que voulez-vous? Parlez, jeune homme. Exposez votre affaire. » Regardant autour de moi, je ne vis personne et une minute durant je pensai que la voix me parvenait par un micro comme dans les films d'espionnage. Enfin, j'aperçus une paire de jambes battant l'air, et c'était lui. Il était debout sur la tête dans un coin de la pièce! Alors, est-il farfelu, oui ou non?

– Il vit seul, non? demanda le rabbin.

– Hum. Il se peut qu'une femme de ménage vienne pour lui faire la cuisine et pour nettoyer.

– Et il n'a pas de famille?

Maltzman secoua la tête.

– Aucune, d'après ce que j'ai compris.

– Ceci explique sans doute cela, jugea le rabbin. Il n'a de comptes à rendre à personne de sorte qu'il ne gêne personne. Il peut dire ce qu'il veut, s'habiller comme il l'entend, se mettre sur la tête si tel est son bon plaisir. Pauvre diable, je le plains.

– Mais c'est un antisémite, David, intervint Myriam.

– Comment, ricana Maltzman, on tend l'autre joue?

– Pas du tout, exposa le rabbin. Si c'est de l'antisémitisme c'est quelque chose d'irrationnel; parfois, il arrive que l'irrationalité se saisisse de l'esprit d'un homme dès lors qu'il n'a personne qui puisse s'opposer à lui ou le contredire, ou devant qui il doive s'expliquer, et alors il est comme possédé par le diable. Un homme ne doit jamais être tout à fait solitaire. Oui, j'estime qu'il faut avoir pitié de lui.

– Voulez-vous dire que s'il avait une femme ou des enfants, sa conduite serait plus normale? Peut-être. Mais d'après mon expérience, un antisémite reste un antisémite. La seule différence est que celui qui a une famille avec des enfants risque de les contaminer. Pour le moment, notre sujet de préoccupation, c'est les feux de signalisation.

– Et si j'allais voir ce Jordon? proposa le rabbin.

– Non! Je m'occuperai de Jordon, cela est un ordre.

Le rabbin rougit à ce ton péremptoire et Myriam baissa les yeux, embarrassée et compatissante. Maltzman s'en rendit compte et chercha à faire amende honorable.

– Je voulais dire que pour traiter un type du genre de Jordon, il faut un homme comme moi. Pour moi, le problème est politique et il faut une expérience politique pour le résoudre. D'autre part, je suis le président de la communauté, c'est donc à moi de me débrouiller.

Quand Maltzman fut parti, Myriam dit :

– Je ne pense pas qu'il t'aime beaucoup, David.

– Vraiment? Veux-tu dire qu'il éprouve de l'antipathie pour moi?

Elle fit oui de la tête.

– Il semblait assez aimable. (Il rougit puis sourit.) Sauf à la fin quand il m'a donné des ordres. Mais je pense que c'était simplement une façon de parler. Je ne crois pas que c'était intentionnel.

– Oh! il était assez respectueux, du genre de respect dont usent toujours les officiers lorsque à l'armée ils s'adressent aux aumôniers. Il se prend pour un homme très viril. Toi, tu es un érudit, il y a là quelque chose qui lui échappe, dont il se méfie et envers quoi il éprouve de l'hostilité.

– Ce n'est pas inhabituel, je veux dire, cette hostilité, dit-il avec philosophie. Je l'ai trouvée chez plusieurs des présidents précédents et également chez d'autres membres de la communauté. Des médecins, des avocats, des hommes ayant réussi dans les affaires; je suppose qu'ils se demandent comment on peut choisir de devenir rabbin. « Ce n'est pas une profession pour un juif. » (Il rit.) Il se peut qu'ils aient raison.

– Il peut te créer des difficultés, observa-t-elle.

– Bien entendu. C'est arrivé avec d'autres présidents. Dès ma première année ici. Pourtant, cela fait douze ans et je suis toujours là.

– Mais cette fois-ci, c'est différent, David.

– Pourquoi est-ce différent?

– A cause des nouveaux statuts. Le Conseil d'administration ne compte plus que quinze membres. C'est une sorte de directoire. Il suffit que huit membres votent contre toi pour te contraindre au départ et ce n'est pas plus difficile que cela. (Elle fit claquer ses doigts.) Car tu n'as qu'un contrat annuel, un point c'est tout.

– J'ai tenu à ce qu'il en soit ainsi, dit-il avec obstination. Je ne veux pas rester dès lors qu'on ne veut plus de moi.

– Je sais et je comprends, mais dans ces conditions il est difficile de faire des plans pour l'avenir.

3.

Étendu sur son canapé, les jambes croisées, une espadrille sans lacets pendant négligemment d'un pied tendu, Ellsworth Jordon relisait avec satisfaction le rapport sur la réunion du Conseil municipal dans le journal local.

– Puis-je bloquer cette affaire? demanda-t-il dans la pièce vide. Ou est-ce qu'ils procéderont au vote lors de la prochaine séance? Je pense que je pourrais peut-être amener Al Megrim à faire barrage. Je lui en parlerai la prochaine fois que je le verrai au club. Mais il n'a qu'une seule voix. (Il jeta le journal par terre pour construire une espèce de tente avec ses mains en joignant le bout des doigts un à un.) Voyons voir, il y a Sturgis qui votera contre comme presque à chaque fois dès qu'il s'agit d'une dépense pour la ville. De même que Blair et Mitchener voteront pour, ajouta-t-il de fort mauvaise humeur. (Il se leva pour marcher de long en large.) Il reste donc Cunnigham. Son vote fera la décision. (Il se mit en face de la glace murale.) Il est l'homme clé, tu réalises cela, n'est-ce pas? (Satisfait d'avoir convaincu l'image dans la glace, il se remit à arpenter la pièce.) Que savons-nous au sujet de Cunnigham? Il est retraité, mais occasionnellement il travaille à la commission comme courtier de la Sterite Boat Company de Long Island. Or le P-DG de cette société était là l'été dernier et tenait absolument à acheter mon terrain sur le promontoire. (Il se replaça devant le miroir pour lancer un regard acéré à son image.) Alors si j'allais à New York pour le voir et lui annoncer incidemment que je pourrais me laisser convaincre de lui céder ce terrain à condition que ce M. Cunnigham renonce à m'exciter par son intention de voter pour l'implantation de feux de circulation inutiles... Comment penses-tu qu'il réagirait à cela?

La figure ridée qui surmontait dans la glace un cou décharné lui rendit son sourire. Puis ses petits yeux bleu pâle se rétrécirent dès qu'il se mit à penser à ce qu'impliquait un tel voyage. Il faudrait qu'il mette un vrai complet, une cravate et des chaussures. En outre, il serait obligé de faire sa valise et conduire sa voiture à l'aéroport, à moins que Billy ne prenne une matinée de congé à la banque. Mais il devra s'arranger pour qu'on vienne le prendre ensuite au retour. Et que fera-t-il à New York une fois qu'il aura vu cet homme... Quel est encore son nom? Leicester? Oui, que ferait-il après avoir rencontré M. Leicester?

Il n'était pas question qu'il fasse comme d'habitude du fait que Hester était en Europe. Donc, il restera dans sa chambre d'hôtel à regarder la télé. Or, il avait la télé à la maison. Par ailleurs, ce M. Leicester pouvait être en déplacement.

– Le jeu n'en vaut pas la chandelle, annonça-t-il avant de reprendre sa position antérieure sur le canapé pour ramasser le journal. Je crois que je me limiterai à parler à Cunnigham, conclut-il.

Ces dernières années, Ellsworth Jordon ne se rendait pas très souvent à New York, mais chaque fois qu'il y allait il tâchait de s'arranger pour passer quelque temps avec Hester Grimes qu'il avait rencontrée pour la première fois il y a une vingtaine d'années alors qu'elle avait vingt-deux ans et faisait des études à l'Actors' School. Travaillant à l'époque dans le grand groupe de promotion immobilière Sloan, Cavendish et Sullivan, il n'y occupait qu'une place d'architecte de second ordre alors qu'il allait atteindre la quarantaine. En ce temps, s'appelant Esther Green, elle était mince avec une chevelure de jais, de grands yeux noirs; acharnée et sérieuse, elle était déterminée à jouer les grands rôles dramatiques tels que Lady Macbeth, Jeanne d'Arc.

Il était grand, blond et bel homme, malgré une calvitie naissante et un début d'embonpoint. Il la traitait avec une exquise galanterie qui la séduisait d'autant plus qu'elle était peu commune dans le milieu bohème à l'intérieur duquel elle évoluait.

Malgré leur différence d'âge, ils avaient été très amoureux l'un de l'autre. Leur liaison qui avait duré quelque six mois avait un caractère fiévreux, marquée qu'elle était par de fréquentes et violentes querelles suivies de réconciliations pathétiques. A ce moment se présenta pour lui la chance de sa vie. Il fut envoyé à Berlin afin d'y exécuter un programme majeur d'une durée de plusieurs années. Il lui demanda de venir avec lui.

Elle tergiversa, disant qu'elle devait penser à sa propre carrière. Par ailleurs, bien que n'étant pas religieuse ni liée d'une quelconque autre façon à la communauté juive si ce n'est par le hasard de la naissance, le fait d'aller vivre en Allemagne quelques années après la guerre lui répugnait. La discussion dégénéra rapidement en dispute, puis, comme cela arrivait souvent chez eux, en querelle. Irrité par sa résistance, il se laissa aller à minimiser les raisons qu'elle pouvait avoir d'être ambitieuse avant de dénigrer le métier d'acteur qui selon lui n'était pas un art.

– J'admets que cela peut être une façon honnête de gagner sa vie, déclara-t-il avec condescendance, toutefois c'est essentiellement une façon de satisfaire un besoin puéril de se donner en spectacle.

Quant à sa réticence à vivre en Allemagne, cela démontrait qu'elle avait conservé la paranoïa de sa race et qu'elle avait gardé un étroit esprit de clocher ethnique.

Comme lors de nombre de leurs querelles, ils finirent par se dire qu'ils n'étaient pas faits l'un pour l'autre et que dans ces conditions, comme toujours, il valait mieux qu'ils se quittent pour ne plus se revoir. Peu de temps après, alors qu'il était parti en Europe, elle découvrit qu'elle était enceinte.

S'il avait toujours été à New York, elle se serait certainement arrangée pour lui en donner connaissance, même si elle ne lui avait pas téléphoné elle-même. Et, bien entendu, il serait venu, et, bien entendu, ils se seraient réconciliés, et, bien entendu... Mais il était à quelque cinq mille kilomètres. Si elle avait eu de la famille, ou si ses amis et relations avaient appartenu à la classe moyenne au sein de laquelle elle avait été élevée, elle se serait probablement fait avorter, même si pour cela il avait fallu qu'elle eût recours à quelque médicastre logeant dans un taudis. Elle aurait également pu quitter la ville pour accoucher en secret et laisser le bébé à des parents adoptifs. Mais ses fréquentations avaient toutes l'esprit bohème et de grands idéaux, devant être appliqués surtout s'il s'agissait d'autrui. Quand elle leur fit part de son intention de garder l'enfant et de l'élever toute seule, cette résolution fut saluée par de chaleureux applaudissements. Puis, elle prit le nom d'emprunt de Hester Grimes, pour des raisons uniquement professionnelles.

Près de deux ans s'étaient passés avant qu'Ellsworth Jordon ne la revît, cette fois-ci sur un écran de télé. Venant de rentrer de Berlin, il était dans sa chambre d'hôtel à New York, tard le soir, en train de regarder une émission de variétés, quand il la vit apparaître, vêtue d'une robe du soir moulante et décolletée, pour chanter d'une profonde voix de contralto. Ensuite elle présenta sa joue pour un baiser au meneur de jeu avant de prendre place auprès des autres invités sur un podium pour une causerie relax. D'après les questions du présentateur sur l'évolution de sa carrière, il était évident que, sans être régulière, elle avait été programmée à plusieurs reprises auparavant. Un peu plus tard, elle raconta une anecdote sur un fait survenu la veille lors d'une réception qu'elle avait donnée pour le premier anniversaire de son fils. Bien que troublé par son apparition sur l'écran, Jordon se dit fermement que la page était tournée et qu'il ne ferait aucun effort pour la revoir. Mais l'histoire de l'anniversaire le fit changer d'avis. En effet, d'après une simple opération arithmétique, ce garçon devait être le sien!

Si elle avait accepté de le rencontrer, c'était surtout parce qu'elle voulait se mettre à l'épreuve et non parce qu'elle en éprouvait un quelconque désir. Une fois qu'il se montra chez elle, dans son appartement, elle nota sans complaisance qu'il était beaucoup moins attrayant sur le plan physique que tel qu'elle le voyait dans sa mémoire. Il avait la peau du cou pendante et l'air vieux.

– Sauf erreur de ma part, tu as perdu du poids, remarqua-t-elle.

– C'est vrai. J'ai été malade, une petite alerte cardiaque. Les médecins m'ont recommandé de perdre du poids et de prendre du repos.

– J'en suis navrée.

Elle n'était pas vraiment préoccupée, seulement polie.

– Ce garçon... c'est mon fils, n'est-ce pas? demanda-t-il avec empressement.

– Non, Ellsworth. C'est le mien.

– Tu sais ce que je veux dire...

– Bien entendu.

– Pourquoi ne m'as-tu rien fait savoir? Pourquoi ne m'as-tu pas contacté? Tu aurais pu avoir mon adresse par notre bureau new-yorkais.

– Pour quoi faire, Ell? (Elle se mit à rire.) Ainsi tu serais revenu m'épouser pour donner un nom à l'enfant? Ou aurais-tu insisté pour que je te rejoigne en Allemagne afin d'y accoucher ou m'y faire avorter?

– Mais, nom de Dieu, Esther...

– Il n'est pas facile d'avoir un bébé, Ell, surtout quand on est toute seule. Mais une fois qu'on a passé le plus dur, ce n'est pas si mal que cela. D'après ce que j'ai entendu de plusieurs de mes amies, il est intéressant d'élever un enfant sans l'interférence d'un père.

Pensant qu'elle cherchait à le heurter, il se crut obligé de lui rendre la monnaie de sa pièce.

– C'est ton côté juif qui surgit, dit-il avec acrimonie. Vous êtes contents de souffrir pour le plaisir de nous donner un sentiment de culpabilité.

Si ses paroles lui firent mal, elle n'en laissa rien paraître.

– Non, tu te trompes. Il n'y a aucun plaisir à souffrir. Pas pour moi en tout cas. Mais cela ne dure pas éternellement. (Elle sourit.) Et il s'est trouvé que le fait d'être seule avec Billy a servi de déclic à ma carrière.

– Je suppose que cela t'a donné une nouvelle profondeur de sentiments, ricana-t-il.

Elle rit.

– Non, c'est grâce à lui que j'ai eu ma chance. J'avais trouvé un job dans une petite boîte de nuit. Ça ne payait pas beaucoup, mais à l'époque je n'étais pas fameuse. Je poussais un peu la chansonnette, racontais quelques plaisanteries et faisais quelques imitations. Un soir, le producteur Damon Parker est venu avec un groupe, probablement faute de mieux. Après mon passage, comme il me demandait de venir les rejoindre, je lui ai expliqué que je devais rentrer pour donner le biberon à Bill. C'est un émotif, un grand sentimental, et il fut tout remué en apprenant que j'étais seule pour élever mon bébé. Il vit en moi un modèle, celui de la Nouvelle Femme, et me fit une place dans son émission. Cela a été le point de départ de ma carrière.

– Ainsi moi et l'enfant n'avons été que des marchepieds pour ton ascension.

– Quelque chose dans ce genre.

– Bon, et maintenant? Et à l'avenir?

– Que veux-tu dire?

– Il y a une part de moi dans cet enfant. Billy est mon fils autant que le tien.

– Non, Ell, tu n'as aucun droit sur lui. Que veux-tu faire? Verser une pension alimentaire? Je n'en ai pas besoin.

– J'aimerais participer à son éducation, à sa formation. Un garçon a besoin d'un homme qu'il regarde avec admiration, qui lui serve de modèle. Tous les psychologues sont d'accord sur ce point.

– Uniquement les psychologues machos, commenta-t-elle.

– Même si nous ne nous marions pas, tu peux venir me rendre visite avec lui à Barnard's Crossing. Quand il sera plus grand, il pourra venir seul y passer les grandes vacances.

– Non, Ell. Je ne veux pas qu'il sache que tu es son père.

– Pourtant, tu devras lui en parler, tôt ou tard. Il te le demandera. Il voudra savoir.

– Bien entendu. Et je m'y suis préparée. Je lui ai inventé un père parfaitement admirable, un idéaliste, un soldat parti à la guerre...

– Quelle guerre?

– Cela constituait effectivement un problème, car ces dernières années, les États-Unis n'ont été impliqués dans aucune guerre. Il y a bien toujours des actions militaires auxquelles des mercenaires prennent part. Mais cela ne me convenait pas pour lui. Alors j'ai pensé à la campagne de Suez menée conjointement par l'Angleterre, la France et Israël. Elle était terminée à l'époque où Billy a été conçu, cependant il y a continuellement des incidents au Proche-Orient. J'ai donc inventé un jeune Israélien venu faire ses études aux États-Unis. Nous nous sommes rencontrés et avons vécu un grand amour. Sur ce, il a dû retourner en Israël où il était prévu que je le rejoigne pour l'épouser.

– Mais malheureusement il a été tué dans quelque escarmouche?

– Exactement. En conséquence, je suis restée ici pour mettre mon enfant au monde.

En pensant ensuite à cette conversation, ce qui lui arrivait souvent dans sa solitude à Barnard's Crossing, il lui semblait parfois qu'elle n'avait été ni impassible ni indifférente; tout au contraire, elle était rancunière et avait uniquement accepté de le rencontrer pour le heurter. Il était enclin à interpréter cette attitude comme une indication que dans son for intérieur elle éprouvait toujours un sentiment pour lui, que peut-être elle espérait provoquer une querelle qui aboutirait à des retrouvailles. Cette pensée hantait son esprit lorsqu'il revint à New York la fois suivante et qu'il s'arrangea pour la voir. Et elle n'était jamais totalement absente toutes les fois qu'il venait chez elle au cours des années.

Cependant, il y eut également des périodes où il fut tourmenté par sa froideur, son manque de sentiment. Là il pensait que, voulant se venger, elle consentait uniquement à le voir lors de ses passages à New York afin de prendre un malin plaisir à le voir souffrir.

Par ailleurs, Billy était visiblement toujours content de le voir. Bien entendu, c'était peut-être parce qu'il lui apportait à chaque fois un cadeau. Mais il était sûr que le garçon l'aimait bien.

Mais chaque fois qu'il tentait de se mêler de l'éducation de Billy, elle l'envoyait balader avec brusquerie, refusant d'accepter ses conseils ou de reconnaître qu'il s'en souciait. Cela lui faisait mal. Il pouvait arriver qu'elle lui parle des progrès du garçon à l'école, ou des problèmes qu'il avait eus, mais c'était comme s'il était une connaissance rencontrée fortuitement et non quelqu'un de directement impliqué.

Toutefois, lors de la plus récente visite de Jordon, elle semblait admettre qu'il avait également un droit sur leur fils. A l'évidence, il y avait eu quelques crises et sa confiance dans sa capacité à les surmonter semblait très ébranlée.

– Il refuse de s'inscrire à l'université, annonça-t-elle sur un ton tragique.

– Il n'y a rien de terrible à cela, remarqua-t-il. Que veut-il faire à la place?

– Rien. Il n'a pas de plans. Rien ne l'intéresse. Il ne

lit pas. Il ne fait rien. Il passe son temps à broyer du noir.

– Je pense qu'il en a marre, marre de l'école et des études. Tu l'as probablement tourmenté pour qu'il fasse un bon bac afin d'être admis dans une université cotée, de sorte que les bouquins, il en a ras le bol. Pourquoi ne pas lui laisser une année de détente?

– Pour faire quoi? le défia-t-elle.

– Pour travailler. Laisse-le prendre un emploi.

– Que sait-il faire? Il n'a aucune formation.

– Eh bien, il ne faut pas que ce soit un emploi de cadre supérieur. N'importe quel job fera l'affaire pourvu qu'il soit occupé et gagne quelque argent.

– Et s'il ne travaille que quelques semaines pour s'arrêter ensuite?

– Alors il faudra que tu insistes pour qu'il se trouve un autre travail.

– Mais je ne serai pas là. Mon imprésario m'a organisé une tournée européenne.

– Ah! je vois. Ce qui t'intéresse, c'est d'avoir quelqu'un pour garder un œil sur lui. Je te fais une proposition : dis-lui de venir chez moi en visite pour quelque temps.

Elle fut immédiatement soupçonneuse.

– Afin que tu puisses lui raconter que tu es son père pour essayer de me l'enlever?

Il rit.

– Oh non! je ne suis pas assez fou pour penser rivaliser avec un héros de guerre israélien.

– Alors pourquoi veux-tu l'avoir chez toi?

– Eh bien, parce que je *suis* son père, que je me sens quelque responsabilité et qu'il serait intéressant d'avoir un jeune près de moi. J'ai eu une autre attaque cardiaque l'année dernière. Rien de sérieux, mais ce ne serait pas une mauvaise idée d'avoir quelqu'un avec moi le soir et la nuit à la maison. La gouvernante part en général tout de suite après avoir fait la vaisselle du dîner.

– Tu veux dire que tu as besoin que quelqu'un s'occupe de toi?

– Oh non! ce n'est pas de ça que j'ai besoin! Mais ce serait une bonne chose de savoir qu'il y a une personne avec moi la nuit à la maison. Si quelque chose arrivait, il pourrait appeler un docteur.

– Et que ferait-il de ses journées?

– Il faudrait qu'il travaille, évidemment. Je pourrais lui trouver un job. Je suis très connu chez nous en ville. Quel âge a-t-il? Dix-huit, dix-neuf ans?

– Dix-huit ans.

– Ça y est, fit-il triomphalement. Je peux lui avoir un emploi dans une banque. Larry Gore ferait cela pour moi. Il préside le Conseil d'administration d'une des banques sur place. Il s'occupe de tous mes placements et est un lointain parent à moi, le seul que j'aie. Mais par-dessus tout il le prendra si je le lui demande.

Elle le regarda avec hésitation.

– Mais... je ne sais pas... il se peut que Billy n'apprécie pas et pourtant ne dise rien. Il est sensible. Je suis révulsée à l'idée qu'il pourrait être malheureux et cependant...

– Écoute, dit-il avec fermeté, je l'obligerai à t'écrire régulièrement. Il faudra qu'il t'écrive une lettre chaque semaine. Je te le promets. S'il ne se plaît pas, il ne manquera pas de te l'indiquer, surtout dans une lettre. Et dès que tu me le demandes par téléphone ou par écrit je l'expédie à la maison. Je rentre demain. Dis-moi oui et j'enclenche le mouvement.

Ils en discutèrent longuement. Elle était hésitante et soulevait de nombreuses objections auxquelles il fit face habilement en déviant la conversation centrée sur elle, sur Billy, puis sur lui-même.

– Oh! il ne sera pas une charge pour moi! Tout au contraire. Il me sera agréable d'avoir quelqu'un à qui je puisse parler à la table du dîner. Et je me sentirais mieux à l'idée que je ne suis pas seul la nuit à la maison.

Quand Billy arriva à la maison, elle le mit au courant.

– M. Jordon t'invite chez lui en visite pendant le temps où je serai à l'étranger.

– Veux-tu dire pour tout ce temps?

– Exactement, intervint Jordon. Et même pour après, jusqu'au moment où tu iras faire tes études dans une université, si tu le désires.

– Mais, mince, c'est une petite ville là où vous habitez, n'est-ce pas?

– C'est une petite ville, admit Jordon, mais c'est une belle ville située au bord de la mer. Tu pourras faire de la natation et de la voile. Et tu ne seras qu'à une demi-heure de Boston.

– Mais à quoi passerai-je mes journées?

– Tu auras un travail, dit promptement Jordon.

– Quel genre de travail? s'enquit prudemment le jeune homme.

– Peut-être dans une banque.

– Hé, voilà qui est plutôt sympa.

Bien qu'il fût très tard, Jordon choisit de rentrer à pied à son hôtel plutôt qu'en taxi. Il exultait à la pensée que son fils viendrait vivre chez lui. C'était un enfant et il en ferait un homme.

Il entendit le bruit d'une clé qui tournait dans la serrure de la porte d'entrée. Il cria :

– Est-ce toi, Billy? Entre, entre, mon garçon, la porte n'est pas fermée à clé. (Il se frotta les mains et sourit à l'entrée de l'adolescent.) Comment ça s'est passé à la banque aujourd'hui? Bien? Y a-t-il eu quelque chose d'inhabituel?

– D'inhabituel? Non, monsieur.

– Bien, c'est la meilleure façon à mon avis. La routine habituelle. Ah! pour le cas où j'oublierais, demain à ton arrivée, voudrais-tu regarder le compte de Johnny Cunnigham pour me faire connaître sa situation?

4.

– Oh Ben! j'en suis amoureuse, j'en suis positivement amoureuse.

Mimi Segal pirouetta comme une danseuse de ballet, les bras étendus, la tête dressée, sa chevelure blonde flottant dans la brise automnale. Elle regarda les yeux mi-clos le reflet du soleil sur les vaguelettes bondissantes.

– Il y a une plaque « propriété privée » à l'entrée de cette plage. Est-ce que cela signifie que la plage est privée?

– Je suis enclin à le penser, répondit son mari. La propriété s'étend jusqu'à la plage de sorte que celle-ci doit en faire partie. Ces maisons de l'autre côté sont toutes pourvues de sentiers menant à de petits embarcadères, j'en déduis que les propriétés riveraines englobent les parties correspondantes de la plage.

– Comment l'as-tu trouvée et comment sais-tu qu'elle est à vendre?

Il lui sourit tendrement.

– Tandis que tu faisais du shopping à Boston, je me suis baladé dans le coin. (Du fait de leur nette différence d'âge – il avait cinquante ans alors qu'elle en avait trente-huit –, il y avait quelque chose de paternel dans l'affection qu'il lui portait.) J'ai remarqué cet endroit en me promenant hier en direction du phare.

– Mais comment sais-tu que c'est à vendre? insista-t-elle.

– Tout peut être acheté à condition qu'on y mette le prix.

Il se dirigea vers la voiture et demanda au chauffeur :

– Dites donc, savez-vous à qui appartient ce terrain?

Le chauffeur, qui avait été mis à sa disposition avec la voiture par la Société Rohrbough, secoua la tête :

– Je ne sais pas, monsieur.

– Bah, on apprendra cela en ville, dit Segal à Mimi. Promenons-nous le long de la plage et voyons à quoi elle ressemble.

Il lui passa le bras autour de la taille; comme elle était plus grande que lui et craignait qu'il en fût complexé, elle reposa la tête sur son épaule. Il était de taille moyenne, tandis qu'elle était élancée comme un mannequin. C'était son second mariage, elle l'avait rencontré peu de temps après qu'elle eut réussi à se libérer d'un mari alcoolique. Elle avait eu quelques hésitations lorsqu'il lui avait indiqué qu'il désirait l'épouser, car à près de quarante-sept ans il était encore célibataire. Qu'est-ce qui clochait chez lui? Pourquoi aucune femme ne lui avait-elle mis le grappin dessus depuis belle lurette? Il ne faisait pas vilaine figure. En fait, elle le trouvait sympathique avec son visage aux traits réguliers et bien découpés, sa bouche sensuelle et son nez long et fin. Avec sa tignasse d'un gris métallique, elle lui trouvait même un air distingué. Ainsi, elle lui avait donné son accord et ne l'avait pas regretté.

– Es-tu bien sûr que c'est cela que tu veux, Ben? demanda-t-elle anxieusement.

– Construire une maison ici?

– Cela et tout le reste, quitter Chicago, laisser tomber les affaires financières pour t'occuper de production...

Il s'arrêta de marcher pour mieux s'expliquer.

– On dresse des plans, on manœuvre, on finit par réussir son coup et on gagne un tas d'argent. Mais, avant tout, on en éprouve une immense satisfaction. La seconde fois, on éprouve encore de la satisfaction, mais ce n'est plus la même chose. Puis, après un certain temps, cela devient une affaire comme une autre. Car, vois-tu, maintenant on sait comment s'y prendre; cela se transforme en routine. On gagne certainement beaucoup d'argent, mais c'est tout.

– La plupart des gens diraient que cela suffit.

Il acquiesça.

– Sûrement. Néanmoins s'il s'agit simplement de gagner encore de l'argent, cela n'a pas de sens. Je n'arrive pas à le dépenser; on ne me l'a jamais appris, pas à ce niveau. Donc, je m'en suis servi comme levier pour amorcer d'autres affaires...

– Mais que font les autres hommes d'affaires? demanda-t-elle.

– Certains fabriquent des marchandises, d'autres les transportent, d'autres encore s'occupent de la distribution parmi les consommateurs. Cela semble plus gratifiant.

– Pourtant tu fais la même chose que Bert Richardson et tu l'as toujours énormément admiré.

– C'est exact. Et sais-tu ce qu'il m'a dit? Qu'il ressentait la même chose que moi. Cependant, il m'a précisé qu'il continuait dans la même voie car il a trois fils et il espère qu'ils sauront faire un meilleur usage de l'argent que lui. C'est là que j'ai commencé à songer qu'il y a une chose que je pourrais acheter avec mon argent : un nouveau mode de vie. Beaucoup d'hommes ont cette idée lorsqu'ils atteignent mon âge. Des médecins veulent devenir hommes d'affaires, des avocats professeurs de faculté, des commerçants artistes ou acteurs. Ils sont peu nombreux à réaliser ce désir. La plupart s'en sentent incapables ou ont peur de courir le risque. Pour ma part, j'ai beaucoup d'argent et j'en ai ras le bol d'échafauder des combinaisons financières. Pourquoi n'essayerais-je pas de changer mon fusil d'épaule? Je me suis donc mis à la recherche et lorsqu'on m'a présenté cette proposition de la Société Rohrbough, j'ai pensé pouvoir tenter de diriger cette affaire.

– Je suis heureuse que tu me dises cela, Ben, enchaîna-t-elle. Je craignais que tu ne fasses tout cela parce que je t'avais dit un jour que j'aimerais avoir une vie normale et faire partie d'une communauté.

– Alors, tu n'y vois aucun inconvénient? demanda-t-il.

– Un inconvénient? Mais j'en suis très contente, Ben.

– Et tes amis de Chicago ne te manqueront pas?

– Nous n'avons pas d'amis à Chicago, Ben. Que des relations d'affaires. On ne peut pas se créer des amitiés lorsqu'on vit à l'hôtel, même si l'on occupe une belle suite dans un hôtel quatre étoiles. Tu n'es toujours qu'un passager. Oh! Ben, je suis tellement heureuse! Il faut fêter cela.

– Tu as raison, dit-il. Écoute, j'ai l'intention de faire un saut dans une des banques locales. Celle qui établit les payes de Rohrbough, cela me donnera des indications sur la surface de l'affaire. Je vais demander au chauffeur de m'y amener et de te conduire à l'hôtel. Nous pourrons nous revoir autour de midi.

– Comment feras-tu pour apprendre qui est le propriétaire du terrain qui nous intéresse?

– Aucun problème. Je vais me mettre en relation avec une des agences immobilières de la ville. Ces gens le savent certainement. Je pourrais également demander à la banque. Écoute, chérie, dès que j'aurai terminé je viendrai te prendre et nous irons déjeuner vers la côte dans quelque restaurant spécialisé en poissons et fruits de mer. Cela me fait envie depuis que nous sommes ici.

– Parfait. Mais puisque la voiture restera sur le parking de l'hôtel, pourquoi ne prévois-tu pas que c'est moi qui dois venir te prendre?

– Je te donnerai un coup de fil.

5.

Lawrence Gore, P-DG de la Barnard's Crossing Trust Company, eut un sourire appréciateur lorsque entra dans son bureau sa secrétaire, sa secrétaire de direction aurait-il précisé, Molly Mandell, une liasse de papiers dans la main. Elle était si rapide et efficace, si intéressée par son travail et pleine de bonne volonté, tellement sympathique et compréhensive, que c'était un plaisir de travailler avec elle.

Femme attrayante de trente ans, elle avait un air soigné et coquet dans son ensemble bleu marine. Ses cheveux bruns ondulés tirés en arrière découvraient un large front. Ses grands yeux noirs s'ouvraient sur un regard vif et perçant. Sa bouche, interdite aux inepties, surmontait un menton arrondi qui mettait en relief l'ovale de son visage. En outre, elle était petite. Il aimait les petites femmes, car lui-même était si cruellement courtaud. Assis derrière son bureau, son corps étant uniquement visible à partir de la taille, il semblait grand. Sa tête longue et étroite, coiffée d'une épaisse chevelure blonde et d'où émergeaient deux grands yeux bleus, était portée par un cou musclé surmontant de larges épaules. On était plutôt surpris de découvrir quand il se levait qu'il ne dépassait guère 1, 60 m.

Ses yeux se fixèrent sur un grand insigne en plastique épinglé sur son corsage, portant en grandes lettres d'imprimerie « Mouvement de Libération des Femmes ».

– Le dernier bijou à la mode, Molly?

Il dirigea un regard oblique sur sa poitrine.

– Le parlement de notre État est en train de débattre de l'amendement sur l'égalité des droits. Nous les filles portons cet insigne pour rappeler aux parlementaires que nous sommes aussi des électrices.

Elle posa devant lui sur le bureau les papiers qu'elle avait apportés, puis s'assit sur un siège réservé aux visiteurs pour l'observer tandis qu'il lisait les lettres qu'elle avait rédigées et tapées avant de les soumettre à sa signature.

Se balançant doucement sur son fauteuil pivotant, il lut attentivement chacune des lettres, puis alors qu'il prenait son stylo, il dit :

– Celles-ci sont parfaites, Molly. Vous avez exactement employé le ton que je voulais leur donner.

– Vous parlez des lettres concernant l'argenterie? Pour ma part je n'apprécie pas autant que vous l'argenterie de Peter Archer, mais j'estime formidable l'idée de l'exposition au Musée des Arts à Boston et je pense que cela fera beaucoup de bien à notre banque.

– Le pensez-vous? Qu'en est-il de l'exposition dans le hall à l'avant? demanda-t-il. Les gens y prêtent-ils attention?

– Oh! certainement. Elle soulève beaucoup d'intérêt. (Elle feuilleta son carnet de notes.) Un M. Dalrymple m'a demandé si vous aimeriez jeter un coup d'œil sur un vinaigrier dont il est propriétaire. Il n'a pas de compte chez nous. Il est uniquement venu parce qu'il a appris que vous exposiez quelques pièces à la banque.

– Un vinaigrier, dites-vous? On en a à peu près une demi-douzaine, mais s'il est vraiment beau, j'aimerais le voir.

– Je le contacterai. Puis, Mme Gore a téléphoné pour demander si elle peut avoir son chèque un peu plus tôt ce mois. Elle va rendre visite à son frère en Floride. J'ai répondu qu'en principe cela devrait aller.

Il acquiesça sèchement.

– Nancy a demandé si elle pouvait prendre un jour de libre vendredi. Je lui ai dit que nous étions à court car Pauline ne sera pas de retour avant lundi.

– Très juste.

– Elle était un peu décontenancée.

– J'espère que ça lui passera.

Elle ferma son carnet de notes.

– Henry Maltzman est venu faire un dépôt et il m'a demandé quelle position nous pensions prendre au sujet de sa demande d'emprunt.

– Que lui avez-vous répondu? demanda-t-il rapidement.

– Que je vous poserai la question.

Il tambourina des doigts sur le dessus de son bureau.

– Au dire de Graham, cette demande ne cadre pas avec son bilan.

– Graham est un Écossais, dit-elle avec mépris. Pour lui les prêts sont toujours trop importants. Si cela ne dépendait que de lui nous n'en consentirions jamais aucun.

Il rit.

– Vous venez de marquer un point là.

– Puis Henry Maltzman est un excellent ami de notre banque. Il nous a amené pas mal d'affaires, continua-t-elle.

– Vous avez raison, admit-il. Une main lave l'autre. S'il revient de nouveau aujourd'hui, dites-lui que vous pensez que cela ira. Ne mentionnez pas que je vous l'ai dit, car je ne veux pas qu'il croie qu'il a l'agrément officiel car la commission des prêts peut prendre le mors aux dents et décider contre mon point de vue. Mais vous pouvez lui faire comprendre... vous saurez vous y prendre.

– Je me débrouillerai, fit-elle avec assurance.

– Je suis certain que vous y arriverez. Y a-t-il encore quelque chose?

– Vous m'avez demandé de vous rappeler le rapport Jordon, dit-elle d'un ton indifférent.

Il nota son changement soudain de ton, et pensant en connaître la raison, tint à se montrer solidaire.

– Vous a-t-il dit quelque chose de... euh... désagréable?

– Oh! ce n'est pas ce qu'il dit! C'est simplement... c'est un vieux cochon.

Il était choqué.

– Voulez-vous dire qu'il vous a fait du plat?

– Il me frôle, me touche, accidentellement bien sûr mais à dessein. Est-il très important pour notre banque?

– Il a simplement le plus gros compte et fait partie du Conseil d'administration.

– Eh bien, un jour c'est lui que vous perdrez... ou moi.

– Peut-être que si je lui parle...

Elle se mit à rire.

– Ne vous en faites pas. J'arriverai à m'en occuper. J'ai connu bien pis lorsque je travaillais à Boston et devais prendre tous les jours le métro.

Il esquissa un sourire.

– Je puis l'imaginer. Bon, tâchez de l'éviter. Maintenant, qu'en est-il du rapport Cavendish?

– J'ai l'intention d'y consacrer demain toute ma journée.

– Hum! (Il refit un rapide tambourinage avec ses doigts sur son bureau.) Il a téléphoné tout à l'heure pour m'annoncer qu'il viendrait demain vers midi et m'a demandé s'il pouvait le parcourir avec moi tout en déjeunant.

– Je peux l'emmener chez moi pour y travailler ce soir, proposa-t-elle.

– Vous feriez cela? Mais ce serait formidable. Êtes-vous sûre que votre mari n'en prendra pas ombrage? A propos, comment va-t-il?

– Herb va bien. Il ne rouspétera pas. De toute façon, il se rend ce soir à une réunion de la Fraternelle à la synagogue. (Elle rit.) C'est ma belle-mère qui pourrait soulever des objections.

– Vraiment? Pourquoi réclamerait-elle?

– Oh! elle trouve à redire à tout ce que je fais! dit-elle sur un ton badin. A son point de vue, tout mon temps en dehors des heures de travail appartient à son trésor de fils, même s'il n'est pas là. (Elle se carra sur sa chaise et continua :) Ce qui la met vraiment en rogne, c'est de voir Herb dresser la table et préparer le dîner. Mais il rentre de son école à trois heures, tandis que moi je rentre bien plus tard. Cela ne lui fait rien, mais elle, ça la met dans une rogne noire.

– Je suppose qu'il a des copies à corriger, des leçons à préparer.

– Il le fait durant les heures où il n'a pas cours. Il y arrive parfaitement.

– Très bien, je vous suis très reconnaissant. D'ailleurs, vous pouvez récupérer ces heures de travail.

– Oh! je n'en ai pas réellement besoin. (Elle hésita.) Toutefois, mercredi prochain il y a une réunion et...

– Vous aimeriez y assister. Mettez-la sur votre agenda. Prenez l'après-midi. Prenez toute la journée si vous le désirez.

On frappa timidement à la porte.

– Entrez, cria-t-il, et la réceptionniste, une jeune fille pourvue d'une queue de cheval et de grands yeux innocents, s'avança d'un pas hésitant après avoir refermé la porte.

– Monsieur Gore, dehors il y a un homme en train de faire les cent pas. Je lui ai demandé si je pouvais faire quelque chose pour lui et il m'a dit non, il voulait seulement voir. A mon avis, il n'y a rien à voir dans une banque...

– Il se peut qu'il soit venu regarder l'argenterie Peter Archer, suggéra Gore.

– Non, c'est tout juste s'il y a jeté un coup d'œil.

– Peut-être est-ce un marchand. Ils n'aiment pas paraître intéressés.

– Je pensais à cause de l'attaque contre la banque à Scoville...

– Vous croyez qu'il inspecte les lieux pour préparer un casse? (Il rit.) De quoi a-t-il l'air?

– C'est un homme plutôt âgé. Je veux dire, il a les cheveux gris...

Molly s'était levée pour ouvrir la porte, passer la tête dans l'entrebâillement afin de voir ce qui se passait dans le hall. Elle revint à sa place et dit avec une excitation contenue :

– Je crois savoir de qui il s'agit, Larry. Il y avait une photo de lui l'autre jour dans le *Boston Jewish News* auquel ma belle-mère est abonnée. C'est Ben Segal du

Groupe Segal de Chicago, le repreneur de la Société Rohrbough.

– Le croyez-vous? (Il se leva de derrière son bureau pour s'avancer vers la porte. Se retournant il dit :) Il y a un mois ou un mois et demi il y avait une photo de lui dans le *Business Week*. Voyez si vous pouvez la retrouver dans cette pile sur la table.

Molly se mit à parcourir les magazines et presque immédiatement s'écria :

– Le voilà.

Il scruta la photo durant un moment.

– C'est tout à fait notre homme. (Il dit à la réceptionniste :) Vous êtes une brave fille, Elsie.

Ensuite, il quitta son bureau pour se diriger vers l'endroit où se tenait Segal et dit :

– Bienvenue à Barnard's Crossing, monsieur Segal.

Segal se retourna, étonné.

– Vous me connaissez?

– Uniquement par la photo parue dans le *Business Week*.

Il lui tendit la main.

– Mais c'était il y a un mois, observa Segal.

– Certes, mais on y parlait de votre intérêt pour la Société Rohrbough, et tout ce qui se rapporte à Rohrbough nous intéresse. Je suis Lawrence Gore, le P-DG de cette banque. Savez-vous que c'est nous qui faisons la paye pour Rohrbough?

– Je le sais.

– J'aimerais avoir une conversation avec vous, si votre emploi du temps le permet. Écoutez, il est à peu près midi. Seriez-vous d'accord pour discuter avec moi autour d'une bonne table?

– C'est que j'ai promis à ma femme de l'emmener dans un restaurant spécialisé en poissons et fruits de mer.

– Parfait. Nous pouvons la prendre là où elle se trouve et je vous emmènerai à l'*Agathon*, le meilleur spécialiste de fruits de mer et poissons de la côte Nord. Qu'en pensez-vous?

– Cela ne me déplaît pas, fit Segal. (Il désigna d'un signe de tête l'exposition d'argenterie dans la vitrine murale.) Vendez-vous ce matériel?

– L'argenterie Peter Archer? Êtes-vous collectionneur? Êtes-vous connaisseur en argenterie? Non? Peter Archer était un bijoutier spécialisé en argenterie au temps où nous étions encore une colonie et son échoppe se trouvait précisément ici à Barnard's Crossing. Il est pratiquement inconnu, sauf bien entendu par les collectionneurs. Par contre, tout le monde connaît le nom de Paul Revere. Or nous sommes quelques-uns à penser que l'art d'Archer était supérieur et que la réputation de Revere est due à son rôle dans la Révolution, vous savez, l'histoire de la chevauchée de Revere, etc. Alors, quelques-uns (il sourit d'un air satisfait), je crois que l'idée venait de moi, quoi qu'il en soit, nous pensions devoir faire quelque chose. Je me suis donc mis en rapport avec le Musée des Arts à Boston, où on m'a donné l'accord pour une exposition Peter Archer à condition que je puisse donner une bonne représentation de son œuvre. Les pièces exposées dans notre banque ont été prêtées par des gens de toute la région. Tout cela dans l'esprit du bicentenaire. Comme nous sommes une région de Yankees durs à la détente, j'ai réussi à ramasser toutes ces pièces, et il en arrive encore, en faisant valoir aux propriétaires que l'exposition de leurs pièces au Musée des Arts de Boston accroîtrait leur valeur.

– Vous semblez bien mener votre barque, monsieur Gore. Ma femme est à l'hôtel. Puis-je l'appeler pour lui dire que nous passons la prendre?

– Certainement. Prenez cet appareil.

Gore lui tendit le téléphone sur la table de la réceptionniste.

– Où avez-vous dit que vous nous emmenez, monsieur Gore? demanda Segal en faisant son numéro.

– A l'*Agathon Yacht-Club.*

– Un yacht-club? Cela fait huppé.

– C'est une région de voiliers, monsieur Segal, et les yachts sont pour la plupart des petits voiliers. C'est le plus ancien club sur la côte Nord et au fil des années il a pris un bel essor. Outre les facilités portuaires, nous avons également des courts de tennis, les seuls courts sur gazon de la région. L'entretien nous coûte une fortune, mais je crois que le jeu en vaut la chandelle, une écurie de courses et un stand de tir. Mais ce que nous avons de plus beau, c'est la salle à manger. Elle est sur l'eau. Elle a été bâtie sur pilotis au-dessus de l'eau. Tout en mangeant, vous entendez le bruit des vagues sous vos pieds. C'est comme si vous mangiez sur le pont d'un bateau.

– Cela sonne agréablement. Ma femme sera enchantée.

6.

– C'est comme si nous étions sur l'eau! s'exclama Mimi en s'asseyant à la table à côté de la fenêtre que Lawrence Gore avait réservée.

Son mari ponctua :

– Joli.

Gore était rayonnant.

– Maintenant, la marée étant haute, vous êtes sur l'eau. La salle surmonte l'eau, mais uniquement à marée haute, dit-il en riant. Pour qu'il en soit de même à marée basse il aurait fallu l'allonger d'une centaine de mètres.

– Il y a tellement de bateaux, remarqua Mimi.

– Pas la moitié du nombre qu'il y a durant la semaine des courses, précisa Gore. Là le port est vraiment bondé. Pour peu, il semblerait possible de le traverser à pied, en sautant de bateau en bateau.

– C'est très beau, apprécia Segal. Tous les membres sont-ils propriétaires de bateaux? Font-ils tous de la voile?

– Oh non! D'aucuns s'y sont mis et ont laissé tomber. Posséder un bateau implique beaucoup de travail et de grosses dépenses. Certains n'ont jamais été propriétaires d'un bateau et se contentent d'en louer un occasionnellement pour leurs amis. Et il y en a qui ne sont pas le moins du monde intéressés.

– Et vous-même?

– Il fut un temps où j'étais très emballé. Mais actuellement, je suis uniquement assidu au stand de tir. (Il sourit timidement.) Je suis le champion du club.

– Le tir au pistolet? Je ne crois pas avoir donné un seul coup de feu.

– Oh! c'est vraiment très amusant! Aimeriez-vous essayer, je veux dire, après le repas?

– Non, je préfère y renoncer, fit Segal dans un sourire.

A la venue du garçon ils passèrent la commande. Il n'y avait pas beaucoup de dîneurs de sorte qu'ils furent vite servis : soupe aux poissons suivie d'une friture de maquereaux. Ils mangèrent lentement et prirent visiblement du plaisir au repas.

– La cuisine est très bonne ici, remarqua-t-il. Ce poisson et cette soupe sont excellents.

– Délicieux, murmura Mimi.

– Nous avons un bon chef. Le poisson a probablement été pris ce matin. C'est l'avantage de vivre sur la côte.

– J'aime le poisson, dit Segal. Les membres seuls ont-ils le droit de manger ici?

– Eux et naturellement leurs invités, répondit Gore.

– Quelles sont les conditions pour devenir membre?

– La routine, fit Gore. Vous êtes parrainé par un

membre. Votre nom est affiché, puis le Comité des admissions passe au vote sur votre candidature. Vous payez votre cotisation et le tour est joué.

– Oh Ben! ne serait-il pas bien que nous puissions venir dîner ici quand nous aurons envie de fruits de mer et de poissons? dit Mimi.

– Oui. Je suppose que vous accepteriez de parrainer ma demande d'admission, suggéra nonchalamment Ben.

– J'en serais heureux, dit Gore. Cependant, je pourrai toujours vous obtenir une carte d'invité pour quelques jours chaque fois que vous viendrez.

– Merci, mais notre intention n'est pas de venir ici pour quelques jours de temps à autre. En effet, nous envisageons de nous établir là.

– Vous voulez dire ici à Barnard's Crossing? Je suis heureux de vous l'entendre dire. Vous aimerez cet endroit. C'est vraiment une magnifique vieille ville. (Il hésita.) Est-ce que cela signifie que vous avez l'intention de prendre en main Rohrbough?

– C'est exact. Je désire en prendre personnellement la direction. Cela est confidentiel.

Gore sourit malicieusement.

– Dois-je comprendre que vous voulez que je garde la chose secrète ou que vous désirez que je l'ébruite discrètement?

Segal écarquilla les yeux. Puis il partit d'un bref éclat de rire explosif.

– Vous n'êtes pas perdu, jeune homme! En réalité, il n'y avait aucune arrière-pensée. C'est sorti comme ça, automatiquement. Nous avons pris le contrôle de cette société et je pense qu'elle offre de bonnes possibilités. Il n'y a aucune raison d'en faire un secret.

– Et vous allez habiter ici? Avez-vous déjà trouvé un logement?

– Je suppose que nous allons construire. A dire vrai, Mimi et moi avons déjà visité les alentours. Connaissez-vous un bon agent immobilier?

Étant donné qu'il avait parlé de lui un peu plus tôt avec Molly Mandell et également parce qu'il pensait que Segal serait content de le voir donner la préférence à un juif, il dit :

– Henry Maltzman dont le bureau est situé à deux pas de notre banque est l'homme adéquat. Il connaît toutes les propriétés disponibles dans la région.

– Mais nous avons déjà trouvé un terrain, dit Mme Segal.

Segal laissa percer un mouvement d'humeur.

– C'est exact, fit-il, mais je ne vois pas d'inconvénient à payer une commission. Un bon agent immobilier la mérite.

– Vous avez entièrement raison, approuva Gore. Il y a une très dense réglementation locale et dans une vieille ville comme celle-ci, il existe des servitudes au sujet desquelles il vaut mieux être renseigné avant d'acheter. Un agent immobilier local peut vous épargner une foule d'ennuis.

– Je tiens toujours à traiter avec les gens du coin.

Le garçon apporta le café et Segal alluma un cigare.

– Je suis heureux de ce que vous venez de dire, mentionna Segal, car nous sommes également une banque locale. Rohrbough a démarré avec nous et nous étions leur seule banque jusqu'à ce qu'ils aient été cotés en Bourse; là ils étaient trop gros et sont allés à Boston. Cependant, ils ont continué à travailler avec nous en nous chargeant d'effectuer la paye pour eux. Je n'hésite pas à dire que je n'aimerais pas du tout perdre cette affaire. C'est très commode pour les gens qui sont employés par Rohrbough et nous aimons rendre service à nos amis et à nos voisins.

Segal lança un regard inquisiteur au jeune homme.

– Vous en tirez un bénéfice à part le service que vous rendez à vos amis et à vos voisins, non?

Gore rit de bon cœur.

– Bien entendu, d'abord il y a nos honoraires, puis

cela fait du monde, beaucoup de monde qui vient à la banque. Cela nous donne des clients pour les comptes épargne, les crédits personnels et automobiles, et occasionnellement un crédit hypothécaire.

Segal sourit.

– Sans parler d'un fonds de roulement de l'ordre d'un demi-million de dollars par semaine.

Gore eut un sourire narquois.

– Sans en parler. Cependant, il est rare que cela atteigne ce montant, surtout ces jours-ci. Alors que certains font passer leurs chèques par leurs propres banques, de sorte que nous profitons du temps qu'ils mettent à arriver à la chambre de compensation de Boston, d'autres établissent des chèques au profit de supermarchés qui passent également par Boston, il y a un grand nombre qui viennent directement encaisser chez nous leurs salaires le jour même de la paye.

– Fort bien, dit Segal, j'y réfléchirai. Vous n'oublierez pas ma demande d'admission, n'est-ce pas?

– Je vais m'en occuper tout de suite.

7.

– Pourquoi voulez-vous être incluses dans le mynian *? demanda le rabbin Small sur un ton irrité : (Il dévisagea l'une après l'autre chacune des trois femmes assises en face de lui dans son bureau.) Vous êtes exemptées de l'obligation de réciter les prières du matin. Pourquoi voudriez-vous vous charger d'un fardeau superflu?

– Comme nous étions exemptées du fardeau d'aller voter? rétorqua Molly Mandell, tandis que ses yeux lançaient des éclairs. Ou du fardeau d'avoir une propriété?

Elle avait l'air assuré, et il était évident qu'elle

n'avait pas l'intention d'être à la remorque de Mme Froehlich, qui en qualité de présidente de la Coopération féminine conduisait la délégation. Elle était élégamment habillée d'un tailleur pantalon gris anthracite. Au revers de sa veste elle arborait un grand insigne en celluloïd du Women's Lib.

Le rabbin Small était interloqué tant par la question que par le ton sur lequel elle était posée. Ce ton n'était pas seulement ironique, il était également hostile. Il secoua lentement la tête.

– Non, madame Mandell. Ce n'est pas comme cela, pas du tout, dit-il avec sérieux. Écoutez, vous savez ce qu'est un péché. Bon, quel est le contraire? Quel est l'antonyme du mot péché?

– Vertu, proposa Mme Froehlich.

– Une bonne action, suggéra Mme Allen.

Le rabbin acquiesça.

– En anglais c'est les deux à la fois, tandis qu'en hébreu nous n'avons qu'un seul terme spécifique. Ce terme est celui de mitzwa * qui signifie commandement. Dès lors que nous accomplissons ce qui nous a été commandé, nous avons effectué une mitzwa *. Ce qu'il importe de garder à l'esprit est que la notion de commandement implique une action qu'ordinairement vous n'auriez pas accomplie de votre propre chef. Nous l'accomplissons parce qu'elle nous a été ordonnée. La motivation de certains des commandements est évidente. Celle relative à l'observance du Sabbat comme jour de repos est facile à comprendre; la nécessité d'un jour de repos par semaine tombe sous le sens. On peut se l'octroyer sans commandement. Mais on pourrait être enclin à ne pas étendre ce bienfait aux domestiques. D'où le commandement. Le commandement interdisant le port de vêtements en tissu mixte de lin et de laine, chatnes *, est plus difficile à comprendre; cependant, les juifs observants le respectent même s'ils n'en discernent pas la raison. Parce que c'est un commandement.

(Il fit une pause pour regarder à tour de rôle chacune de ses interlocutrices, puis continua.) Il est important de se rappeler que si nous sommes tenus de respecter les commandements, nous n'avons pas droit à des points supplémentaires, si nous faisons ce qui n'a pas été commandé. Il nous a été ordonné de réciter des prières trois fois par jour, et il n'y a aucun mérite spécial à les réciter six fois par jour. Chez les chrétiens ce serait le cas. Le prêtre peut vous ordonner de réciter une douzaine d'Ave Maria en pénitence. Il existe des communautés de moines et de sœurs qui ont fait le vœu de prier tout au long de la journée. Tandis qu'un chrétien pieux peut passer une bonne partie de son temps en prières, ce n'est pas le cas dans notre religion. A étudier, oui, mais pas à prier. Gardez cela à l'esprit. C'est important. Si vous récitez la bénédiction sur le vin ou le pain, pour ne pas boire ensuite du vin ou manger une bouchée de pain, ce n'est pas une mitzwa * que vous avez accomplie mais le contraire. L'exemple classique est celui d'une personne qui, entendant la sirène des pompiers alors qu'elle est éloignée de chez elle, prie pour que ce ne soit pas sa maison qui brûle. Une telle prière est considérée comme péché pour deux raisons : d'une part parce qu'elle implique que vous désireriez que ce soit la maison d'un tiers qui brûle; d'autre part, parce que vous priez pour quelque chose qui est impossible, à savoir qu'un événement qui s'est déjà produit ne se produise pas. Comprenez-vous?

Il darda sur elles un regard perçant à travers ses épaisses lunettes.

– Vous voulez dire, commença avec hésitation Mme Froehlich tandis qu'elle essayait d'exprimer sa pensée, que... j'arrive à comprendre la première raison, mais...

– Je vais essayer de m'expliquer plus clairement, enchaîna le rabbin. J'ai dans ma parenté un cousin que tout le monde dans la famille appelle Simkha, l'apicoyres *. Un apicoyres est un agnostique; le terme est dérivé d'Épicure, le philosophe grec, à partir d'une compréhension erronée de sa doctrine. Bien que Simkha soit un juif pieux et observant, il interprète un peu bizarrement certains commandements. Ainsi, par exemple, il estime que le poulet ne doit pas être considéré comme viande dans le cadre des lois diététiques, expliquant qu'il est interdit de mélanger les aliments lactés et carnés, parce qu'il est écrit : « Tu ne mangeras pas le chevreau dans le lait de sa mère », selon lui, cette loi ne peut pas s'appliquer au poulet car il n'est pas un mammifère.

– Voilà qui est original! s'exclama Mme Allen.

Le rabbin sourit.

– Il refuse également de fixer une mezouza * au fronton de sa porte car le commandement est libellé : « Tu inscriras (ces paroles) aux frontons des portes de ta maison »; or, argumente-t-il, je suis locataire, ce n'est donc pas ma maison. Bon, je vous accorde que cela est un cas extrême de pilpoul *, c'est-à-dire de coupeur de cheveux en quatre, mais cela vous permet de comprendre qu'un commandement institue une obligation, pas forcément agréable, mais qu'il faut exécuter. Dans le même esprit, un rabbin très connu a dit qu'il ne faut pas prétendre ne pas manger les mets défendus : porc, coquillages et autres, parce qu'ils sont désagréables et repoussants, mais plutôt qu'ils sont bons, voire délectables, mais qu'on n'y touche pas, parce que c'est interdit par un commandement. Avez-vous saisi le sens? Or, il se trouve que les femmes sont exemptées de certains commandements qui doivent être exécutés à des moments précis, notamment la participation au mynian * des offices du matin et du soir.

– Mais pourquoi sont-elles exemptées de ces commandements, monsieur le rabbin? demanda Mme Froehlich.

– Parce que le fait de les observer les gênerait dans

leur travail plus important de directrice du foyer et de la famille.

– Naturellement, fit ironiquement Molly Mandell, il s'agit d'en tirer un maximum de travail.

– Non. (Le rabbin secoua la tête en dénégation.) Non, madame Mandell. Car chez nous la synagogue n'est pas le lieu central de la religion. Ce lieu, c'est le foyer familial. C'est là que l'on célèbre le sabbat, que l'on fête la Pâque, que l'on construit la Soucca *. Pour vous donner un exemple pratique, on peut imaginer le cas d'un mari, tenant absolument à réciter le kaddish *, insistant de ce fait auprès de son épouse afin qu'elle l'accompagne à l'office pour qu'il y ait le quorum du mynian *, même si de ce fait il n'y a personne pour préparer le petit déjeuner des enfants.

Mme Froehlich acquiesça vigoureusement.

– Après le décès de son père, Harvey allait jour après jour, matin et soir, aux offices à la synagogue pour dire le kaddish *, durant toute une année. Avant, il n'allait jamais aux offices les jours de semaine et il n'y est plus retourné depuis. Mais pendant cette année il a agi comme les anciens fidèles. Et par-dessus le marché, il n'était même pas très proche de son père. Ils ne se sont jamais bien entendus.

– Il avait certainement un sentiment de culpabilité, réfléchit à voix haute Mme Allen.

– A vous entendre parler, monsieur le rabbin, enchaîna Molly Mandell, toute la religion juive est pratiquement conçue pour rendre la vie plus facile aux femmes, cela sonne agréablement à l'oreille, mais c'est une farce et je suis en mesure de le prouver. Car dans les prières quotidiennes que vous récitez tous les matins, vous commencez par remercier Dieu de ne pas vous avoir fait naître femme.

Les deux autres femmes étaient déconcertées par cette véhémence et regardaient le rabbin dans l'attente de sa réaction. Bien que rougissant sous l'attaque, il arriva néanmoins à sourire.

– Je ne vois pas comment vous pouvez trouver à redire à cette bénédiction en particulier, alors qu'elle s'accorde pleinement avec la doctrine de votre mouvement.

– Que voulez-vous dire?

– Eh bien, le mouvement Women's Lib allègue que la vie est plus facile pour l'homme que pour la femme, n'est-ce pas? demanda-t-il.

– Bien entendu, mais...

– Alors pourquoi n'en remercieraient-ils pas Dieu? Et alors ont-ils tort de vouloir abolir en partie les différences en octroyant aux femmes des privilèges spéciaux?

8.

Laura Maltzman n'était pas une belle femme; en fait, elle avait un physique ingrat. Elle était grande et anguleuse avec des épaules carrées. Son long visage se terminait par un menton rectangulaire, qui semblait légèrement décentré, comme si elle venait de recevoir une gifle ou était sur le point de tourner la tête. Mais elle avait de grands yeux, montrant de la bonté et de la compréhension. Comme son mari entrait dans le living venant du bureau où il avait téléphoné en se frottant les mains de satisfaction, elle le regarda d'un air interrogateur.

– Je viens d'avoir la nouvelle. Ça marche pour l'emprunt, c'est pratiquement acquis.

– Oh! Qui a téléphoné?

– Molly Mandell. En ayant parlé à Gore, elle croit qu'il est d'accord. Elle pensait que cela me ferait plaisir de l'apprendre. (Il marcha de long en large, puis se planta devant elle.) Écoute, ce prochain dîner que tu organises, pourquoi ne pas téléphoner aux Mandell pour les y inviter?

– Mais ils sont tellement plus jeunes que les autres, objecta-t-elle.

– Et après? Je veux qu'elle, qu'ils, sachent combien j'apprécie...

– Tu as coopté Herb Mandell la semaine dernière au Conseil d'administration de la communauté.

– Oui, mais comme il est actif dans la Fraternelle, elle pourrait croire que c'est pour cette raison. Je veux qu'*elle* sache que je suis reconnaissant. Vois-tu? Elle a beaucoup d'influence à la banque. Elle a été aimable envers moi, ne serait-ce que par ce coup de fil tout à l'heure. Il est très important d'avoir quelqu'un sur qui l'on puisse compter à la banque. Donc je veux qu'elle sache...

Laura abaissa les yeux sur le tricot qu'elle tenait sur les genoux.

– La trouves-tu belle? demanda-t-elle.

Du coup, il se montra tout de suite prudent.

– Bon, ce n'est pas une cover-girl, cependant elle est assez mignonne. Elle est ardente, vive et culottée.

– Culottée est le mot juste. Lillian Allen m'a raconté qu'elle a fait partie du groupe qui est allé voir le rabbin, et qu'elle a témoigné d'un drôle de culot envers lui.

– Oh! Lillian Allen! Qu'a-t-elle raconté?

– Elle a raconté que Molly a prétendu que toute la religion juive était sexiste et elle a pratiquement traité le rabbin de porc macho.

– Vraiment? s'exclama-t-il. Eh bien, moi, je ne le traiterais pas de macho. Pour moi, c'est plutôt un genre de mollasson. Je veux dire qu'un type viril ne peut pas devenir rabbin pour passer sa vie à prier. Je les connais, ces gars. A les entendre, on a l'impression que le beurre ne fondrait pas dans leur bouche, mais avec leur air de sainte nitouche, ils sont capables de tout bousiller. Alors, ne t'attends pas à ce que je me fâche parce que

Molly Mandell lui a dit ses quatre vérités. J'ai l'intention d'en faire autant s'il me met des bâtons dans les roues. La synagogue appartient aux membres de la communauté, et moi et les administrateurs avons été élus par eux pour la diriger en leur nom. Le rabbin est quelqu'un qui a été appointé pour exécuter une tâche, et plus vite il la réalisera, mieux cela vaudra. Cela étant dit, veux-tu téléphoner à Molly Mandell pour l'inviter?

– Si tu insistes.

Il devint rouge et ses yeux se firent protubérants.

– Oui, bordel de Dieu, j'insiste.

9.

Ellsworth Jordon arpentait le living de sa demeure victorienne en regardant l'horloge sur la cheminée chaque fois qu'il passait devant elle. Billy n'était pas encore rentré de son travail et il se faisait du souci, tout en se reprochant lui-même de se faire du souci. Au moment où il le vit gravir en vitesse la longue montée menant vers la maison, le reproche qu'il se faisait se transforma en colère contre le jeune homme.

– Où as-tu traîné? demanda-t-il. Tu es en retard.

Billy était contrit.

– Je suis navré, monsieur. Ayant manqué le bus, j'ai décidé de rentrer à pied plutôt que d'attendre le prochain. Il faisait tellement beau.

– Ne sais-tu pas que Martha est prise ce soir et doit partir plus tôt? Elle l'a mentionné ce matin.

– Zut, j'avais oublié.

– Et moi-même je dois aller à l'*Agathon.*

– Mince, je suis désolé. Martha peut laisser la vaisselle, je m'en occuperai.

– On verra ça plus tard. Va te laver; ne faisons pas attendre Martha davantage.

Ils mangèrent en silence. Normalement, Billy aurait fait des commentaires sur sa journée à la banque, mais comme il avait été réprimandé il n'avait pas le cœur à parler. Jordon lançait occasionnellement un regard furtif vers le garçon tout en s'étonnant de son air renfrogné. Il l'avait blâmé pour être rentré en retard, ce qui était son droit et son devoir. Quand il lui avait dit d'aller se laver, Billy aurait dû réaliser que son explication et ses excuses avaient été acceptées. Alors pourquoi restait-il muet? S'attendait-il à ce que lui, Jordon, très nettement son aîné, fît le premier pas?

Bien que continuant à regarder son assiette de façon maussade, Jordon, au bout d'un moment, réfléchit au fait que les jeunes gens manquaient naturellement du sens des nuances, que depuis les quelques mois qu'ils étaient ensemble, Billy s'était bien adapté, que lors des soirées et des week-ends qu'ils passaient en tête à tête, le garçon s'était même montré sociable, même si c'était de la manière gauche et maladroite habituelle aux jeunes gens. Il ne vous regardait pas dans les yeux, il avait une allure négligée et s'habillait d'une façon débraillée. Ses lunettes descendaient le long de son nez et l'une des branches de la monture tenait en place grâce à un bout de fil de fer. Cependant, il était obéissant, voire docile, et grâce à Dieu, il n'était pas boutonneux. Enfin, un point nettement positif : il semblait content de son travail de guichetier à la banque. Au dire de Gore, les clients semblaient l'apprécier.

Il n'y avait eu aucun problème pour lui obtenir ce boulot.

– Larry, il y a un jeune homme qui va venir chez moi pour une certaine période. Je vous serais reconnaissant si vous pouviez lui confier un travail à la banque durant son séjour.

– Combien de temps va-t-il rester?

– Plusieurs mois. Peut-être une année. Peut-être plus

longtemps. Voilà quelque temps que je pense qu'il serait préférable pour moi de ne pas passer les nuits seul dans ma maison.

Lawrence Gore sourit d'un air entendu et acquiesça.

Jordon fronça les sourcils. Il avait la réputation d'être un grippe-sou, et il savait ce que Gore pensait : plutôt que d'engager une personne de compagnie, il avait fait venir Billy auquel il ne payait que le couvert et le logis. Cependant, il n'estimait pas nécessaire de fournir des explications.

– Je considérerais comme un service personnel, Larry, enchaîna-t-il, toute amabilité que vous lui témoigneriez. Je ne veux pas que vous lui confériez des privilèges spéciaux par rapport aux autres employés, simplement, un mot aimable d'encouragement de temps à autre. Sauf erreur de ma part, il a été chouchouté par sa maman et manque d'assurance...

– Je vous ai parfaitement compris, Ellsworth. Je vous fais une proposition. Je vais démarrer un cours de tir au pistolet. Il peut s'y inscrire afin que je lui apprenne à tirer.

– Merde, Larry, nous ne sommes pas au Far West. Montrez du bon sens. Ce n'est pas parce qu'on lui enseignera le tir au pistolet qu'il deviendra un homme...

– Détrompez-vous, dit Gore avec sérieux. Au collège, j'étais le plus petit de ma classe. La plupart des filles étaient plus grandes que moi. Lors d'une soirée, ils se sont débrouillés pour me faire danser avec une fille grosse et grande, Florence Richardson. Mes yeux étaient au niveau de sa poitrine. Ciel, que c'était gênant!

Le vieil homme se fit égrillard.

– Vous aviez le visage contre ses nichons, hein? Ça ne devait pas être trop désagréable.

Gore sourit.

– A l'heure qu'il est, cela ne m'aurait pas gêné, mais à l'époque! (Il secoua la tête, plongé dans une réflexion rétrospective.) Être de petite taille rend certains hommes autoritaires, mais la plupart deviennent timides, circonspects et renfermés. Lorsque à l'université il a fallu opter pour un sport, j'ai choisi le pistolet pensant que ma petite taille ne serait pas une gêne en l'occurrence. Et savez-vous, au moment où j'ai appris à me servir d'une arme, j'ai commencé à grandir.

Le vieil homme le regarda de haut avant de lâcher :

– Pas de façon notable.

– Si, notablement. Je ne suis pas devenu plus grand, mais le fait de me sentir à l'aise avec une arme m'a donné de l'assurance en toute chose. Cela vous donne un sentiment de puissance et vous rend sûr de vous. Lorsque j'ai gagné le championnat régional interuniversitaire, j'étais devenu un géant. Laissez-moi m'occuper de ce garçon, Ellsworth. J'en ferai un homme.

Jordon n'avait pas brisé le silence jusqu'à ce que Martha vînt apporter le plat principal et alors il s'adressa à elle :

– Un rendez-vous important ce soir, Martha? Quelqu'un de spécial? demanda-t-il sur un ton de plaisanterie.

– Non, simplement un rendez-vous, répondit-elle.

– Quelqu'un que je connais?

– Je ne pense pas. C'est un gars de Lynn que j'ai rencontré l'autre soir au bowling.

– Ne vous en faites pas. Vous pourrez partir en temps voulu. Laissez les plats sur la table, Billy la débarrassera.

« Maintenant, pensa-t-il, j'ai prononcé son nom. Il devrait comprendre que je ne suis plus en colère. » Mais le jeune homme, ne saisissant pas l'allusion, garda les yeux sur son assiette et demeura silencieux.

Lorsque Martha vint servir le café, elle était déjà sur son trente et un.

– Je vais partir, annonça-t-elle. J'ai mis les plats et la poudre dans le lave-vaisselle et les torchons sont sur l'égouttoir.

– OK, Martha, amusez-vous bien.

Jordon était morose en avalant son café, l'air absent. Lorsqu'il eut terminé, il quitta la table sans un mot pour s'installer au living. Quand Billy vint l'y rejoindre, Jordon leva les yeux de son journal pour demander :

– La vaisselle est faite?

– Oui, monsieur.

– Et rangée?

– Oui, monsieur.

– Bien, très bien. As-tu déjà écrit à ta mère?

– J'ai l'intention de le faire demain.

Les traits de Jordon se rembrunirent.

– J'ai promis à ta mère qu'elle recevrait une lettre de toi toutes les semaines. Je veux que tu lui écrives tout de suite.

– Mais j'ai dit à M. Gore que je viendrai l'aider à préparer les photos concernant l'exposition d'argenterie.

Cette réponse mit le vieil homme en fureur.

– Ta mère passe en premier lieu. Tu vas aller dare-dare dans ta chambre pour écrire cette lettre.

– Merde alors! marmonna Billy; néanmoins, il alla dans sa chambre et ferma la porte derrière lui.

Jordon le suivit jusqu'à la porte.

– Je t'enferme jusqu'à ce que tu aies terminé la lettre, cria-t-il en tournant la clé dans la serrure.

Puis à travers la porte :

– Tu resteras là aussi longtemps que cette lettre ne sera pas écrite. Comme je vais me livrer à ma méditation habituelle, je te remercie de ne pas me déranger durant les vingt prochaines minutes. Après, si tu as fini, tu peux frapper et je t'ouvrirai. Toutefois, je t'avertis que si ce n'est pas fait, comme je me rends ensuite au club, il faudra que tu attendes mon retour.

Il écouta un moment en tendant l'oreille vers la porte, mais Billy ne répondit point. Il s'assit sur sa chaise longue pour sa méditation transcendantale dont il était persuadé qu'elle avait un effet favorable sur son cœur. Lorsque les vingt minutes furent écoulées, il se leva pour se rendre sur la pointe des pieds vers la chambre du jeune homme. Arrivé à la porte, il y colla son oreille mais n'entendit aucun bruit.

« Très bien, pensa-t-il. Si cela doit devenir une partie de bras de fer, on verra qui est le plus fort. » Il alla à la porte d'entrée pour l'ouvrir avant de la refermer en la claquant. Puis l'ouvrit à nouveau sans bruit et écouta. N'entendant rien, il ferma la porte silencieusement et entra dans sa voiture garée sur le parking.

10.

L'appel téléphonique vint tard dans l'après-midi.

– Monsieur Maltzman? Ben Segal à l'appareil. J'aimerais acheter un terrain. M. Gore, de la banque, m'a conseillé de vous contacter. Pourrions-nous nous rencontrer...

Ben Segal? Connaissait-il un Ben Segal? Puis il se souvint. C'était sans doute Ben Segal de Chicago. Il y avait des rumeurs concernant sa présence en ville. Il respira profondément.

– D'où appelez-vous, monsieur Segal? demanda-t-il tranquillement.

– Je vous appelle d'un hôtel de votre ville, l'*Arlington Arms*, où nous sommes descendus.

Un court moment, il se demanda s'il devait jouer l'homme débordé avant de se décider en sens contraire.

– Si vous êtes libre maintenant, fit-il, je viens tout de suite.

Ils étaient assis dans une pièce à l'ameublement pompeux et pléthorique de la seule suite de l'*ArlingtonArms*, primitivement destinée à servir de salle de conférences. Les Segal étaient installés sur un sofa lourdement broché, tandis que Maltzman avait pris place sur le rebord d'un fauteuil en cuir, essayant de faire tenir en équilibre sur un accoudoir la tasse de café et les petits fours que Mme Segal avait commandés pour lui à son arrivée.

– Je serais intéressé par l'achat d'un lopin de terre, expliqua Segal. (Il extirpa d'une poche de sa veste la boîte d'allumettes sur laquelle il avait griffonné le nom de la rue.) C'est sur ce qu'on appelle ici, je crois, le Point, sur la Crossland Avenue, immédiatement après la Porter Street.

– Oui, je connais le coin, dit Maltzman en fronçant les sourcils. Tout cela est zone résidentielle et notre réglementation locale est très stricte.

– Bien entendu, je comprends. Je n'ai nullement l'intention d'y édifier une usine ou un hall de stockage. Je veux y construire ma résidence familiale. On ne peut pas prendre une maison pour en faire essentiellement un lieu de réunions pour cadres, pour organiser des dîners et y recevoir d'autres visiteurs tels que des pompiers. Ce doit être un domicile familial. Voyez-vous ce que je veux dire? Il s'agit d'un simple immeuble d'habitation...

– Nous avons l'intention d'y habiter nous-mêmes, monsieur Maltzman, expliqua Mme Segal. Nous désirons nous établir ici.

– C'est exact, confirma son mari. Je vais diriger personnellement la Société Rohrbough.

Mimi se pencha vivement en avant.

– Voyez-vous, monsieur Maltzman, nous avons toute notre vie durant, tous les deux, vécu dans de grandes villes, et cela à l'hôtel. A Chicago, nous avons certes un grand appartement, mais toujours à l'hôtel. Puis nous en avons assez de la grande ville, avec son bruit, la saleté et la criminalité; on a peur de faire une promenade le soir. Aussi, nous avons l'intention de nous établir ici. Cela signifie que nous allons changer notre mode de vie, nous inclure à une communauté. C'est ce que nous voulons. C'est cela, du moins je l'espère, qui a surtout motivé la décision de Ben de s'occuper personnellement de la direction de Rohrbough.

– C'est exact, dit son mari. Alors que nous déjeunions aujourd'hui, Gore nous a parlé de cette réunion des édiles municipaux à laquelle tout le monde assiste. Nous aimerions également y aller, ainsi qu'au feu d'artifice de la fête nationale du 4 juillet et au festival des arts que vous organisez à l'hôtel de ville.

Maltzman acquiesça lentement. Une idée commença à germer dans son esprit. Il dirigea son regard sur Ben Segal :

– Êtes-vous toujours juif? Je veux dire, vous ne vous êtes pas converti?

Segal haussa les épaules.

– Je ne suis guère pratiquant, mais je n'ai jamais renié mes origines.

Mimi dit :

– Son frère a changé son patronyme en Sears et voulait que Ben en fasse autant, mais Ben n'a jamais envisagé de le faire.

– Voilà qui est bien, commenta Maltzman, mais dans une petite ville comme Barnard's Crossing, les gens veulent savoir où vous vous situez. Si vous voulez être respecté et accepté, il faut que vous adhériez au groupe auquel ils vous associent. En l'occurrence cela signifie faire partie de la communauté synagogale. Vous devez montrer que vous êtes disposé à vous mettre debout pour être compté.

– Mais je ne suis nullement religieux, protesta Segal.

– Et après? La plupart de nos membres ne le sont pas. Nous arrivons tout juste à réunir une centaine de personnes aux offices du vendredi soir. Étant président de la communauté, j'y vais toujours. Rejoindre la communauté n'est pas une question de religion, c'est une façon de montrer que vous avez le sentiment d'appartenir à un groupe.

– Mais pour moi, c'est différent, objecta Segal. Je ne crois pas honnêtement avoir le droit de devenir membre d'une synagogue. Voyez-vous, je n'ai jamais célébré ma bar-mitzwa *. Mes parents étaient très pauvres quand j'étais gosse et, à l'époque, ils n'avaient pas les moyens de se payer cette cérémonie.

– Oh Ben, mon chéri, tu ne m'as jamais parlé de cela! (Mimi était pleine de compassion.) Pour en revenir à la bar-mitzwa *, il me semble que tu peux la célébrer à tout moment. N'est-ce pas, monsieur Maltzman? Je crois avoir vu à la télé un homme de soixante-dix ans qui venait de la célébrer en Californie. Ses parents avaient également été très pauvres quand il était jeune.

– Parfaitement, je me souviens de cette émission, renchérit Maltzman. Par ailleurs, j'ai lu dans le *Hadassah Journal* l'histoire de tout un groupe d'hommes, d'âge mûr, appartenant à quelque club ou à une synagogue, qui sont allés en Israël pour célébrer leur bar-mitzwa * au Mur du Temple de Jérusalem. Écoutez, monsieur Segal, si vous êtes intéressé je verrai le rabbin pour vous arranger cela. (Puis, il pensa à un truc.) J'ai une idée, j'en parlerai au Conseil d'administration, et si ses membres partagent ma façon de voir, la communauté vous parrainera.

– Mais il me semble que c'est tout un cérémonial, non? Ce n'est pas simplement un banquet. Je crois me rappeler que les gosses de mon âge devaient faire des études pour cela. Il y avait des prières spéciales à apprendre par cœur et...

– Il n'y a rien de tout cela, monsieur Segal, le tranquillisa Maltzman. Vous êtes appelé à la Lecture de la Tora * par le ministre officiant et tout ce que vous devez faire, c'est prononcer une bénédiction. Les enfants chantent en hébreu leur passage. Mais vous n'êtes pas obligé d'en faire autant. A moins que vous ne le désiriez, auquel cas je demanderais au ministre officiant de vous l'enseigner. Même si vous ne savez pas lire l'hébreu, nous avons transcrit la bénédiction en lettres latines; ou vous pouvez même la prononcer en anglais. Après la lecture de votre passage, vous prononcez une autre bénédiction selon les mêmes modalités et le tour est joué. Bien entendu, les enfants célébrant leur bar-mitzwa * chantent également un passage du Livre des Prophètes. Certains font même toute la Lecture de la semaine. C'est une façon de se faire valoir. Mais ce n'est pas nécessaire. Croyez-moi, tout ça n'est qu'un jeu.

– Votre synagogue est-elle la seule dans cette ville, monsieur Maltzman? demanda Mimi.

– C'est exact, madame Segal, et tous les juifs y habitant depuis un certain temps appartiennent à notre communauté. Bien entendu, certaines familles nouvellement arrivées et dont les membres ne sont peut-être pas certains à cent pour cent de garder leurs emplois ne se sont pas inscrites, mais pratiquement toutes celles qui sont solidement établies en font partie. Dites-moi oui et je m'occupe de l'arrangement avec le rabbin et de tout le reste.

Ben Segal, indécis, regarda sa femme, et comme cette dernière acquiesçait avec ferveur, il dit :

– D'accord, inscrivez-moi.

– Formidable, conclut Maltzman. Et je vais tout de suite me mettre au travail au sujet de ce terrain sur le Point.

11.

A la salle à manger de l'*Agathon Yacht-Club*, on pouvait commander un cocktail, mais uniquement à condition de dîner. Certes, on pouvait traînailler ensuite sur un café et une eau-de-vie, mais le comité n'aimait pas que l'on traînaille trop longtemps. Durant la saison de la navigation à voile, il y avait beaucoup de dîneurs, de sorte que souvent les derniers arrivés devaient attendre qu'une table se libère. Durant la morte-saison, les garçons répugnaient à attendre trop longtemps pour débarrasser les tables.

Il y avait, bien entendu, un salon, très pompeusement aménagé, avec de grandes fenêtres munies de rideaux et de stores en velours, un plancher recouvert de carpettes et de tapis et un ameublement consistant en sofas et fauteuils satinés et brocardés et des tables en acajou très poli, et des lampes pourvues d'abat-jour de soie. Ç'est là que l'on rencontrait les invités pour bavarder avec eux durant quelques minutes, juste assez pour les impressionner, avant de les emmener à la salle à manger ou au débarcadère pour leur faire faire un tour sur votre bateau. En général, le salon était occupé par des dames qui y commandaient du thé ou du café.

Pour boire sérieusement ou pour de longues conversations sans sujet déterminé destinées à tuer le temps pendant toute une soirée, il y avait le bar, territoire essentiellement masculin. Il n'était pas interdit aux femmes d'y accéder, mais par un accord tacite elles n'y venaient jamais. C'était une pièce dénudée, éclairée par des plafonniers déversant une lumière crue sur le linoléum représentant une bataille navale qui couvrait le sol. Pour tout ameublement, il y avait une demi-douzaine de tables pleines de brûlures de cigarettes, chacune entourée de sièges rudimentaires. Il y avait contre le mur un petit bar, à peine plus haut qu'un comptoir, et derrière un rayonnage avec des bouteilles ainsi qu'un évier.

La pauvreté de ce décor était une survivance du temps de la prohibition. A l'époque, on estimait que si l'on buvait clandestinement, il y aurait de l'impudence à le faire dans un cadre luxueux. Périodiquement, il y avait des suggestions pour un renouvellement du mobilier, notamment par l'introduction de fauteuils en cuir, de boiseries et de posters représentant des voiliers ou d'autres sports, mais les habitués du lieu y opposèrent une résistance tenace, peut-être de peur qu'au cas où la pièce serait réaménagée et convenablement décorée, les femmes ne soient enclines à y pénétrer.

Il n'y avait pas de garçons, uniquement un barman. Quand il y avait peu de monde, il vous apportait de quoi remplir à nouveau votre verre sur un simple signe de tête, mais habituellement on venait se faire servir au bar et on amenait son drink à table. Généralement il y avait peu de monde au bar le jeudi soir; c'est pour cela que Jordon venait y faire sa visite hebdomadaire. Il n'aimait pas les bars bondés, où une convivialité alcoolique se traduisait par un fort vacarme. Il préférait la compagnie de ses vieux copains, des gens auxquels il était habitué, avec qui il pouvait échanger des propos sensés, sérieux, voire philosophiques, ou, si telle était l'ambiance, rester assis ensemble dans un silence agréable.

Bien qu'il fût évident que d'autres hôtes viendraient par la suite, Jordon, tout en attendant sa boisson, nota avec satisfaction que parmi les quatre personnes se trouvant autour de la seule table occupée pour le moment, deux étaient des habitués du jeudi soir. Il y avait le vieux Springhurst, le recteur en retraite de l'église épiscopale St-Andrew, auquel ses cheveux argentés, son col de clergyman et son complet de flanelle grise donnaient un air distingué. Faisant profession d'athéisme, Jordon prenait un malin plaisir à discuter de religion avec lui. L'autre était Albert Megrim, courtier de Bourse et conseiller municipal de la ville, avec lequel il aimait parler de politique. Megrim était un homme corpulent avec une figure ronde surmontée d'une fine chevelure partagée par une raie médiane en deux parties rigoureusement égales. Il était habillé en permanence d'un complet foncé, d'une chemise blanche avec un nœud papillon même en pleine canicule.

Jordon ne connaissait que vaguement les deux autres convives complétant la tablée. Jason Walters, juriste d'entreprise, était un homme grand et maigre, féru de sports de combat et ayant le culte de la forme physique. Jordon remarqua qu'il portait un survêtement et des espadrilles et en conclut qu'il terminerait probablement la soirée par une partie de squash. Le quatrième homme, Don Burkhardt, de loin le plus jeune, moins de quarante ans, était l'associé d'une firme dénommée Ingénieurs Créatifs Inc. spécialisée en différents domaines comme le design de meubles de bureau et la mise en place d'installations, l'analyse de résultats d'entreprises et la mise sur pied de graphiques destinés à étayer les bilans annuels. Jordon le regardait avec déplaisir tandis qu'il attendait qu'on lui serve sa boisson au bar. Il n'aimait pas sa vareuse bien coupée et son jean d'un bleu soigneusement décoloré. Il n'aimait pas davantage sa chevelure blonde à la coupe afro, avec une auréole de boucles encadrant sa figure mince. Et par-dessus tout, il n'aimait pas chez lui ce qu'il considérait être ses idées gauchistes, car Burkhardt ne faisait pas mystère de voter démocrate et se qualifiait lui-même de démocrate libéral.

Voyant Jordon s'approcher avec son verre, les quatre hommes se poussèrent pour lui permettre d'intercaler un siège.

– Comment allez-vous, Ellsworth? le salua le recteur Springhurst.

– Ça va à peu près, mon père, à peu près.

– Je suppose que Gore est en bas au stand de tir, remarqua Albert Megrim.

– Non, cette fois-ci, je suis venu seul, dit Jordon. Larry est occupé à préparer son exposition d'argenterie Peter Archer. Pourquoi?

– Nous nous posions des questions au sujet du nouveau membre dont il propose l'admission. Est-ce un plaisancier? Possède-t-il un bateau?

– Comment? Un nouveau membre? Je fais partie du comité et ne sais rien à ce sujet.

– Son nom a été affiché, Ellsworth, dit Jason Walters. Il s'appelle Segal.

– C'est Ben Segal de Chicago, précisa Megrim, celui qui va prendre en main la Société Rohrbough.

– Segal? Un juif? questionna Jordon.

Megrim sourit ironiquement.

– Actuellement, on ne peut pas savoir à tous les coups. Il n'est pas ce que j'appellerais un juif, Ellsworth. Je veux dire, c'est un financier. Il y avait un grand article le concernant dans le *Business Week*. Un homme comme lui n'est pas un juif.

– Je sais exactement ce que vous voulez dire, intervint Walters. Nous travaillons depuis des années avec une banque privée de New York, placements et autres opérations. Eh bien, un jour j'ai demandé au téléphone le P-DG et on m'a répondu qu'il était absent. Alors, j'ai demandé à parler au chef du service des portefeuilles qui n'était pas davantage là. Là-dessus, histoire de rire, j'ai demandé ce qu'il y avait comme fête à New York? La standardiste m'a répondu que c'était Yon... Yom...

– Yom Kippour * compléta Don Burkhardt.

– C'est cela, Yom Kippour *. C'est leur principale fête. Il se tourna vers son jeune convive. Comment le savez-vous?

– Parce que mon associé est juif ainsi qu'un grand nombre de mes amis.

– Eh bien, ce que j'ai essayé de faire ressortir, c'est que durant les longues années où j'ai travaillé avec eux, je n'ai jamais été frappé du fait qu'ils étaient juifs. Ils le sont tous dans cette société; du moins les cadres supérieurs. Que pensez-vous de cela?

Il secoua la tête pour marquer son étonnement.

– Vous me rendez vraiment malade, explosa Burkhardt, en s'éloignant de la table comme pour donner une traduction physique de son dégoût. Vous parlez comme une bande de ces abrutis du Ku Klux Klan.

– C'est de moi que vous parlez? (Jason Walters était indigné.) Ne tentez pas de me faire passer pour quelqu'un de sectaire. Je vous préciserai simplement que notre médecin de famille est le Dr Goldstein, bien connu dans notre ville, et que nous ne jurons que par lui.

– Si c'est moi que vous désignez, Don, fit Megrim de sa voix traînante, vous vous fichez le doigt dans l'œil. Durant ma dernière année à l'université, j'ai partagé ma chambre avec un juif. Il habite actuellement à Detroit et toutes les fois que je m'y rends pour affaires, il est le premier à qui je téléphone. Nous dînons ensemble, puis allons au spectacle ou prendre un verre dans un bar pour bavarder. Je lui confie des choses dont je ne parlerais pas à mon propre frère ou à ma femme. Il est probablement plus proche de moi que...

– Et je puis ajouter, enchaîna Jason Walters avec hauteur, qu'il y a quelques années, plutôt que d'aller passer nos vacances d'hiver aux Bermudes ou au Palm Beach, Grace et moi sommes allés en Terre sainte et j'ai dit partout qu'ils avaient accompli là-bas un travail formidable. Bien entendu, ils devraient faire quelque chose pour les Palestiniens, mais globalement ils méritent un grand coup de chapeau et je le répète chaque fois que j'en ai l'occasion.

– Il faut comprendre, Don, dit Albert Megrim d'une voix apaisante, ceci est un club de convivialité. C'est un endroit où l'on vient pour se rencontrer. Naturellement, on préfère les gens appartenant à la même espèce que vous car on se sent plus à l'aise.

– C'est exact, appuya Walters avec sérieux. Écoutez, mes filles vont danser. Bien entendu, je veux qu'elles fréquentent des gens appartenant à notre monde. Cela ne signifie nullement que j'aie des préjugés.

– Certes, dit Burkhardt avec mépris, tout un chacun se défend d'être antisémite, cependant...

– Je ne m'en défends pas, le coupa Ellsworth Jordon.

– Non? (Le jeune homme le fixa avec surprise.) Vous voulez dire vous *êtes* antisémite?

– Certainement. Nous le sommes tous. Vous également, Burkhardt. Vous avez honte de l'admettre car vous avez la tête farcie de turpitudes libérales selon lesquelles seuls les gens ignares ont des préjugés. Mais vous êtes comme tout le monde. Avoir un associé, un médecin de famille dont on a une haute opinion ou un excellent ami ne prouve rien. Ou plutôt pour un juif, c'est une preuve que vous êtes antisémite. C'est un genre de blague assez répandue parmi eux : chaque fois que quelqu'un se targue d'avoir un excellent ami juif, ils savent que c'est un antisémite. (Il eut un large sourire.) Je suis bien placé pour le savoir, car il fut un temps où mes meilleurs amis étaient juifs.

– Mais vous venez de dire...

Don Burkhardt était perplexe.

– Oh! je suis apte à le reconnaître car je sais pourquoi nous sommes antisémites.

– Vous le savez? Pourquoi?

– Parce qu'ils font que nous nous sentions mal à l'aise.

– Et pourquoi nous sentirions-nous mal à l'aise à cause d'eux?

– Parce qu'ils sont meilleurs que nous, dit simplement Jordon.

Ils le regardèrent étonnés.

– Foutaises! Qu'entendez-vous par meilleurs? questionna Megrim.

– Moralement, sur le plan de l'éthique, dit Jordon. J'estime qu'ils sont simplement plus civilisés que nous. C'est ce qui nous met mal à l'aise et voilà pourquoi nous ne les aimons pas. (Il partit d'un gros éclat de rire.) Et le plus drôle dans l'histoire est que ces imbéciles n'ont pas la moindre idée sur la raison de notre animosité, pas la moindre. Ils n'en comprennent pas le fondement psychologique. Ils se targuent d'être de bons et loyaux citoyens avec un taux de divorces bas et une faible criminalité, d'être sobres, industrieux et ambitieux. Ils militent activement pour toutes les causes dignes d'intérêt et pour les réformes et se trouvent habituellement du côté des opprimés. Toutefois, on ne les aime pas pour autant, voyez-vous. Bien au contraire. Ainsi, par exemple, ils ont été les premiers à prendre le parti des Noirs, et résultat : c'est à eux que les Noirs en veulent le plus.

– Oui, ils ont pris le parti des Noirs, parce que les deux groupes sont des minorités, expliqua Megrim. Mais prenez Israël où ils sont en majorité...

– Ils y commettent la même faute, dit promptement Jordon. Ils créent un petit pays sur un territoire minuscule, et la première chose qu'ils font est d'y amener tous leurs congénères des pays arabes, les vieux et les malades, dont beaucoup ne possèdent pas un sou vaillant. Ils les nourrissent alors qu'eux-mêmes n'ont pas grand-chose. Lors de la création de l'État, il y avait à peu près autant de réfugiés que d'habitants anciennement implantés.

Jordon avala une gorgée de sa boisson avant de continuer.

– De l'autre côté, le monde arabe, avec quatre-vingts millions d'habitants et Dieu sait combien de millions de kilomètres carrés de terres, n'a pas trouvé moyen de donner asile à quelques centaines de milliers de ses frères qu'il a laissés pourrir dans les camps de réfugiés. Et le monde entier dit comme ici Jason Walters que les Israéliens doivent faire quelque chose pour les réfugiés palestiniens, j'insiste, les Israéliens, non pas les Arabes.

– Oui, ils prennent soin des leurs, dit Megrim. C'est connu de tout le monde. Mais actuellement...

– Actuellement, il y a la « bonne frontière » aux confins du Liban, intervint Burkhardt. Tous ceux qui ne sont pas des leurs y reçoivent gratuitement un traitement médical. Tout Arabe, venant à cette frontière, qu'il soit chrétien ou musulman, reçoit de l'aide pour autant qu'il en a besoin.

– Oui, que dites-vous de cela, père? dit Jordon sur un ton moqueur. Les chrétiens se font massacrer et nul dans le monde chrétien ne lève le petit doigt ou esquisse une protestation, ni le pape, ni votre Conseil mondial des Églises, ni les pays chrétiens. Uniquement ces foutus juifs. C'est drôlement embarrassant. Il n'est pas étonnant que personne ne les soutienne à l'ONU. C'est ce que j'ai dit tout à l'heure. Ils mettent tout le monde mal à l'aise, donc tout le monde vote contre eux.

– Les États-Unis ne sont guère mieux lotis, remarqua Jason Walters. Et à y penser, la plupart des pays nous détestent également.

Jordon émit un gloussement.

– Certainement, parce que nous aussi avons tendance à succomber au même travers.

– Foutaises! Ils nous détestent parce que nous sommes riches et puissants, dit Megrim.

– Non, ce n'est pas cela, affirma Jordon. Quand on est puissant, on est redouté. Certes, on peut être détesté, mais uniquement dans la mesure où on inspire la peur. Durant la Seconde Guerre mondiale, nous détestions les Japonais et les Allemands parce que nous avions peur d'eux. Nous n'avions pas de haine contre les Italiens car nous n'avions pas peur d'eux. Et dès que la guerre fut terminée, nous nous sommes arrêtés de détester les Japonais et les Allemands. Voulez-vous savoir pourquoi l'Amérique est haïe actuellement? Pourquoi il y a cette campagne de « Yankee, go home »? C'est à cause du plan Marshall. Jamais dans l'histoire du monde, il ne s'était trouvé un pays vainqueur finançant la reconstruction des nations qu'il avait défaites. Nous avons donné des millions et des millions, sans contrepartie. Et depuis on nous déteste pour cela. Et cette haine persistera jusqu'à ce que le souvenir de ce formidable acte moral s'estompe ou disparaisse.

– C'est de la pure foutaise, Ellsworth, reprit Megrim de sa voix traînante. Ils ne nous aiment pas parce que nous nous montrons présomptueux et arrogants quand nous sommes chez eux. Il se peut que ce soit dû au fait que nous soyons à l'étranger ou que nous ignorions leurs langues ou leurs coutumes, de sorte que nous manquons d'assurance, ce que nous essayons de couvrir par un comportement dominateur. C'est pour cette même raison que nous avons tendance à ne pas aimer les juifs, parce qu'ils sont présomptueux.

– Je ne dirais pas qu'ils sont présomptueux, intervint Burkhardt. (Maintenant que la conversation se situait sur un niveau philosophique, il pouvait parler calmement.) Je pense qu'ils sont un peu plus acharnés que nous. C'est tout. Par exemple, mon associé, dès qu'il s'implique sur un projet, c'est comme si le sort du monde entier en dépendait. La même chose se produit quand pour se relaxer il joue au golf. Il fonce sur le terrain. C'est comme si pour chacune de ses actions il fallait qu'il en fasse un peu plus, comme s'il opérait à un rythme supérieur, si je puis m'exprimer ainsi. J'ai observé le même phénomène chez d'autres juifs. C'est peut-être dans leurs gènes. Cela paraît logique, car avec tout ce qu'ils ont subi comme persécutions, pogromes, etc., ceux qui vivent actuellement doivent être le résultat d'une sélection particulièrement sévère.

– Pas du tout. Cela vient de leur religion, déclara Jordon avec conviction.

– Ils n'ont aucune religion, dit le recteur Springhurst, se sentant intéressé pour la première fois.

– Allons, mon père, c'est eux qui l'ont inventée, sous sa forme moderne, formula Jordon.

– C'est exact. Et durant un temps, ils *étaient* un peuple religieux. A cette époque, le Seigneur était proche d'eux et en avait fait la preuve par des miracles. (Le vieil homme secoua la tête lugubrement.) Mais plus Il en a fait pour eux, plus ils se sont éloignés de Lui. Rendez-vous compte, après un miracle comme la partition de la mer Rouge, ils ont construit le veau d'or. Néanmoins, ils étaient restés un peuple religieux. C'est durant la vie de Notre Seigneur Jésus que le grand changement est intervenu. Il l'a remarqué et a essayé de le prévenir. C'était là sa mission : empêcher les scribes et les Pharisiens de transformer la vraie religion en une sorte de société culturelle, pratique et éthique. Ils n'ont pas de Dieu, pas un Dieu dont ils peuvent attendre le salut. Par définition, leur Dieu ne peut pas être connu, même si on le désire. Il ne peut pas être vu. Il ne peut même pas être imaginé. Il est comme le X en algèbre. Cela leur permet de justifier toute réglementation ou code de lois qu'ils veulent mettre en vigueur : « Fais-le car le Seigneur l'a ordonné. » On n'exige pas d'eux d'avoir la foi. Ils n'ont nul espoir de paradis, ni crainte de l'enfer, simplement un code de conduite justifié par : « Ainsi a parlé le Seigneur. » De cette façon, ils n'ont rien à prouver. Ils n'ont pas besoin de convaincre leurs adeptes que ceci ou cela est juste, digne d'intérêt, intelligent ou pratique. Il n'y a aucune discussion sur la meilleure voie à suivre. Simplement, telle est la loi parce que Dieu l'a ordonné. Certes, ils ont passé quelques bonnes lois, comme tout autre pouvoir législatif l'aurait sans doute fait, et quelques autres qui sont diablement idiotes. Cependant, il n'y a pas là davantage de religion que dans la Constitution des États-Unis ou dans le Code Napoléon. C'est contre cela que Notre Seigneur Jésus a combattu. Il ne s'agissait plus des errements habituels auxquels Moïse a dû s'opposer lorsqu'ils se détournèrent du Dieu d'Israël pour servir d'autres dieux. C'était la rupture avec la conception fondamentale de la religion, la relation de l'homme avec Dieu. Voilà pourquoi on ne les aime pas, Ellsworth. Parce qu'ils sont le peuple sans Dieu.

– Voilà qui les place carrément dans votre Église, Ellsworth, dit Megrim en ricanant. Selon notre bon recteur, ils forment un groupe d'athées.

– Que non. (Ellsworth Jordon fit un geste ample de la main pour balayer cette thèse à laquelle il opposait une fin de non-recevoir.) Vous vous trompez, mon père. Nous ne leur en voulons pas d'être sans Dieu. Pour ma part, je ne leur en voudrais certainement pas. Peut-être ont-ils abandonné leur religion pour une société de culture éthique. Mais non contents de cela, ils nous ont refilé leur Jésus. Rappelez-vous, il est un des leurs. Ils nous l'ont imposé, puis se sont défilés. Ils nous ont gratifié d'une religion que nul ne peut observer, comme par exemple présenter l'autre joue, tandis que pour eux ils ont conçu un système, ou si vous préférez un code de lois, avec lequel les gens peuvent vivre. Ce qui nous irrite, c'est qu'ils nous ont embarqués dans une religion qui fait que nous nous sentons perpétuellement coupables.

– Mais vous ne l'observez pas, argumenta Megrim. Du moment que vous vous dites athée, je ne vois pas en quoi vous êtes affecté.

– Certainement, que je suis affecté, répliqua Jordon. J'ai été élevé là-dedans, non? Dès lors que l'on a été exposé à quelque chose de ce genre, on n'en est jamais débarrassé. Cela les met en mesure de réussir aussi bien dans... dans toutes sortes de domaines. Ils ont l'esprit clair. Ils ne sont pas rongés par un sentiment de culpabilité. Ils ne sont pas handicapés par des superstitions. Leurs mathématiciens, médecins ou physiciens ne voient jamais leur foi entrer en conflit avec la science. Ils n'ont pas besoin d'enfermer une partie de leur esprit dans un compartiment étanche, comme c'est le cas chez nous. Cela leur confère un avantage énorme sur nous. Ils fonctionnent plus efficacement, de sorte qu'ils ont l'air d'opérer sur un rythme supérieur.

– Ce christianisme dont ils nous ont fait cadeau consiste dans des notions que nul sauf un saint ne peut appliquer... et encore je me suis demandé souvent à quoi ressemblaient *leurs* rêves. Toutes ces histoires, « présenter l'autre joue », « si ton œil t'offense, arrache-le » et « aimez vos ennemis » se situent au-delà des capacités d'un être humain normalement constitué.

– D'autre part, les juifs ont conçu une religion, ou si vous préférez un code éthique, que toute personne normale peut observer comme aimez-vous les uns les autres, respectez-vous les uns les autres, jouissez de la vie en mangeant, buvant et créant des familles. Résultat des courses : Nous n'observons pas nos règles car elles dépassent notre capacité et nous ne gardons que les éléments irrationnels et de superstition, comme la peur d'aller en enfer, le sentiment de culpabilité qui nous ronge dès que nos cerveaux remplissent leur fonction normale qui est de mettre en doute l'impossible. Pendant ce temps, les juifs s'en tiennent à leurs principes bien adaptés aux limites humaines. Parfois, il leur arrive même de se conformer aux règles chrétiennes quand cela est commode, ou bon pour les affaires, ou raisonnable, comme pour cette histoire de « bonne frontière ». Toutefois là c'est aimer son ennemi et présenter l'autre joue.

Une pensée lui vint à l'esprit :

– Dites, les gars, voulez-vous apprendre quelque chose? Actuellement, ils constituent la seule nation chrétienne au monde. Que pensez-vous de cela, père? Pendant des siècles votre Église a tenté de les convertir, et entre-temps ils se sont convertis eux-mêmes et vous ne le savez même pas.

– Bon, maintenant que vous venez de prouver que les juifs sont chrétiens, vos sentiments sur la candidature de Segal à l'admission au club ont-ils changé? demanda Megrim en riant.

– Certainement pas, rétorqua Jordon. Je suis toujours décidé à blackbouler ce fils de pute.

– Je... je ne comprends pas, articula Burkhardt.

– Qu'est-ce que vous ne comprenez pas? demanda Jordon.

– D'une part, vous dites que Segal est un homme meilleur que vous et, d'autre part, vous dites que vous allez le blackbouler.

– Et après? Supposez que vous vous soyez entiché à la folie d'une femme, tout en sachant qu'elle est vulgaire, d'intelligence moyenne et affligée d'un caractère exécrable. Est-ce que cela signifie que vous cesserez de la désirer? Le désir, ou en l'occurrence la répulsion, comme toutes les émotions, obéissent à une logique qui leur est propre. (Il lança un coup d'œil venimeux au jeune homme.) Quand on est jeune, on a tendance à être prudent avec ses pensées. Des idées surgissent dans la tête, mais si ce ne sont pas de bonnes idées on les écarte, soit qu'on n'y pense plus, soit qu'on les transforme de façon à les rendre respectables. On a peur d'indisposer sa famille, son patron ou un gros client. Mais quand on a mon âge, particulièrement sans avoir de famille, de patron ou de gros client, surtout si l'on a, comme moi, vu de près l'Ange de la mort, on ne se fait guère de soucis au sujet des idées affleurant sous le crâne. On peut y faire face et même les examiner, puis agir selon son bon plaisir.

– Et cela ne vous embête pas d'être incohérent? insista Burkhardt.

Jordon eut un large sourire.

– Pas le moins du monde. Ainsi, je peux dire qu'un juif est meilleur que moi en tant qu'homme, et néanmoins ne pas vouloir de lui dans mon entourage.

– Vous savez, Ellsworth, risqua Megrim en regardant vers le plafond, le jeune gars qui habite chez vous, ma femme l'a vu hier à la banque et elle trouve qu'il a le type juif.

Jordon le regarda fixement, l'air absent.

– Mon Dieu, j'ai complètement oublié Billy. Il faut que je me sauve.

Se levant prestement, il quitta la pièce.

Bien que croyant aux vertus de la discipline, Jordon n'était pas un garde-chiourme. Et tout en s'occupant de Billy, il prenait garde à ne jamais se montrer trop sévère. Après tout, il n'avait en fait aucun droit sur le garçon. Celui-ci était libre de ses mouvements et pouvait partir si la cohabitation se révélait désagréable. Par ailleurs, il tenait à être aimé du garçon.

S'il avait prévu que le garçon montrerait un tel entêtement, il aurait commencé par ne pas l'enfermer dans sa chambre. Il avait espéré que Billy ferait amende honorable avant son départ pour l'*Agathon*. Étant donné que son espoir ne s'était pas réalisé, il ne pouvait pas faire autrement qu'exécuter sa menace, mais avec la ferme intention de juste prendre un verre au club et d'être de retour au plus tard au bout d'une demi-heure. Son propos n'avait pas été de s'engager dans une longue discussion, certainement pas d'une durée aussi étendue que celle qu'il venait d'avoir.

Claquant violemment la porte d'entrée pour la refermer, il s'attendit à un appel du garçon pour être libéré. Il n'y eut aucune réponse. Du coup, un peu inquiet, il alla frapper à la porte du garçon. Puis, collant son oreille à cette porte, il écouta intensément. N'entendant toujours rien, il tourna la clé et ouvrit la porte d'un trait. La pièce était vide.

Il ne fallait pas être grand clerc pour deviner ce qui s'était produit : le garçon était sorti par la fenêtre, ce qui ne constituait pas un grand exploit, la pièce se trou vant au rez-de-chaussée. La fenêtre était restée légèrement entrouverte, visiblement pour lui permettre d'emprunter le même chemin à son retour. Néanmoins, Jordon ouvrit la penderie et fut soulagé en constatant que les habits du garçon s'y trouvaient toujours. Jordon commença par sourire. Puis il se tapa sur les cuisses et partit d'un immense éclat de rire. Il quitta la chambre en refermant la porte à clé. Le garçon avait montré qu'il avait de l'esprit et il aimait cela. Qui plus est, il s'était débrouillé tout seul sans jérémiades ou contestations. De la façon dont il avait opéré, aucun des deux ne perdait la face. Il reconnut être heureux de la manière dont les choses avaient tourné.

Il eut une idée, saisissant le téléphone, il appela Lawrence Gore.

– Billy est-il chez vous? demanda-t-il.

– Non, Ellsworth. Il vient de partir. Est-ce important? Je pourrais le rappeler par la fenêtre.

– Non, et je préfère que vous ne lui disiez pas que j'ai téléphoné. (Il eut un rire étouffé.) Je vous verrai demain à la banque et je vous expliquerai. A propos, à quelle heure est-il arrivé?... Vers huit heures? Ah! si vous saviez.

Le garçon avait dû partir quelques minutes après avoir été enfermé. Il se frotta les mains plein d'allégresse. Magnifique!

12.

Revêtu de son chapeau et de son manteau, Henry Maltzman inspecta rapidement des yeux le bureau, éteignit les lumières et s'apprêta à partir, quand la sonnerie du téléphone retentit. C'était Laura, comme de bien entendu. Elle avait le génie de toujours l'appeler alors qu'il était sur le point de franchir le seuil.

– Henry? Voudrais-tu faire un saut au supermarché en rentrant? J'ai besoin de plusieurs articles.

– Désolé, Laura. Je ne rentre pas tout de suite. Je dois d'abord passer chez le rabbin. C'est important.

– Ne pourrais-tu pas commencer par prendre ce qu'il me faut et...

– Rien à faire. Je perdrai du temps au supermarché et quand j'arriverai chez le rabbin, celui-ci sera sur le départ pour l'office du soir.

– Alors, une fois que tu auras vu le rabbin...

– Le supermarché sera fermé. Non, Laura. Il faut que tu t'arranges soit pour y aller toi-même, soit pour faire sans.

– Mais nous aurons du monde chez nous ce soir. As-tu oublié?

– Non, je n'ai pas oublié. Mais je ne peux pas t'aider. Téléphone au supermarché. Parfois ils livrent en cas d'urgence.

Une demi-heure plus tard, Maltzman parlait de son grand coup dans le salon du rabbin.

– Vous rendez-vous compte de ce que cela signifierait pour la communauté d'avoir une personnalité comme Ben Segal comme membre?

– Qu'est-ce que cela signifierait?

– Davantage de membres, répondit promptement Maltzman. Tout le monde aime faire partie d'une association, d'un club, d'une loge, d'une communauté, peu importe, en même temps qu'une grosse huile. C'est dans la nature humaine. S'il s'agit d'un gros magnat tel que Ben Segal, il se trouvera sans doute des gens pour imaginer que sa chance va leur déteindre dessus. Ou peut-être espéreront-ils pouvoir entrer en relation d'affaires avec lui ou même pouvoir profiter de ses conseils. Pour la plupart, ce sera une occasion de se faire valoir en évoquant son nom, dans le genre de : « L'autre jour, je disais à Ben Segal, vous savez, celui de la Société Rohrbough, il est membre de notre communauté »...

– Pour ma part, je pense qu'il y a des raisons plus valables pour s'inscrire dans une communauté, mais je n'insiste pas, dit le rabbin de bonne humeur.

Maltzman ricana.

– Autrement, nous n'aurions pas assez de membres pour constituer un mynian *.

Le rabbin ricana à son tour.

– Très bien, vous a-t-il signé son bulletin d'adhésion?

– C'est qu'il y a un petit hic, à son avis.

– Quel genre de hic?

– Bien, quand il était jeune, ses parents étaient affreusement pauvres. Ils avaient une minuscule échoppe où il leur donnait un coup de main après les heures d'école. A son treizième anniversaire, ils n'avaient pas les moyens de lui faire célébrer sa bar-mitzwa *.

Le rabbin sourit.

– Alors?

– Alors ça l'embête. Il ne se sent pas juif majeur. C'est un genre de gars terriblement sincère. Dans toutes les grandes villes où ils ont vécu, c'est qu'ils ont beaucoup voyagé : d'abord il avait pris la tête d'un groupe à Detroit où ils ont habité, de là ils sont allés à Dallas, etc.; dans toutes ces métropoles, ils ont résidé à l'hôtel et ne se sont jamais inscrits dans une synagogue, sans doute parce qu'ils pensaient que leur séjour y serait temporaire et également du fait qu'il ne se sentait pas juif à cent pour cent du moment qu'il n'avait pas célébré sa bar-mitzwa *.

– Mais vous lui avez certainement expliqué...

– Ici, c'est différent, lui et sa femme ont l'intention de s'établir, continua Maltzman sur sa lancée. Il n'a pas pris le contrôle de Rohrbough pour une revente. Il veut en prendre la direction effective; il envisage de construire une maison dans la région et de venir y habiter. Il désire faire partie de la communauté. Quand je l'ai harponné pour lui demander son adhésion, il m'a sorti cette histoire de bar-mitzwa *. J'allais justement lui expliquer que cela n'avait aucune importance, quand son épouse, évoquant le cas d'un septuagénaire qui avait célébré sa bar-mitzwa * en Californie, a demandé pourquoi il ne pourrait pas en faire autant. A ce moment-là, j'ai eu l'idée du truc!

– Le truc?

– Exactement. Depuis que je suis président, et même avant, je suis toujours à la recherche d'un truc pouvant faciliter la « vente » de la synagogue. Dès lors qu'on a quelque chose à vendre, on a besoin d'un truc. Dans mon domaine, quand j'ai commencé à vendre des maisons, c'étaient les salles de bains carrelées avec douche isolée par une porte en verre. Vous pouviez proposer une maison bien construite avec de grandes et belles pièces ensoleillées, bien située, on n'en voulait pas sans salle de bains carrelée. C'est ce qu'on regardait en premier lieu. Sans salle de bains carrelée, la maison ne valait rien. Quand au bout d'un moment, toutes les maisons eurent des salles de bains carrelées, il fallut un nouveau truc. C'étaient les cuisines carrelées. Ensuite, les cuisines avec placards en bois. Puis les salles de jeux. Après, les caves aménagées avec bar. Avez-vous compris l'idée? Donc, quand j'ai accédé à la présidence de la communauté, j'ai décidé qu'il nous fallait davantage de membres; aussi, me suis-je cassé la tête pour trouver un truc adéquat. Alors, quand Mme Segal m'a parlé du vieux schnock qui avait célébré sa bar-mitzwa *, en mentionnant que cela pouvait également être valable pour son mari, je me suis dit que je tenais mon truc. Il veut faire sa bar-mitzwa *? Formidable! Nous allons lui en donner pour son argent. Nous allons envoyer des invitations à tous les juifs de la ville, membres et non membres : « Vous êtes cordialement invité à vous joindre à nous pour la prière et la célébration de la bar-mitzwa * de Benjamin Segal. » Nous jouerions le jeu. Il ferait le laïus habituel...

– Aujourd'hui, je deviens majeur?

Maltzman ricana.

– Certainement, pourquoi pas? Je serais prêt à parier qu'il s'en sortira bien. Puis, je ferai mon discours de président avant de lui remettre comme à tous ceux célébrant leur bar-mitzwa * un livre de prières offert par la communauté. Après, vous lui donnerez la bénédiction et prononcerez la petite allocution habituelle. Enfin, nous donnerons une réception dans le hall afin qu'il puisse faire la connaissance de tous les membres. Selon une idée qui m'est venue, nous pourrions même lui offrir, pour amuser la galerie, un lot de stylos [1]...

– Des stylos?

– Oh! cela ne se faisait sans doute plus de votre temps. Quand j'étais gamin, un stylo était ce que l'on offrait le plus communément à un garçon célébrant sa bar-mitzwa *. Pas un stylo à bille, mais un stylo à plume d'or que l'on remplissait en le plongeant dans l'encrier. On estimait que le garçon aurait à s'en servir un jour ou l'autre au lycée. Les prix allaient de quelques dollars à quinze, voire vingt dollars; c'était donc déjà notable comme cadeau. A ma bar-mitzwa *, j'ai bien dû en recevoir une demi-douzaine. Le lendemain, je les avais tous agrafés à ma poche à hauteur de la poitrine de sorte que je devais ressembler au chasseur du *Samovar russe*. Segal, ayant le même âge que moi, se rappelle certainement cette histoire de stylos et trouvera l'idée amusante.

– Je vois.

– Alors, tout est réglé?

– Non, monsieur Maltzman, tout n'est pas réglé. Je n'ai absolument pas l'intention de m'impliquer dans cette plaisanterie. M. Segal était bar-mitzwa * à l'âge de treize ans, qu'il en soit conscient ou pas. Aucun rite spécial ou cérémonial n'est requis. C'est automatique.

1. Cadeau fréquemment offert aux garçons (normalement âgés de treize ans) célébrant la bar-mitzwa *.

Ce n'est pas comme le baptême. Ce n'est pas une initiation dans une religion ou une tribu. Cela est le but de la circoncision. Si M. Segal éprouve le désir de revenir à la religion de ses pères, il serait plus sensé qu'il se fasse circoncire une seconde fois.

– C'est de la folie!

Le rabbin acquiesça.

– Mais au moins ce serait justifiable sur le plan de la logique. La bar-mitzwa * signifie que vu son âge celui qui la célèbre a acquis assez de maturité pour se charger de la responsabilité de ses actions et de ses péchés. C'est comme la majorité légale; à dix-huit ans, on peut conclure tous les contrats. Point n'est besoin de cérémonie spéciale, de fête et de discours. Du moment que vous êtes majeur, vous pouvez voter ou signer un contrat. Voilà ce que signifie la bar-mitzwa *; vous avez atteint l'âge de la majorité.

– Cependant, on est appelé devant l'Arche sainte pour lire dans le Rouleau de la Tora *.

– C'est parce que en tant qu'adulte vous êtes membre de la communauté. C'est une politesse que nous offrons à tout nouveau membre de la communauté, voire à un étranger en visite. Lors de la Lecture aux offices du matin, dès que je décèle la présence de quelqu'un que je n'ai pas vu précédemment, je la lui propose. Si vous veniez de temps à autre aux offices, vous seriez au courant.

– Mais ce vieux type sur la côte Ouest...

– Je ne peux pas être tenu pour responsable de ce qui se passe sur la côte Ouest.

– En d'autres endroits également. Dans le *Hadassah Journal*, il y avait une photo de tout un groupe d'hommes d'âge avancé, qui sont allés en Israël pour célébrer leur bar-mitzwa * devant le Mur du Temple.

Des gouttes de sueur commençaient à perler au front de Maltzman.

Le rabbin secoua la tête.

– Je ne peux pas répondre du jugement d'un autre rabbin. J'interprète la Loi comme je la comprends. Je ne suis pas d'avis qu'il y ait lieu de changer la signification ou l'interprétation d'une vieille et précieuse tradition. Toute cette histoire de cérémonies de confirmation et de ressourcement nous est étrangère. Nous confirmons notre foi chaque fois que nous exécutons un des commandements, chaque fois que nous récitons nos prières ou nos bénédictions ou que nous étudions pour mieux comprendre notre religion. Les rabbins de l'ancien temps s'opposaient à ce que l'on forme des vœux inutiles. Cela sous-entend que nous pourrions invoquer sans nécessité le nom du Seigneur. Effectivement, à Yom Kippour *, nous demandons dans la prière de Kol Nidré * d'être relevés des vœux formés à la légère. Bien entendu, si vous désirez organiser une réception au centre communautaire en l'honneur de ce Ben Segal, je ne saurais vous en empêcher, encore que l'on pourrait se poser des questions quant à l'opportunité et au bon goût d'une fête organisée à l'occasion de l'adhésion d'un nouveau membre, uniquement parce qu'il est fortuné. Par contre, ce qui se passe devant l'Arche sainte et aux Rouleaux de la Tora * est de mon ressort et je ne puis donner mon aval à votre suggestion.

Les yeux de Maltzman devinrent dangereusement protubérants et son visage se colora. Il se leva si abruptement qu'il fit tomber sa chaise. Il lança un regard furibond au rabbin, avant de se pencher pour relever la chaise. Une fois redressé, il s'était ressaisi. Il arriva même à sourire.

– C'est ce que nous allons voir, monsieur le rabbin.

Puis, tournant les talons, il s'en alla.

13.

Les invités étaient tous arrivés quand Henry Maltzman franchit la porte de sa maison. De la façon dont il se débarrassa de son pardessus, son épouse, Laura, se rendit compte qu'il était mécontent.

– As-tu vu le rabbin? demanda-t-elle.

– Ouais, je l'ai vu. (Il entra à grandes enjambées dans le salon.) Salut tout le monde. Désolé d'être en retard. Il fallait que je voie notre guide spirituel.

Le sarcasme révéla à sa femme qu'il était en colère et elle en fut ennuyée.

– Je pense qu'il est temps de manger, annonça-t-elle d'un ton enjoué en conviant les invités à la suivre vers la salle à manger.

Servant le potage d'une soupière placée sur une petite table annexe, elle formula :

– N'attendez pas. J'estime qu'une soupe doit être bouillante.

– Il manque du sel, grommela son mari.

– Délicieux, parfaitement délicieux, apprécia Mme Streitfuss. Un goût spécial. Lentilles?

– Des haricots de Lima, répondit Laura. Les gros. Je les laisse tremper et cela donne une saveur spéciale.

– Il faudra que vous me donniez la recette.

– Voilà ce que j'appelle une soupe, trancha Allen Glick. Pourquoi ne peux-tu pas faire une soupe comme celle-là? demanda-t-il à sa femme.

Tandis que Laura débarrassait la table pour servir le plat suivant, son mari, qui jusque-là était resté silencieux, s'adossa dans son fauteuil pour dire :

– Avez-vous entendu parler de ce groupe Segal qui reprend la Société Rohrbough?

– Les journaux en ont parlé la semaine dernière, confirma Roger Streitfuss, c'est au moins en pourparlers.

– C'est fait, signala Maltzman, et qui plus est, Ben Segal, qui est à la tête du groupe, va venir diriger personnellement Rohrbough. Lui et son épouse sont déjà dans nos murs. Et... écoutez bien... ils adhèrent à notre communauté.

– Hé! Que dites-vous de cela? s'exclama Herb Mandell.

– Rendez-vous compte, un gros financier comme lui vient dans notre ville et le premier besoin qu'il éprouve, c'est d'adhérer à notre communauté.

Allen Glick secoua la tête pour marquer son étonnement.

– Ce n'est pas comme ça que je formulerais la chose, enchaîna Maltzman. Je veux dire qu'il ne s'agit pas d'un de ces juifs pratiquants qui ne peuvent pas vivre sans une synagogue. En fait, il ne se considérait pas du tout juif. Oh! il est né juif et ne s'en cache pas, mais il n'a jamais célébré sa bar-mitzwa * car ses parents étaient très pauvres à l'époque, de sorte qu'il estimait ne pas être vraiment un juif. Me comprenez-vous?

– Eh bien, je ne pense pas...

– Dans le *Hadassah Journal*...

– Il me semble...

Maltzman leva la main pour arrêter la cacophonie.

– Moi aussi j'ai lu cet article. Il s'agit de ce groupe de vieux schnocks californiens qui sont allés célébrer leur bar-mitzwa * au Mur à Jérusalem. Exact. (Il tourna son regard tout autour de la table pour solliciter l'attention des convives.) Là-dessus, j'avais une idée. Vous m'avez toujours entendu dire que nous devions faire quelque chose pour provoquer l'adhésion de nouveaux membres. A mon avis, il y a dans notre ville une bonne centaine de familles juives, voire davantage, qui ne sont pas inscrites. Peut-être ne sont-elles pas sûres de rester ici? Peut-être n'avons-nous pas eu la bonne approche?

– Peut-être ne tiennent-elles pas à adhérer à une

communauté où les femmes sont des membres de seconde classe, intervint Molly Mandell.

Maltzman aquiesça.

– Peut-être, j'ai toujours pensé qu'avec un bon truc, nous pourrions vendre la synagogue aux gens. Cette fois-ci, j'étais sûr de l'avoir trouvé. Une grosse huile vient s'installer dans notre ville; il va diriger Rohrbough où certains de nos gens travaillent. Il est gêné de ne pas avoir célébré de bar-mitzwa *, estimant derechef qu'il n'est pas vraiment juif; pourtant, avec un nom comme Segal, il ne peut pas se sentir autre chose, et il ne veut pas changer de nom. Alors j'ai eu cette idée de truc. Je pensais faire d'une pierre deux coups. Pourquoi ne lui offririons-nous pas, nous la communauté, sa bar-mitzwa *? Nous enverrions à tous les juifs de la ville, qu'ils soient membres ou non, une invitation : « Vous êtes cordialement invité à vous joindre à nous pour prier et célébrer la bar-mitzwa * de M. Ben Segal de Chicago »... Vous me suivez?

Il pouvait voir à leurs figures que tous avaient compris et trouvaient comme lui que l'idée était magnifique.

– Je suis donc allé voir le rabbin pour lui en parler. C'est pour cette raison que je suis rentré en retard.

– Et?

– Rien. Il ne veut pas en entendre parler. Il prétend que c'est contraire à notre religion. On devient bar-mitzwa * à treize ans, qu'on le veuille ou pas. Et il ne veut rien avoir à faire avec cela.

– Eh bien...

– Je crois me rappeler que mon père disait que...

– Je ne comprends pas. Ne le sauraient-ils pas à Jérusalem?

– Et les gens du *Hadassah* le sauraient également, non?

– Il semble que notre rabbin sache mieux que tout le monde, formula Maltzman avec amertume. Il allègue ne pas être responsable de ce que font d'autres rabbins. Ce n'est pas la première fois...

– Peut-être a-t-il le sentiment que tu as de l'animosité contre lui, exposa sa femme en s'apprêtant à servir le plat de résistance. Tous les autres présidents l'avaient invité à participer aux réunions du Conseil d'administration et tu n'en as jamais rien fait. S'il avait assisté à une réunion et qu'un problème fût soulevé...

Maltzman était exaspéré.

– Je t'ai expliqué que ce n'est plus le même genre de réunions. Avant que nous ayons procédé à la modification des statuts, pratiquement tout un chacun pouvait assister aux réunions. Il y avait quarante-cinq administrateurs plus tous les anciens présidents. Les réunions avaient lieu le dimanche matin quand les gens amenaient les gosses à l'école du dimanche ou quand ils venaient à l'office du matin. Ainsi ceux qui faisaient partie du Conseil, ou du moins certains d'entre eux, restaient pour la réunion. C'était dingue comme système. Normalement, il y avait quinze à vingt présents aux réunions; cependant, il suffisait qu'une proposition introduite déplût à l'un des présents et que celui-ci fît fonctionner son téléphone durant toute la semaine, pour que le dimanche suivant il y eût quarante présents ou davantage et que la proposition fût rejetée. Dans ces conditions, aucune affaire ne pouvait être conclue. Maintenant, nous ne sommes plus que quinze et c'est comme un Conseil d'administration d'une grosse société. Nous nous réunissons seulement une semaine sur deux au lieu de toutes les semaines. C'est une réunion de responsables et non une assemblée où l'on vient palabrer. Chacun des membres est censé venir. Si quelqu'un est absent deux ou trois fois, il est éjecté et je suis habilité à désigner un remplaçant; ainsi, je viens de nommer Herb Mandell à la place de Joe Cohen qui ne peut pas venir régulièrement. Au demeurant, si je cooptais le rabbin, celui-ci ne pourrait pas assister régulièrement aux réunions; tantôt il y aurait un mariage, tantôt un enterrement, tantôt quelque autre manifestation où il devrait se rendre le dimanche après-midi. Et s'il ne venait pas à chaque fois, nous perdrions notre temps à lui expliquer ce qui s'était passé aux séances où il aurait dû assister.

– Il me semble, intervint Molly Mandell placidement, qu'une grosse gaffe a été commise en octroyant au rabbin un contrat à vie.

– Il n'a pas eu de contrat à vie, rectifia Roger Streitfuss. Nous le lui avons proposé et il l'a refusé. Sauf erreur de ma part, il y a un certain nombre d'années de cela. Il est employé sur la base d'un contrat annuel renouvelable tacitement. C'était sa propre idée.

– C'est exact, confirma Maltzman. C'était l'année où il était parti pour Israël. Il se peut qu'envisageant d'y retourner il ne voulût pas être lié par un contrat de longue durée.

– Alors comment cela fonctionne-t-il? interrogea Molly, fortement intéressée. Est-ce que vous discutez avec lui chaque année des conditions du renouvellement?

– Non. Son traitement n'est qu'un article du budget. Dès que le Conseil a adopté le budget, le secrétaire lui envoie une lettre pour lui confirmer le renouvellement de son contrat pour l'année à venir. C'est tout.

– Et que se produirait-il si on lui écrivait pour lui indiquer que son contrat n'est pas renouvelé? demanda Allen Glick. Ce n'est qu'une simple question, comprenez-moi bien.

– Zut, je ne sais pas. Je suppose qu'il... Je ne sais pas ce qu'il ferait, répondit Maltzman.

– Je parie qu'il démissionnerait, dit Roger Streitfuss. Je sais qu'étant en conflit avec des administrations précédentes, il s'était battu pour son emploi. Mais en fait il n'a jamais été passé de vote officiel contre lui.

– Vous venez de marquer un point, apprécia Allen

Glick. Que pourrait-il faire d'autre que démissionner? Solliciter le Conseil de reconsidérer sa décision? Il est trop fier pour cela.

– Comme nous sommes quinze administrateurs, il suffirait de huit voix pour l'éliminer, remarqua Streitfuss avant d'ajouter avec véhémence : Si la question est posée, je voterais contre lui.

Les autres convives comprirent le pourquoi de sa position. Ils étaient tous au courant du refus du rabbin de concélébrer le mariage de la fille Streitfuss, qui avait épousé un non-juif, avec un pasteur méthodiste.

– Je le ferais également, dit Allen Glick. Qu'en est-il de vous, Herb? Faisant partie du Conseil, vous avez dorénavant le droit de voter.

– Oh! Herb ferait comme vous, trancha Molly, sans laisser à son mari le temps de répondre. Je suis d'avis que dans la mesure où nous voulons que les femmes soient traitées en égales aux offices et constituer une communauté moderne et d'avant-garde, nous devons nous débarrasser de ce rabbin et le remplacer par un rabbin qui partage nos convictions.

– Vous avez déjà trois voix, constata Streitfuss. Il ne vous en faut que cinq de plus.

Les yeux de Maltzman rayonnèrent.

– Oui, je pense que nous y arriverons.

Des sourires apparurent sur les lèvres de ses invités.

– Cependant, nous devons faire preuve de beaucoup de prudence, enchaîna Maltzman. Il faut que nous gardions le secret, car si jamais l'opposition a vent de quelque chose à ce sujet...

14.

Stanley Doble, le concierge de la synagogue, n'était pas ce que l'on pourrait appeler un employé idéal. En premier lieu, il n'était pas fiable. Il était arrivé qu'il interrompît un travail qu'il était en train d'exécuter, soi-disant pour aller déjeuner, et qu'on ne le revît pas avant plusieurs jours, simplement parce qu'il avait rencontré quelqu'un qui lui avait proposer de l'emmener dans l'État du Maine pour tirer un cerf. Il lui arrivait également occasionnellement de se saouler, mais il faut le dire à sa décharge, en général en dehors de ses heures de service. Par ailleurs, il était très habile manuellement, capable d'exécuter un travail de professionnel de la menuiserie, de réparer la plomberie, de maintenir le chauffage et la climatisation en bon état de fonctionnement, tout en s'y connaissant en électricité. Bien que fréquemment exaspérée par ses frasques, l'administration de la synagogue estimait que globalement elle n'y perdait pas. Par ailleurs, comme son salaire n'était pas élevé, l'administration fermait les yeux sur les travaux qu'il effectuait à côté.

La plupart du temps, il était habillé d'un T-shirt sale et d'une salopette pleine de taches d'huile et arborait une barbe de trois jours. Toutefois, rasé de frais, peigné et portant ses beaux vêtements, il était très présentable. Bien que courtaud, il était trapu et affichait un zeste d'agressivité, comme pour mettre en garde les hommes plus grands qu'il n'était pas d'humeur à se laisser marcher sur les pieds. Il avait un visage grossier et charnu, ses yeux étaient mi-clos comme s'il regardait le soleil. Il avait un gros nez, légèrement déformé à la suite d'une bagarre. Mais bien que pas spécialement attrayant, il était habituellement d'un naturel aimable et poli.

Il ne portait pas ses beaux vêtements quand Martha Peterson le rencontra au supermarché du centre-ville et il avait une grosse tache de graisse sur la joue, aussi refusa-t-elle son invitation à « venir prendre une limonade au drugstore ». Mais, quand il lui proposa un rendez-vous, elle dit : « D'accord, je suis libre ce soir. »

Son visage se décomposa.

– Oh! Marty, c'est vendredi aujourd'hui; il y a un

office à la synagogue et je dois faire le ménage ensuite. Je pensais à demain soir.

Estimant qu'il était important qu'elle gardât son statut de dispensatrice arbitraire, voire capricieuse, de faveurs, elle dit avec détachement :

– Désolée, mais je ne suis libre que ce soir.

Comme chez lui, l'immédiat primait toujours, il dit :

– OK. Je tâcherai de m'arranger à la synagogue. Je viendrai te prendre chez toi vers sept heures.

– Non, viens me prendre à mon travail.

– Pourquoi ne puis-je pas passer te prendre chez toi?

– Parce que je n'ai pas envie de me taper le trajet en bus. J'ai donné ma voiture à réparer, de sorte que je ne peux pas m'en servir pour rentrer.

– Ah zut! Marty.

– Quelle est la différence pour toi? demanda-t-elle.

– C'est que ton patron, le vieux Jordon, nous nous sommes disputés, lui et moi, au sujet d'un travail que j'ai effectué pour lui et j'ai promis que je ne remettrais plus les pieds dans sa maison.

– Aurais-tu peur de lui?

– Peur? Mais du moment que j'ai promis de...

– Eh bien, si tu ne peux pas, je pense qu'il y a d'autres amateurs.

Il la regarda à travers ses yeux mi-clos, tout en se livrant à un petit calcul. Il lui semblait qu'eu égard aux sacrifices qu'il consentait de faire, elle se sentirait obligée de le récompenser concomitamment.

– Très bien, dit-il d'un ton décidé. Je viendrai te prendre à sept heures, mais tâche d'être prête quand je sonnerai à la porte...

– Je serai prête.

15.

Lawrence Gore leva les yeux d'un air interrogateur sur Molly Mandell entrant dans son bureau.

– Je sais, vous n'aimez pas que je vous dérange, mais M. Jordon...

– Était-il là ce matin? demanda-t-il rapidement. A-t-il... euh... essayé à nouveau de vous embêter?

Elle rougit.

– Non, il n'est pas venu. Mais le rapport...

Il leva l'index.

– Exact. Le rapport trimestriel pour Ellsworth Jordon. Il doit le recevoir aujourd'hui. Je ne l'ai pas oublié. A vrai dire, je lui ai parlé ce matin. Il se carra sur son siège. Et il m'a invité à dîner ce soir.

– Pour pouvoir parcourir le rapport avec vous?

– Je le présume. En même temps, il me donnera sa soupière Peter Archer.

– Il a donc finalement décidé de vous la prêter pour l'exposition.

– Oh! je pense qu'il a toujours été d'accord. Il a sa façon de faire. Je lui ai téléphoné ce matin pour lui dire que j'emporte ce soir la collection au musée, donc c'est aujourd'hui ou jamais. Sur ce, il m'a dit OK, je dois venir la prendre ce soir et, en même temps, il m'a invité à dîner chez lui.

– Comment allez-vous transporter cette pièce d'argenterie? demanda-t-elle avec curiosité.

– Dans ma familiale.

– Y allez-vous seul?

– Évidemment. Pourquoi pas?

– Parce que c'est un objet très précieux, non?

– C'est certain.

– Vous devriez emmener quelqu'un. Vous pourriez avoir une collision et...

– Vous avez raison, Molly, comme d'habitude. (Il

réfléchit un moment.) Je vais demander à Billy. Dites-lui de venir, s'il vous plaît, Molly.

Quand le jeune homme apparut, il exposa :

– J'amène ce soir l'argenterie Peter Archer au musée de Boston. Voudriez-vous venir avec moi comme convoyeur?

– Mais ce serait formidable. Voulez-vous que je passe chez vous? A quelle heure?

– Je viens chez vous. M. Jordon m'a invité à dîner. Je prendrai sa soupière...

– Je savais qu'il allait vous la prêter. L'autre jour, il l'a fait astiquer par Martha.

– Donc tout est réglé. Tout de suite après le dîner, nous retournerons chez moi où vous pourrez m'aider à charger tout le bataclan dans la voiture.

Molly rappela de nouveau le rapport Jordon à Gore à midi, et il lui répondit qu'il s'en occuperait dès qu'il serait de retour du déjeuner. Mais ayant rencontré des clients au restaurant, il ne revint qu'après deux heures. Comme elle évoqua de nouveau la question, il dit :

– J'y ai réfléchi. Si je le lui apporte, il faudra que je l'examine avec lui point par point et cela pourrait durer jusqu'à minuit. Aussi lui dirai-je que je le lui expédie par courrier.

– Mais il est tellement pointilleux quant au respect des dates auxquelles ses rapports doivent lui parvenir. Or, la date prévue est aujourd'hui.

Il lui sourit malicieusement.

– Cela me laisse jusqu'à minuit. Si je le poste au courrier après cinq heures, il ne l'aura pas avec la distribution de samedi. Je peux donc l'expédier à un moment quelconque du week-end et il l'aura n'importe comment lundi.

Elle avait l'air hésitante, puis demanda :

– Y a-t-il quelque chose que je puisse faire?

Il se pinça la lèvre inférieure en la regardant pensivement.

– Vous pouvez effectivement faire quelque chose.

Ce n'est pas très compliqué. Je vais vous montrer. (Il sortit le dossier Ellsworth Jordon.) Voici les achats et voilà les ventes, essentiellement des actions; cependant, il y a également quelques transactions immobilières. Alors, vous ventilez le tout...

– J'ai fait un peu de comptabilité au lycée.

– Croyez-moi, cela suffit. Cela et votre bon sens. Vous mettez les achats d'un côté et les ventes de l'autre. Bien entendu, vous faites la ventilation, tous les détails sont indiqués. Vous regardez les rapports précédents pour donner la même présentation et vous dactylographiez le tout proprement.

Comme elle était loin d'en avoir terminé à l'heure de la fermeture, elle proposa d'emporter le travail à la maison.

– Je n'aime pas du tout vous demander cela, dit-il.

– Vous ne me le demandez pas. Je vous le propose.

– Mais est-ce que Herb...

– Herb a une réunion ce soir à la synagogue. De toute façon, il faut que je reste à la maison pour faire du baby-sitting auprès de sa mère.

– Mais elle...

– Elle monte tout de suite après le dîner et s'endort rapidement vers huit heures. Vraiment, cela ne me fait rien. Cela me donnera une occupation.

– Eh bien, si vous êtes certaine que cela ne vous dérange pas. A charge de revanche.

16.

Maltzman entendit le téléphone sonner au moment où il arrivait à la porte de la maison. Il chercha rapidement la clé pour le cas où ce serait pour lui. Alors qu'il ouvrait la porte, il entendit sa femme dire :

– Il est en train d'arriver. Une minute, s'il vous plaît. (Couvrant le récepteur de la main, elle murmura :) C'est M. Segal.

Il prit l'appareil.

– Monsieur Segal? Comment allez-vous?... Bien... Non, pas encore. J'ai essayé de le contacter à plusieurs reprises, mais je n'ai pas pu le joindre... Oui, je comprends... Je lui mettrai le grappin dessus demain ou après-demain... Certainement, je vous mettrai au courant dès que j'aurai du nouveau... Bien... Bien... A bientôt.

Il raccrocha et expliqua :

– C'est au sujet de ce terrain sur le Point. Ces gros financiers, quand ils veulent quelque chose, ils pensent qu'il suffit de faire cela, il fit claquer ses doigts, pour l'avoir.

– As-tu essayé de contacter Ellsworth Jordon?

– Bien sûr que non, mais je n'ai pas à lui en faire part.

– Crains-tu que...

– Je crains qu'Ellsworth Jordon n'accepte pas de traiter avec moi et dise que le terrain n'est pas à vendre. Ou alors qu'il en demande un prix ridiculement élevé que même Ben Segal ne voudra pas payer.

– Et si tu faisais intervenir une autre agence immobilière, par exemple Dalton Realty, pour te servir de couverture?

– Et partager la commission de courtage? Très peu pour moi.

– Alors, qu'as-tu l'intention de faire?

– Je ne sais pas. Il faut que j'y réfléchisse. Je pourrais voir Larry Gore, qui traite certaines de ses affaires. C'est un gars raisonnable et je sais qu'il a une bonne opinion de moi, car il m'a recommandé à Segal. Je pourrais lui parler, mettre cartes sur table et peut-être...

– Peut-être es-tu simplement en train de t'imaginer des choses, l'interrompit son épouse. Il se peut que tu sois là à te bourrer le mou comme quelqu'un qui aimerait emprunter une tondeuse à gazon à son voisin. Jordon pourrait être désireux de vendre. Tu devrais pour le moins lui poser la question.

Il se pinça les lèvres en signe de réflexion.

– Il est possible que tu aies raison, Laura. Je vais téléphoner sans tarder à ce salopard pour lui mettre les points sur les i. Passe-moi le téléphone.

– Pourquoi n'attendrais-tu pas demain? temporisa-t-elle.

Il la regarda avec étonnement.

– Demain? Samedi? Pourquoi demain?

– Eh bien, tu te sens toujours mieux, plus détendu, après... après...

– Je me sens très détendu maintenant. Passe-moi cette saloperie de téléphone.

17.

Lorsque Billy ouvrit la porte pour introduire Lawrence Gore, Jordon cria du salon :

– Vous êtes en retard, Larry.

Un moment plus tard, alors que Gore venait d'arriver en face de lui, il désigna du geste l'horloge posée sur la garniture de la cheminée.

Gore jeta un coup d'œil sur sa montre-bracelet.

– Êtes-vous sûr, Ellsworth? J'ai exactement six heures.

– Je suis prêt à parier que j'ai raison. Cette horloge marche à la perfection. Je la vérifie tous les jours avec le signal horaire de la radio. Vous êtes en retard de cinq minutes.

– J'en suis navré, Ellsworth.

Enlevant sa montre-bracelet, il la régla ostensiblement sur l'heure de l'horloge.

– Très bien, très bien, ne perdons pas davantage de temps, dit le vieil homme comme s'il faisait là une concession majeure. Martha a un rendez-vous ce soir et veut partir de bonne heure, alors ne la faisons pas attendre.

Agitant les bras, il poussa Gore et Billy vers la salle à manger.

Tout en dépliant sa serviette, Gore remarqua :

– Albert Megrim est venu ce matin. Il m'a annoncé que vous aviez l'intention de blackbouler quelqu'un dont je parraine la candidature à l'*Agathon,* le dénommé Ben Segal.

Jordon gloussa de plaisir.

– C'est vrai. Et il y a moins d'une demi-heure, Henry Maltzman m'a téléphoné afin d'acheter mon terrain sur le Point pour le même Ben Segal.

– Il vous a dévoilé le nom de son client? Cela ne ressemble guère à Henry Maltzman.

– Je lui ai dit que je n'accepterais même pas d'en discuter avec lui s'il ne le faisait pas.

– Je suppose qu'il est sûr que vous n'essaierez pas de le priver de sa commission.

– Pas de commission.

– Mais...

– Je l'ai éconduit.

Il eut un sourire épanoui.

Gore le regarda, perplexe.

– Le connaissez-vous, ce Segal?

– Non. Je ne l'ai jamais vu.

– Alors... (Gore avala une gorgée d'eau.) Ce Ben Segal est de Chicago. C'est un gros financier. Il est sur le point d'acquérir la Société Rohrbough et a l'intention de la diriger en personne. La dernière fois que nous nous sommes entretenus de vos possessions, vous disiez que ce terrain sur le Point était l'une des propriétés que vous vouliez vendre. Compte tenu du prix que vous en demandez, il est peu probable que vous trouviez rapidement preneur. Pour ma part, j'estime que Ben Segal est le meilleur client que vous puissiez trouver pour un bon bout de temps.

– C'est donc cela? Il est un gros financier?

Il tambourina des doigts sur la table.

– C'est exact. Il y a un mois environ, le *Business Week* a publié un article à son sujet. Comme je l'avais emmené déjeuner à l'*Agathon,* il a apprécié le cadre ainsi que la nourriture. Derechef, il m'a demandé de parrainer sa candidature à l'admission en qualité de membre. Il ne m'a questionné ni sur le montant de la cotisation ni sur celui du droit d'admission. Et pourtant il ne s'intéresse ni au yachting ni à une quelconque des autres facilités offertes par le club. Il estime simplement qu'il s'agit d'un endroit agréable pour dîner. Un homme de cette espèce ne marchandera jamais le prix d'un terrain pour lequel il a eu un coup de foudre.

– Bon, dit Jordon avec un mauvais ricanement. Je ne lui ai pas claqué la porte au nez. Ce Maltzman devait s'imaginer que je voulais me faire prier ou que je n'aimais pas parler chiffres au téléphone, car il m'a demandé s'il pouvait venir me voir pour en discuter. Aussi, lui ai-je indiqué qu'il pouvait passer ce soir à huit heures et demie.

– Ah! bien, alors tout est en ordre.

Gore était très soulagé.

– Je lui ai précisé, continua le vieil homme, que je savais qu'il était le président de la synagogue et que selon l'annonce affichée au portail, il y avait un office le vendredi soir à huit heures et demie, je tenais à vérifier ce qui comptait davantage pour lui, sa commission ou sa religion.

Le vieillard pencha la tête en arrière pour rire d'une façon obscène.

Billy le regarda avec hésitation comme s'il se demandait s'il plaisantait. Gore fit semblant de trouver cela drôle.

– Et que vous a-t-il répondu à cela? demanda-t-il.

– Il m'a répondu que s'il venait ce serait pour me loger une balle dans la tête.

– Voilà! (Gore eut un sourire satisfait.) Vous avez gâché votre chance et maintenant vous vous estimerez satisfait si vous trouvez un autre acheteur qui vous en donnera la moitié du prix que vous réclamez.

– C'est ce que vous pensez? (Jordon posa sa cuiller à soupe pour sortir son portefeuille de sa poche. Il en sortit un billet d'un dollar qu'il mit sur la table à côté de son assiette. Êtes-vous prêt à parier que Maltzman ne viendra pas ce soir?

– Certainement.

– Alors faites voir votre argent.

– Vous voulez dire que vous aimeriez que je...

Gore tira de sa poche un billet d'un dollar et le posa sur la table.

– Voilà qui est bel et bon. Confions les enjeux à Billy. Cela lui donnera le sens des responsabilités.

Martha vint pour enlever les assiettes à soupe. Elle attendit tandis que le vieil homme vidait rapidement son assiette pour ne pas perdre les dernières cuillerées.

– Vous êtes en quelque sorte en train de nous presser? demanda-t-il.

– J'ai vu que vous ne mangiez plus.

– Eh bien, je me suis arrêté pour conclure une opération financière. Parfait, j'ai terminé. Important, le rendez-vous de ce soir?

– Un rendez-vous, sans plus, répondit-elle en sortant pour chercher le plat de résistance.

Lorsque plus tard elle revint pour débarrasser la table, Jordon demanda d'un ton taquin :

– Qui est-ce, Martha? Qui est l'heureux élu de ce soir?

– Ce n'est pas votre affaire, répondit-elle avec acrimonie.

Le vieil homme éclata de rire.

– Voilà une fille douée de caractère, s'exclama-t-il en guise d'approbation. Allons dans le salon. Nous y prendrons le café et elle sera plus tranquille pour débarrasser ici.

Lorsque quelques minutes plus tard Martha apporta le café, elle avait déjà revêtu ses habits de sortie.

– Partez-vous maintenant? demanda Jordon.

– Très bientôt, répliqua-t-elle. J'attends mon rendez-vous.

– Vous voulez dire qu'il va vous téléphoner?

– Il me prend ici. Ma voiture est au garage.

– Donc, il vient vraiment là? Comment avez-vous dit qu'il se nomme?

– Je n'ai rien dit.

– Bon, Martha, comprenons-nous bien, fit-il d'un ton enjoué. Avec qui vous sortez, c'est votre affaire; mais qui vient dans ma maison, c'est mon affaire.

Sa voix était devenue aigrelette et comme elle pensait que cela ne valait pas la peine de se bagarrer, elle laissa tomber :

– C'est Stanley Doble. Je crois que vous le connaissez.

– Oui, je le connais, dit-il d'un ton acerbe. Et je n'en veux pas.

– Que signifie vous n'en voulez pas?

– Cela signifie je n'en veux pas dans ma maison.

Elle sourit faiblement.

– Je crois qu'il ne fait pas davantage cas de vous que vous de lui. Aussi dès qu'il aura sonné...

– Il aura pénétré sur mon terrain. Si vous tenez à le rencontrer, vous n'avez qu'à descendre et à l'attendre à la grille, ma petite.

– Comment, vous...

Elle le regarda fixement, n'en croyant pas ses yeux. Puis elle tourna les talons pour quitter prestement la pièce. Un moment plus tard elle était de retour revêtue de son manteau et serrant son sac à main. Elle tenait une clé qu'elle agitait sous son nez.

– Voilà votre clé. (Ouvrant la main, elle la fit tomber sur les genoux de Jordon.) Je n'en ai plus besoin, n'ayant pas l'intention de revenir. Vous pouvez vous chercher une autre gouvernante.

Elle s'avança vers la porte d'entrée pour l'ouvrir brusquement avant de la claquer derrière elle.

Billy regarda alternativement Jordon et Gore comme s'il cherchait à calquer une attitude. Ellsworth Jordon, quoique visiblement déconcerté, ne semblait pas trop ému. Gore fit poindre un sourire énigmatique sur ses lèvres.

– Cette fois-ci vous avez gagné, constata-t-il avec une satisfaction mesurée. Il y a une limite à ne pas franchir en houspillant les gens. Maintenant, il vous faudra trouver une autre gouvernante.

– Vous venez de démontrer combien vous comprenez peu les gens, Larry, dit Jordon d'un ton méprisant. Elle reviendra.

Gore était intrigué et... intéressé.

– Comment voyez-vous cela?

Le vieillard sourit.

– Nous sommes bien le trente et un aujourd'hui, non? Or, je ne lui ai pas encore payé son mois. Il se peut qu'elle attende lundi ou mardi pour voir si je lui poste son chèque. Mais elle viendra probablement dès demain, à moins que ce ne soit ce soir, une fois que vous autres serez partis. Nous échangerons des arguments et nous disputerons bruyamment avant que chacun de nous admette avoir parlé et agi un peu hâtivement.

– Vous êtes réellement un vieux et vilain grippe-sou, observa Gore, non sans une touche d'admiration.

Le vieux prit un air satisfait et Billy crut utile de remarquer :

– Martha monte vite, mais elle descend tout aussi rapidement.

– La vérité sort de la bouche des enfants, Larry, approuva Jordon. Cela étant dit, passons aux choses sérieuses. Jetons un coup d'œil sur ce rapport mensuel...

– Je ne l'ai pas apporté, répondit légèrement Gore. Il n'était pas prêt quand j'ai quitté la banque.

– Ce rapport est prévu pour aujourd'hui, dit sèchement Jordon.

– Non, Ellsworth, nous devons l'expédier aujourd'hui; cela signifie que nous avons le temps jusqu'à minuit...

Le vieil homme frappa du bras sur son fauteuil. Son visage rougit.

– Nom de Dieu, je vous en ai parlé au téléphone et vous ai invité à dîner. Vous saviez pertinemment que je comptais que vous me l'apporteriez.

La sonnette de la maison retentit.

L'humeur de Jordon changea instantanément. Il se frotta les mains de satisfaction.

– Ce doit être Martha qui revient. Va ouvrir, Billy. Mais si ce vaurien de Doble est à côté d'elle, dis-lui que je ne veux ni la voir ni lui parler.

Ouvrant la porte, Billy vit Stanley seul dans l'embrasure. Visiblement embarrassé et mal à l'aise, ce dernier demanda :

– Martha Peterson?

– C'est qu'elle n'est pas là...

– Est-ce vous, Doble? (S'étant levé de son siège, Jordon se dirigea vers l'entrée. Prenant une voix de matamore, il cria :) Je vous avais pourtant dit que je ne voulais pas que vous remettiez les pieds dans cette maison. Alors fichez le camp ou j'appelle la police.

– Je suis venu pour Martha Peterson, dit Stanley avec obstination.

– Elle n'est pas là. Elle ne travaille plus ici.

– C'est vrai, confirma Billy. Elle a quitté lorsqu'il lui a dit qu'il ne vous permettrait pas de venir ici.

– Pourquoi...?

Stanley, poussant Billy en arrière, s'avança les bras levés, les mains étendues comme pour saisir le vieux au collet. Gore, qui avait suivi Jordon dans le hall, se plaça entre les deux antagonistes. Mettant ses mains contre le buste de Doble, il lui dit à voix basse :

– Ne faites pas l'imbécile, Doble. Vous pouvez vous attirer de gros ennuis. Martha vous attend en bas à la grille.

– Je ne l'ai pas vue.

– Vous n'avez sans doute pas fait attention en franchissant le portail dans votre voiture, fit Gore d'une voix apaisante. Cependant, elle est là-bas en train de vous attendre. Il vaut mieux que vous y alliez; il se pourrait qu'elle ne vous attende pas trop longtemps.

Stanley se laissa amener jusqu'à la porte. Parvenu au seuil, il s'arrêta pour brandir le poing :

– Vous êtes un misérable vieux fils de pute, Jordon, et si vous m'avez raconté un mensonge, ne vous imaginez pas que je ne reviendrai pas.

Une fois qu'il eut finalement refermé la porte derrière Stanley Doble, Gore demanda :

– Que vous a-t-il donc fait, Ellsworth, pour que vous lui en vouliez tellement?

Le vieil homme remua négligemment une main.

– Oh, c'est au sujet d'un travail pour lequel je l'avais contacté il y a quelques mois. Cette porte à l'avant ne fermait pas bien, alors je l'ai engagé pour qu'il la répare. Il l'a sortie de ses gonds et l'a rabotée. Une fois qu'il l'eut remise en place, elle ne fonctionnait toujours pas convenablement et il s'est refusé à l'arranger à moins que je ne le paye à nouveau.

– Elle semble fonctionner parfaitement.

– Non, la serrure n'enclenche pas bien. Il faut exercer une forte pression pour fermer à clé.

– Et pour cela, vous le traitez...

– Pour cela et pour les mots que nous avons eus à ce propos. Lorsque je conclus une affaire avec quelqu'un, j'entends que chacun de nous, lui et moi, en retire un avantage. Il prétend que je l'ai simplement engagé pour raboter la porte, alors que moi j'allègue que je l'ai pris pour l'arranger, ce qui signifie qu'elle doit fonctionner impeccablement.

– Tout ce que je puis dire est que vous pouvez vous estimer heureux que je me sois trouvé là. Il était vraiment en rogne et vous auriez pu prendre un mauvais coup sur le nez.

– Oh! j'aurais pu le maîtriser, intervint Billy avec désinvolture.

Cela fit rire les deux hommes et Jordon dit :

– Toi, Billy? Qu'aurais-tu pu faire? Doble est fort comme un bœuf. Il est capable de te balancer d'une main par-dessus son épaule.

– Oui, mais moi j'ai emmené du répondant.

Billy défit sa ceinture et d'un grand geste sortit un revolver.

Gore cria :

– Pose cette saleté.

– Es-tu fou? s'exclama Jordon. Où as-tu trouvé cela?

– A la banque, répondit Billy tout penaud. M. Gore m'a demandé de lui servir de garde du corps pour le transport de l'argenterie au musée.

– Espèce de petit con! Je n'ai pas besoin de protection. (Gore se tourna vers Jordon.) Je lui ai dit pour plaisanter qu'il me servirait de garde du corps en m'accompagnant ce soir. Cela voulait simplement dire qu'il devait être assis à côté de moi tandis que je conduirais.

– Ne sais-tu que si tu te fais choper dans notre État avec un revolver tu prends une année de prison et nul n'est capable de t'en faire sortir? tempêta Jordon. (Puis, il continua, accablant de mépris :) Chaque fois que je crois que tu commences à te conduire en adulte et à devenir un homme, tu te débrouilles pour faire une connerie de ce genre afin de me persuader que tu es toujours un gosse sans aucune maturité. Fais-moi le plaisir de mettre cette arme sur la table et de filer dare-dare dans ta chambre. Je vais t'y enfermer à clé.

– Merde alors!

Néanmoins, le jeune homme déposa le revolver sur la table et la tête basse, sans adresser un regard à l'un de ses deux interlocuteurs, s'en alla dans sa chambre et ferma la porte derrière lui.

Ellsworth Jordon tourna tranquillement la clé sortant de la serrure, puis s'en retourna à son canapé. Gore le regarda, incrédule, s'avança vers la porte de la chambre de Billy pour écouter durant un moment. Puis il rejoignit le vieil homme.

– Vous étiez plutôt dur avec Billy, risqua Gore.

– Dur? J'aurais dû lui donner du bâton.

– Peut-être cela aurait-il mieux valu, plutôt que de l'envoyer dans sa chambre, surtout en ma présence, comme un enfant. Après tout, vous n'êtes pas son père.

Le vieil homme demeura silencieux. Un sourire s'ébaucha sur ses lèvres. Gore le remarqua et une idée folle lui vint à l'esprit.

– Ou si? demanda-t-il. Billy est-il votre fils?

Jordon reposa la tête sur le coussin de son canapé et ferma les yeux.

– Est-ce cela? Vous teniez à le faire travailler à la banque pour l'habituer à manier l'argent.

– Vous commencez à me casser les pieds, Larry, murmura Jordon sans ouvrir les yeux. Barrez-vous. La pièce d'argenterie est dans la boîte à côté de la porte. Prenez-la et partez. C'est l'heure de ma méditation transcendantale.

– Et Billy? Allez-vous le laisser là-bas?

Les yeux toujours clos, Jordon sourit sans rien dire.

Gore se leva et, perplexe, regarda le visage redevenu placide de son hôte. Jordon respirait lentement et régulièrement, tandis que ses lèvres remuaient presque imperceptiblement pour réciter son mantra. Finalement, Gore prit son colis et partit.

18.

Lawrence Gore sortit lentement du parking en regardant soigneusement des deux côtés. Puis il se dirigea vers sa propre maison pour y prendre les pièces d'argenterie Peter Archer destinées à être exposées.

Vers huit heures, il roulait sur la nationale en direction de Boston. Tout en conduisant, il récapitulait les événements de la soirée. Maintenant, il était tout à fait certain que Billy était le fils de Jordon. Il se demandait si Billy était au courant, et si c'était là la raison de sa docilité. Il essayait de se mettre dans la peau d'un adolescent de l'âge de Billy. Aurait-il toléré d'être soumis à une telle discipline s'il avait été en visite chez un ami de ses parents? Ou aurait-il fait sa valise pour rentrer à la maison? Mais s'il n'avait pas de maison? Si ses parents étaient morts? Ou une supposition, ses parents lui auraient expliqué qu'ils étaient les obligés de son hôte, qu'il ne devait donc l'offenser sous aucun prétexte? Il sourit ironiquement en constatant que lui-même tolérait beaucoup de choses de la part d'Ellsworth Jordon. Bien entendu, c'était pour les affaires.

Voyant les lumières d'une station-service, il décida de s'arrêter plutôt que d'attendre la prochaine qu'il risquait de trouver fermée, vu l'heure tardive. Contournant les pompes, il se dirigea vers l'intérieur de la station. Arrivé au bureau, il sortit un billet d'un dollar et demanda :

– Pourrais-je avoir de la monnaie pour me servir de la cabine téléphonique?

– Elle est hors service. Les PTT font les réparations et dès le lendemain, elles sont de nouveau en panne. La nuit, quand nous sommes fermés, de jeunes voyous viennent les casser pour récupérer les pièces de monnaie, parfois même par pur vandalisme.

– Y a-t-il une autre cabine publique de ce côté de la route avant le tunnel?

– Il y a une cabine au bureau; vous pouvez vous en servir, dit l'employé de la station-service en lui faisant de la monnaie.

Gore fit son numéro tout en sifflotant en attendant une réponse. Quand elle vint, il dit :

– Molly? Lawrence Gore. Où en êtes-vous avec ce rapport?

– J'ai beau le voir et le revoir; je n'arrive pas à équilibrer les actifs et les passifs. Alors, je suis en train de retaper le tout.

– Êtes-vous bien sûre d'avoir bien mis tous les postes marqués «A» d'un côté et les postes marqués «p» de l'autre?

– Euh. J'ai contrôlé et recontrôlé.

– Alors, j'ai dû inscrire quelque part un faux chiffre.

– Peut-être si je demande à Herb de regarder et...

– Oh! ne faites pas cela, Molly, dit-il vivement. Il s'agit des affaires de la banque et c'est strictement confidentiel.

– Je pensais simplement; bien entendu, je n'en ferai rien. M. Jordon était-il en colère du fait que vous ne lui ayez pas apporté son rapport?

– Je ne vous le fais pas dire. J'ai cru qu'il allait avoir une attaque. J'ai pu me tirer d'affaire en lui indiquant que l'échéance ne se terminait qu'à minuit. J'ai pensé pouvoir être de retour en temps utile pour le lui porter, mais regardant ensuite les instructions du musée, j'ai constaté qu'ils désirent procéder à un inventaire, pièce par pièce, de tous les objets en ma présence. Cela prendra du temps et je pense qu'il ne me sera pas possible de faire comme j'avais voulu.

Elle remarqua qu'il était soucieux.

– Je peux le lui porter tout de suite, proposa-t-elle, étant toutefois entendu que la balance n'est pas équilibrée.

– Il lui faudra une minute pour découvrir la faute. Il me l'exhibera sous le nez dès qu'il me verra, mais...

Non, je ne peux pas vous demander cela. Alors qu'il est... Non, vous y seriez seule et...

– Croyez-vous que j'aie peur de lui?

Il sourit à sa réaction de femme libérée. Il jeta un coup d'œil sur la grande horloge accrochée au mur.

– Bon, si vous êtes certaine qu'il n'y aura pas d'histoires et si ça ne vous fait rien...

– Absolument pas. Je suis heureuse de vous rendre service.

– Vous êtes un trésor.

– Je fais cela pour la banque, dit-elle sur un ton sévère.

– Bien entendu.

19.

La sonnerie du téléphone réveilla la vieille Mme Mandell. Non qu'elle dormît, car elle insistait sur le fait qu'elle ne dormait jamais vraiment, elle était seulement en train de sommeiller. Elle avait interrompu son rêve, entendons-nous, ce n'était pas un vrai rêve, pour autant que le rêve est un sous-produit du sommeil. Plutôt un genre de mirage surgissant à son esprit quand elle somnolait. Bien qu'il pût y avoir des variantes dans le détail, le thème était toujours le même. Comment les choses se passeraient si Elle (c'était comme ça qu'elle appelait sa bru) disparaissait. Occasionnellement, le rêve relatait les circonstances de la disparition... un fatal accident, par exemple une noyade, au cours duquel Herbert aurait déployé un courage extraordinaire dans son effort pour la sauver. Bien entendu, il serait accablé de douleur, mais par ailleurs, il se rapprocherait de sa mère; au bout d'un certain temps, il arriverait à surmonter son chagrin, mais le souvenir de cette tragédie le détournerait d'un remariage.

Puis, vint une suite de saynètes sur la vie heureuse qu'ils mèneraient ensemble quand ils ne seraient plus qu'eux deux. Au petit déjeuner, elle était certaine de pouvoir le préparer, il s'extasierait : « Ciel, maman, ce café, le meilleur du monde. Et cette crème d'avoine! Comment fais-tu pour la rendre si onctueuse et crémeuse? » Et en partant travailler, il l'embrasserait, comme s'il était encore un petit garçon, en lui disant : « Repose-toi maintenant, maman chérie. Laisse la vaisselle; je m'en occuperai en rentrant. » Pour le dîner, elle préparerait ses plats préférés, la nourriture riche et épicée qu'il aimait tant; puis ils passeraient la soirée à regarder la télé ou à jouer au scrabble, ce jeu qu'elle adorait.

Elle ne voudrait pas qu'il se sente des obligations à son égard et proposerait : « Pourquoi ne vas-tu pas voir tes amis, Herbert? Sors une fille. Cela ne me fait vraiment rien de passer une soirée seule. » Il répondrait : « A quoi bon, maman, tu es la meilleure des filles pour moi. »

Il se pourrait aussi qu'Elle ne soit plus là parce qu'ils auraient divorcé. Finalement, il avait réalisé qu'Elle était indigne et qu'il ne pouvait pas continuer à vivre avec Elle.

Puis il lui arrivait de le voir remarié. Sa nouvelle épouse était une silhouette inconsistante, ressemblant vaguement à une bonne polonaise, bien en chair, qu'elle avait eue il y a bien longtemps; presque chaque année, elle donnerait naissance à un enfant, uniquement des garçons, qui tous ressembleraient à Herbert. Ils se serreraient contre elle, comme Herbert sur les photos jaunies le présentant à différents âges, se poussant et jouant des coudes pour attirer son attention. « Mamie, regarde-moi. » Herbert serait à côté d'elle pour les tancer doucement : « Allez jouer; vous fatiguez Mamie. » Leur mère n'apparaissait jamais dans aucune de ces scènes. Avec une telle chambrée d'enfants, elle était bien trop occupée à laver, cuisiner, lessiver...

Elle entendit Molly répondre au téléphone sans pouvoir entendre ce qu'elle disait. Couchée dans son lit, elle se livrait à un débat intérieur : devait-elle allumer la lumière pour lire un moment ou essayer de se rendormir, ou peut-être descendre pour se faire une tasse de thé? Avant d'avoir pris une décision, elle entendit des pas dans l'escalier, des pas lents et précautionneux, puis on ouvrit la porte de sa chambre. Elle fit semblant d'être endormie. On referma la porte et les pas redescendirent l'escalier. Un peu plus tard, elle entendit le bruit d'une voiture que l'on mettait en route, juste au bas de sa fenêtre. Étonnée, elle sortit du lit pour s'approcher de la fenêtre où elle écarta le rideau juste à temps pour voir le coupé de Molly quitter le parking.

Où pouvait-Elle aller? Était-il arrivé quelque chose à Herbert? Avait-il téléphoné de la synagogue? Mais que pouvait-il lui arriver à la synagogue?

Allumant la lampe sur sa table de nuit, elle regarda sa montre. Il était huit heures et demie. Elle enfila une robe de chambre pour descendre à l'étage en dessous. Les lumières étaient restées allumées au living; avançant à pas feutrés, elle jeta un regard sur les papiers éparpillés sur la table où Elle avait tapé à la machine à écrire. L'idée lui vint qu'Elle aurait pu aller poster quelque courrier. Mais pourquoi maintenant? Il n'y avait plus de levée avant demain matin. Il ne pouvait pas s'agir d'un achat de cigarettes ou d'un journal au drugstore. A cette heure, tous les magasins sont fermés. D'ailleurs, son départ était certainement en relation avec le coup de fil qu'Elle avait reçu. Des amis ont dû lui téléphoner et si c'était un ami? Profitait-Elle de la présence de Herbert à la synagogue pour rencontrer un amant?

Se sentant défaillir à cette idée, Mme Mandell préféra regagner sa chambre pour prendre une pilule et s'étendre si nécessaire. Plus elle y pensait, plus l'infidélité de sa bru lui semblait probable. Curieusement, cette infidélité ne se trouvait dans aucun des scénarios qu'elle avait échafaudés pour mettre fin au mariage de son fils, car... car, dans son esprit, cela le rendait ridicule. Pourtant, maintenant, elle était obligée d'envisager cette éventualité. Que devait-elle faire? Comment fallait-il qu'elle procède? Bien entendu, si Herbert était le premier rentré, ce serait une bonne chose. Dès qu'Elle serait revenue, il lui demanderait une explication. Mais si Elle rentrait la première?

Elle entendit le bruit d'une voiture dans la rue déserte. Sa poitrine se remplit de l'espoir que cela pût être son fils. Mais jetant un coup d'œil sur sa montre elle constata qu'il était à peine neuf heures passées; il ne pouvait pas être de retour de sa réunion à la synagogue. C'était donc Elle.

Agrippant la rampe, elle monta rapidement l'escalier pour se remettre au lit. Peu de temps après, une voiture se rangea au parking et ensuite elle entendit de nouveau des pas dans l'escalier et la porte de sa chambre s'ouvrir doucement.

De nouveau elle fit semblant de dormir, respirant profondément et bruyamment jusqu'à ce qu'elle entendît la porte se refermer et les pas redescendre les marches de l'escalier.

20.

Dans un effort pour avoir plus d'assistance aux offices du vendredi soir, Maltzman suggéra le parrainage par la Fraternelle de ces offices.

– Que voulez-vous dire par parrainer? interrogea Howard Jonas, le président de la Fraternelle.

– Appuyer; tâcher d'augmenter le nombre de participants. Décorer la chaire. S'occuper de la collation après l'office.

– Mais c'est ce que fait la Société des dames.

– Alors pourquoi la Fraternelle ne le ferait-elle pas pour changer? Cela créerait une émulation.

– Vous voulez dire qu'à la collation les hommes verseraient le thé? Aux femmes? Un ou deux sucres, madame Feldman? Allons! C'est l'affaire des femmes, Henry.

Cependant, Maltzman était persuasif et finalement ils donnèrent leur accord pour un vendredi par mois, les autres vendredis étant laissés aux dames. Ainsi ce soir, Herb Mandell, en sa qualité de président de la commission *ad hoc* de la Fraternelle, se tenait à l'entrée de la synagogue aux côtés de Howard Jonas pour saluer les membres de la communauté au fur et à mesure qu'ils arrivaient. Pour ce premier office dont ils s'occupaient ils avaient adressé des cartes d'invitation à tous les membres. Bien plus, ils avaient parcouru l'annuaire téléphonique de Barnard's Crossing pour envoyer des invitations à tous les abonnés ayant des noms à consonance juive.

– Si nous nous trompons et qu'un non-juif ayant reçu notre carte vienne à l'office, quel mal y a-t-il à cela? Ce serait de l'œcuménisme.

Mandell prenait ses responsabilités au sérieux. A chaque fois qu'il y avait un ralentissement dans les arrivées, il dévalait quatre à quatre les marches de l'escalier pour voir où en étaient les préparatifs pour la collation. Comme en outre il tenait le rôle de ténor dans le quatuor qui accompagnait le ministre officiant pour chanter le psaume clôturant l'office, il se faisait du souci au sujet d'un petit enrouement qui s'était manifesté au début de l'après-midi. Alors chaque fois qu'il était en bas, il en profitait pour courir jusqu'aux toilettes afin de déceler dans la glace au-dessus du lavabo des traces de rougeur dans la gorge. Puis il mettait dans un gobelet un peu de sel qu'il avait pris la précaution d'emmener, et ajoutait de l'eau tiède pour se gargariser.

Sur l'estrade, l'Arche sainte était flanquée de chaque côté de deux fauteuils en forme de trône, richement rembourrés de velours rouge. Les deux fauteuils de gauche étaient réservés au rabbin et au président de la communauté et ceux de droite au vice-président et au chantre. A huit heures et quart, quinze minutes avant l'heure fixée pour le début de l'office, seulement trois des quatre fauteuils étaient occupés. Le siège de Henry Maltzman était vide.

– Je me demande où il est? murmura Howard Jonas. Cela la fiche mal qu'il ne soit pas là.

– Il viendra probablement un peu plus tard, exposa Herb Mandell. La semaine dernière, il était également en retard.

– A-t-il pris place sur son siège à côté de l'Arche?

– Oh non! Il s'est glissé sur un siège dans un rang à l'arrière.

– Je n'apprécie pas, s'indigna Jonas. Franchement, je suis débecté. C'était son idée à lui; il nous en a rebattu les oreilles. Alors, la moindre des choses aurait été qu'il soit là. Je suppose qu'il est retenu par une affaire, et je suis le premier à admettre que les affaires passent d'abord. Toutefois, il me semble qu'en acceptant la présidence d'une communauté, on prend un engagement. Non que je critique, mais vous me comprenez.

– Certainement.

Mandell se tourna pour saluer un arrivant :

– Bonsoir, monsieur Kalb. Je suis heureux que vous ayez pu venir... Non, vous pouvez prendre n'importe quel siège.

Jonas le tarabusta.

– Dites, Herb, qu'avez-vous convenu avec Maltzman? Vous savez, au sujet de l'annonce que cet office est placé sous le patronage de la Fraternelle.

– Avant le début de l'office, il est censé m'inviter à prononcer quelques mots. Alors, je monte sur l'estrade pour déclarer que l'office est parrainé par la Fraternelle et souhaiter la bienvenue à tous les assistants.

– Dans ce cas, je pense que vous feriez mieux de monter tout de suite, Herb, pour vous asseoir à côté du rabbin, car si Henry ne vient pas à temps, le rabbin fera démarrer l'office.

– Pensez-vous que c'est bien comme ça?

– Certainement. J'assurerai la permanence seul, ici.

D'un pas hésitant, Herb Mandell emprunta l'allée centrale pour gravir les marches de l'estrade. Il répondit au regard interrogateur du rabbin en chuchotant :

– Howard pense que je devrais monter car il semble que Henry Maltzman ne sera pas là à temps.

– Bien sûr, fit le rabbin tout en lui tendant la main pour un traditionnel chabat chalom *. Comment va votre mère, monsieur Mandell?

– Oh! elle va bien. Je veux dire que son état est inchangé.

– Elle semblait avoir bon moral quand je l'ai vue hier, dit le rabbin.

– Oh! c'est dans la journée. Mais le soir venu, elle est tourmentée par son asthme. Ensuite, elle est fatiguée et somnole. Il se peut que ce soit dû aux pilules qu'elle prend. Il faut qu'elle se couche tout de suite après le dîner. Si elle arrive à dormir durant toute la nuit, c'est parfait. Mais parfois elle se réveille au milieu de la nuit et dans ce cas elle est comme désorientée. Elle a peine à respirer et ne peut pas trouver ses médicaments. C'en est effrayant.

– Vraiment? Pourtant, chaque fois que je la visite, elle semble très bien.

– C'est durant la journée, et comme elle vous attend, elle se met sur son trente et un. Nous ne la laissons jamais seule, la nuit. Puisqu'on en parle, monsieur le rabbin, ne pensez pas que nous n'apprécions pas le fait que vous lui rendiez régulièrement visite.

Le rabbin sourit.

– Ne vous en faites pas. Elle est sur ma liste de permanents. (Jetant un coup d'œil sur sa montre, il enchaîna :) Vous avez l'intention de prononcer quelques paroles, monsieur Mandell?

– Certainement.

Un peu ému, tout en paraissant résolu, Herb Mandell s'avança vers le lutrin à l'avant de l'estrade. Il attendit un moment, le temps que cesse le bourdonnement des conversations, avant de commencer à débiter une petite allocution qu'il avait écrite et soigneusement apprise par cœur :

– En tant que président du comité, je vous souhaite la bienvenue au nom de la Fraternelle.

Il exprima l'espoir que ceux qui étaient là la première fois en seraient contents et puiseraient dans l'office une force et un réconfort spirituels. Ensuite, il espérait qu'ils deviendraient des habitués et reviendraient tous les vendredis soir. Tout à fait à l'aise maintenant, il improvisa une plaisanterie en exposant qu'il souhaitait qu'on ne prenne pas pour du machisme le fait que la Fraternelle patronne un office par mois, car les autres sont toujours parrainés par la Société des dames.

– Non pas que nous pensions pouvoir faire aussi bien en une fois qu'elles en trois fois. Nous sommes nouveaux et nous devons tout apprendre chez elles.

Personne ne rit, mais il lui semblait avoir détecté un ou deux sourires. De toute façon, on ne rit pas à gorge déployée dans un sanctuaire, n'est-ce pas?

Il termina par l'annonce :

– Maintenant, le chantre va entonner la prière « Quelles sont belles tes tentes, oh Jacob ».

Assis là sur l'estrade, au vu de toute la communauté, il sentait qu'il était de son devoir de montrer beaucoup d'intérêt pour le déroulement de l'office; il suivait le texte du cantique mot à mot dans son livre de prières, se guidant du doigt comme pour s'assurer que le chantre ne sautait aucune parole.

A partir de sa position dominante, il pouvait noter maints phénomènes de la plus haute importance comme le tic de M. Liston, le chuchotement continu de Mme Eisner avec ses deux voisines et que Mme Porush somnolait. Cependant, il conserva un air de grande attention. Plus tard, lors du sermon du rabbin, Herb tint à faire de temps à autre un mouvement de la tête pour marquer son accord ou son appréciation.

Alors que le rabbin était sur le point de terminer son sermon, Henry Maltzman fit son entrée, jeta un regard circulaire de coupable, avant de se glisser, un sourire gêné sur les lèvres, sur un siège à l'arrière. Herb Mandell fronça les sourcils sur l'estrade pour marquer sa désapprobation. Il décida qu'il n'était pas séant que le président de la communauté vienne en retard à l'office. Et quel retard! Il était neuf heures et quart et l'office serait terminé dans quelques minutes. Fixant Maltzman des yeux, il se trouva qu'à un moment leurs regards s'accrochèrent. Il lui semblait que le président faisait un petit signe de la tête en souriant. Était-ce de l'approbation? Par dérision? Il n'arrivait pas à se prononcer.

Après, dans la salle de réunion, lors de la collation, il vit plusieurs fois Maltzman circuler parmi les membres de la communauté. Maltzman lui fit un signe de la main, mais ne consentit aucun effort pour venir le féliciter, comme Mandell pensait qu'il devait le faire. En fait, il avait presque l'impression qu'il tenait à l'éviter.

Néanmoins, ce fut une soirée mémorable pour Herb Mandell. En arrivant à la maison, ses premiers mots furent :

– J'aurais voulu que tu soies là, Molly. Tout a marché comme sur des roulettes.

– Oh! Herb, j'en suis tellement heureuse pour toi.

– Je suis désolé que tu aies dû rester avec Maman. J'aurais pu contacter cette Mme Slotnick qui nous a été recommandée.

– Je n'en vois pas l'utilité. Il aurait fallu lui payer une rémunération d'infirmière.

– Oui. As-tu eu des difficultés avec Maman?

– Elle a dormi comme un bébé. Et cela ne me faisait rien de rester à la maison. J'avais ce rapport à taper pour la banque.

– Comment t'en es-tu sortie?

– Je l'ai terminé, répondit-elle en désignant les papiers sur la table.

– Mais les comptes ne sont pas équilibrés.

Il jeta un regard expert sur les colonnes de chiffres.

– Voilà, annonça-t-il en pointant un poste du doigt. C'est à mettre à l'actif et non au passif.

Elle prit le dossier.

– Celui-ci? Tu veux que je fasse la correction à la machine. Je peux l'effacer et...

– Ne t'en fais pas. (Il fit la correction au crayon.) Je le lui ferai voir pour lui montrer d'où provenait l'erreur.

21.

Samedi matin, Gore s'arrêta chez Molly avant d'aller chez Jordon. Quand il fut introduit, il lui demanda avec impatience :

– Que vous a-t-il dit quand vous le lui avez remis?

– Je ne lui ai rien remis, dit Molly. Je ne l'ai pas vu. Quand je suis arrivée, il n'y avait aucune lumière dans la maison.

– Tiens, quelle heure était-il?

– Je suis partie peu de temps après vous avoir parlé. Il devait être autour de huit heures et demie.

– Il sera probablement sorti. Qu'avez-vous fait du rapport?

– Je n'ai pas voulu le mettre dans la boîte à lettres; par conséquent, je l'ai ramené. N'ai-je pas eu raison?

– Absolument. C'est moi qui le lui porterai derechef.

Elle lui tendit une grosse enveloppe en papier bulle et le regarda, guettant sa réaction, tandis qu'il feuilletait les pages dactylographiées.

– Du beau travail, conclut-il. Je l'apprécie vraiment, Molly.

De chez Molly il partit directement vers la maison de Jordon. En franchissant la grille du domaine, il entendit un coup de klaxon provenant apparemment de devant la maison. Au fur et à mesure qu'il s'approchait le klaxon se fit plus bruyant, à coup sûr, il y avait une voiture devant la porte d'entrée. C'était Martha, les traits déformés par la colère, appuyant sur le klaxon de sa voiture.

Sortant de sa voiture, il s'approcha d'elle :

– Qu'est-ce qu'il y a? Que se passe-t-il? Pourquoi ce tintamarre?

– Ah! c'est vous, monsieur Gore. (Son visage se décontracta et elle arriva même à ébaucher un petit sourire embarrassé.) Il y a que mon dernier mois de salaire n'est pas payé. J'ai beau frapper et sonner, je n'obtiens aucune réponse. M'ayant sans doute vue, le vieux salopard me laisse volontairement poireauter. J'ai envie de coincer la sonnette avec une épingle comme nous le faisions quand nous étions gosses.

– Il est probablement sorti.

– Non, regardez la porte. Elle n'est pas tout à fait tirée. Il ne l'aurait pas laissée comme cela s'il était parti. Il suffit de la pousser pour ouvrir.

Il s'approcha de la porte, tandis qu'elle sortait de sa voiture pour le suivre. Il appuya sur la sonnette. Nul doute, on l'entendait sonner à l'intérieur.

– Voyez, la sonnette fonctionne. L'entendez-vous?

Il fit un signe affirmatif de la tête tout en enfonçant, une fois de plus, le bouton de la sonnette. Ils attendirent et elle formula :

– Je parie qu'il est en train de nous observer et qu'il attend que je m'en aille.

Il secoua la tête avec impatience, puis décida de pousser la porte pour entrer. Martha le suivit immédiatement derrière. Il leur fallut un moment pour que leurs yeux, encore éblouis par la lumière d'une belle matinée ensoleillée, s'habituent à l'obscure clarté de la pièce où les rideaux et les stores étaient tirés. Le bourdonnement d'une grosse mouche à viande attira leur regard sur Ellsworth Jordon, couché sur son canapé, comme s'il dormait. Cependant, il avait une vilaine plaie au bas du front, exactement entre les deux yeux, d'où le sang avait coulé goutte à goutte des deux côtés de son nez jusqu'aux commissures des lèvres.

Martha poussa un cri. Gore serra les lèvres et réprima un haut-le-corps.

– Il est blessé, se lamenta-t-elle. Le pauvre homme est blessé. Pourquoi ne faites-vous rien?

– Fermez-la, lui enjoignit-il.

Sans bouger, il dirigea un regard circulaire sur la pièce, apercevant un flacon de médicaments brisé, les débris d'une ampoule électrique cassée ainsi que la toile déchirée d'une peinture à l'huile représentant le père de Jordon.

– Il faut appeler la police, murmura-t-il d'une voix enrouée. J'attends là; prenez votre voiture pour aller téléphoner à la cabine qui se trouve au coin de la rue.

– Ne pouvez-vous pas téléphoner d'ici? demanda-t-elle.

– Empreintes digitales, répliqua-t-il sèchement. Il se peut qu'il y ait des empreintes sur l'appareil.

Dès qu'elle fut partie, il se contraignit à s'approcher du corps étendu sur le canapé. Il toucha le front totalement froid du bout des doigts, puis les essuya sur son pantalon. Pensant soudainement à Billy, il appela :

– Billy? Êtes-vous là, Billy?

Il rit avec soulagement en constatant l'absence de réponse.

Il quitta la pièce et la maison, fermant la porte derrière lui, en prenant soin de ne pas faire fonctionner la serrure. Alors qu'il arrivait vers sa voiture pour y attendre la police, il ne put s'empêcher de penser que désormais nul ne pourrait établir qui avait gagné le pari qu'il avait engagé la veille au soir.

22.

Tandis que ses hommes travaillaient au salon, à photographier, mesurer, relever des empreintes digitales, l'inspecteur de police d'État Mc Lure, accompagné d'un adjoint sténographe, se trouvait à la cuisine où il y avait une table sur laquelle on pouvait écrire et y interrogeait Gore. Le commissaire Lanigan et son lieutenant, Eban Jennings, avaient établi leur poste de commandement à la salle à manger, où ils pouvaient émettre des ordres et recevoir des rapports de leurs subordonnés.

Venant de terminer l'interrogatoire de Martha Peterson, entièrement sous le choc, les yeux pleins de larmes, ils l'avaient renvoyée chez elle.

– Vous y croyez à son histoire du garçon enfermé à clé dans sa chambre? demanda Jennings. Croyez-vous que ce Jordon ait pu enfermer un adolescent de dix-huit ans dans sa chambre comme un instituteur envoie un petit gosse au piquet?

Lanigan secoua les épaules comme s'il ne voulait pas s'engager.

– Quoiqu'il sût que le garçon sortirait par la fenêtre?

– C'est juste assez farfelu pour être vrai, jugea Lanigan. Il se peut que Gore sache quelque chose à ce sujet. Posez-lui la question quand Mc Lure en aura terminé avec lui.

– Tout semble farfelu dans cette affaire, Hugh.

– Que voulez-vous dire?
– Il semble que ce Jordon était millionnaire, non?
– C'était la réputation qu'il avait en ville. Nous en saurons sans doute plus à ce sujet quand nous aurons interrogé Gore. Mais qu'est-ce que ça vient faire ici?
– Ne trouvez-vous pas que la maison est plutôt curieusement agencée pour la demeure d'un millionnaire?
– Expliquez-vous.
– Cette salle à manger est assez propre, mais les rideaux sont tout défraîchis et le revêtement des fauteuils est déchiré. La même chose dans les autres pièces.
– Je suppose que c'est ainsi lorsqu'on a une gouvernante et non une épouse, expliqua Lanigan. Une épouse poussera toujours son mari à acheter du neuf dès que les choses commencent à s'user tandis qu'une gouvernante se contente de faire le ménage.
– Oui. Mais il y a plus que cela. Voilà une immense maison à trois étages, et cependant tout se situe au premier étage. Il ne semble pas que les pièces aux deux autres étages soient jamais utilisées. Ce qui était probablement le petit salon, à côté du grand salon, lui sert de chambre à coucher, je répète à côté du salon. Et l'autre pièce adjacente au salon sert de chambre à coucher au garçon. On dirait qu'il tenait à faire des économies de chauffage.
– Possible, enchaîna Lanigan. Il avait la réputation d'être près de ses sous. Par ailleurs, il se peut qu'après son alerte cardiaque, le médecin lui ait conseillé d'éviter les escaliers. Il tenait naturellement à avoir le jeune gars à proximité pour le cas où il aurait une attaque en pleine nuit. Je me demande où il est passé. Il n'a pas dormi dans son lit.
– Il est probablement parti pour le week-end. On peut considérer comme logique qu'il n'ait pas voulu traîner auprès d'un vieux schnock comme Jordon. Mais

cette Martha, n'était-elle pas employée au supermarché?

Lanigan acquiesça :

– Elle était caissière.

Jennings confirma :

– C'est là-bas que je l'ai vue. Elle a bonne apparence. C'est comme ça que j'aime les femmes, du solide, il y a de quoi tenir. J'aimerais bien m'occuper d'elle en privé.

Le regard de Lanigan se fit ironique.

– Vous aimeriez lui faire un enfant. C'est ce que vous aimeriez. Je me demande comment Maude arrive à vous supporter.

– Je vous en prie, Hugh...

– Avez-vous connu Celia Johnson? Elle avait travaillé chez Jordon. Elle avait laissé tomber une bonne place pour devenir sa gouvernante. Elle était comptable au Service de la navigation. Cinq jours par semaine, de neuf à dix-sept heures. Congés payés. Caisse de maladie, caisse de retraite, caisse complémentaire. Et elle a laissé tomber tout cela pour venir travailler chez lui. Gladys la connaissait. Je me souviens des raisons telles que Gladys les a exposées. Celia avait trente-huit ans à l'époque et n'était pas en train de rajeunir. Il y avait un homme également seul...

– Et elle pensait pouvoir l'emballer? L'amener à l'épouser?

– Certainement. Pourquoi pas?

– Pensez-vous que c'est pour cette raison que Martha Peterson est venue travailler chez lui?

– C'est qu'elle non plus ne rajeunit pas.

– Il se pourrait aussi plus simplement qu'elle préfère travailler comme gouvernante plutôt que comme employée.

– Peut-être, admit Lanigan. Mais si sa façon de penser correspond à ce que j'ai dit, cela expliquerait pourquoi elle a insisté pour que Stanley vienne la chercher; elle voulait rendre Jordon un peu jaloux. L'exciter, lui montrer qu'il y avait de la concurrence.

Jennings se montra intéressé :

– Et c'est pour cela qu'elle aurait quitté son travail? Parce qu'elle s'était rendu compte que cela n'allait pas et qu'il n'y avait donc pas de sens à ce qu'elle reste?

– Ou peut-être qu'il y avait entre eux deux quelque chose de plus qu'une relation patron-employée?

Les yeux bleu pâle d'Eban Jennings montraient de l'intérêt et sa pomme d'Adam remua d'excitation.

– Elle aurait pu revenir plus tard pour avoir une explication avec lui. Ou peut-être n'était-elle pas vraiment partie, mais était restée aux alentours jusqu'à ce que le vieux se retrouve seul et...

Le Dr Mokely, le médecin légiste, parut dans l'encadrement de la porte pour annoncer :

– J'en ai terminé ici, Hugh.

– Entrez, Fred. Quelles sont vos conclusions?

– Mort instantanée, à l'évidence. Que peut-on attendre d'un coup de feu frappant la victime exactement entre les deux yeux?

Il posa sa serviette par terre pour prendre le siège que Jennings avait poussé vers lui du pied.

– Des traces de poudre?

– Suicide? (Il secoua la tête.) Certainement pas. Il n'y a aucune trace de poudre.

– Euh... Docteur... (Jennings avala sa pomme d'Adam.) Ce Jordon était cardiaque.

Le médecin se mit à rire.

– Il n'est certainement pas mort d'une crise cardiaque.

– Comment le savez-vous? insista Jennings. Cinq des six coups de feu qui ont été tirés ont fait mouche un peu partout dans la pièce, de sorte qu'il a dû être touché par le sixième.

– Pourquoi devait-ce être le sixième? demanda le docteur.

– Car il l'a atteint en plein milieu du front, exposa Lanigan. Ainsi le tireur a pu constater qu'il l'avait touché, sans doute mortellement. Alors pourquoi aurait-il continué à tirer? S'il n'avait pas eu une crise cardiaque, Jordon n'aurait-il pas essayé de s'échapper ou de se cacher alors que l'on tirait sur lui?

– Comment aurait-il eu une crise cardiaque? interrogea le médecin.

– Admettons qu'il fût endormi, expliqua Jennings. Le premier coup de feu ne l'aurait-il pas réveillé?

– Je suppose que oui.

– Bon, est-ce que le fait de se réveiller pour se trouver en face de quelqu'un qui vous tire dessus ne peut pas provoquer une crise cardiaque?

– Soit, concéda le docteur. Et après?

– Alors il pouvait être mort avant d'avoir été atteint par la balle qui l'a touché, triompha Jennings.

– Lorsqu'on a une crise cardiaque, on ne meurt pas tout de suite, observa le médecin. D'ailleurs, où est la différence? Il s'agit toujours d'un meurtre, qu'il soit mort du coup de feu ou de frayeur.

– Il n'y a probablement pas de différence, reconnut Lanigan. Mais les avocats de la défense pourraient y trouver une argumentation tirée par les cheveux. Pourrez-vous une fois que vous aurez pratiqué l'autopsie opter entre les deux termes de l'alternative?

– J'en doute. S'il y avait eu un long intervalle de temps entre le premier coup de feu, qui aurait pu l'effrayer de façon à provoquer une crise cardiaque, et celui qui l'a effectivement touché, on aurait pu le dire, peut-être en se basant sur le volume du saignement. Mais selon l'aspect des choses, le meurtrier a tiré rapidement tous les coups de feu, comme une femme tirant en fermant les yeux, jusqu'à ce que le barillet fût vide. En conséquence, quelques secondes seulement se sont écoulées entre le premier et le dernier coup de feu et je doute fort que l'autopsie puisse permettre de dégager des éléments supplémentaires. Quant à déterminer quel coup de feu l'a atteint... (Il haussa les épaules.) Il se peut qu'étant étendu sur le canapé, il ait été réveillé par les coups de feu. Se redressant, il est touché par une balle entre les deux yeux et est rejeté en arrière.

– Pouvez-vous indiquer l'angle de percussion? demanda Lanigan.

– J'en doute, répondit le docteur. L'os a pu dévier la balle, et on ignore s'il était couché alors qu'il a été touché ou s'il était assis et quel était l'angle de tir.

– Voyez ce que vous pouvez faire. Qu'en est-il de l'heure du crime?

Le docteur sourit.

– Je puis vous l'indiquer à la minute près : vingt heures vingt-neuf.

– Comment... (Le commissaire sourit également.) Oh! vous vous êtes basé sur l'horloge! Mais supposons qu'aucune balle n'ait atteint cette horloge?

Le médecin sourit largement :

– Alors j'aurais dit vingt heures trente.

– Très drôle! grogna Jennings.

Le médecin rit :

– Je vous indiquerai une fourchette après l'autopsie.

23.

– Mais c'est le jour du sabbat, protesta Myriam.

– C'est extrêmement important, madame Small, exposa Mme Mandell. Je n'ai pas pu fermer l'œil de la nuit. J'ai cru perdre la raison.

– Est-ce que cela ne peut pas attendre demain?

– Non, non. Il faut que ce soit aujourd'hui.

– Bon, mais pour le moment il est à la synagogue à l'office du matin et...

– Oh! je comprends! Bien entendu. (Elle se permit de mettre une pointe d'ironie dans son ton.) Je ne vous demande pas de courir là-bas et de l'extraire de la synagogue, mais j'aimerais avoir la certitude qu'il viendra cet après-midi. J'ai tenu à appeler en temps utile avant qu'il prenne d'autres rendez-vous.

– Le rabbin ne prend pas de rendez-vous pour le jour du sabbat, madame Mandell. Il ne traite aucune affaire le sabbat, sauf cas d'urgence.

– Mais c'est une urgence.

– Très bien, je lui en parlerai dès qu'il sera rentré.

Elle raccrocha, ennuyée et indignée, regrettant que David ne suive pas la règle adoptée par ses collègues orthodoxes qui ne répondent pas au téléphone le sabbat.

Alors que le commandement de rendre visite aux malades pour les réconforter était enjoint à tous les juifs, la communauté attendait du rabbin qu'il s'en acquitte pour le compte de tous les membres, étant entendu que le crédit de cette bonne action doit leur être acquis. Ce genre d'altruisme n'était pas très goûté par le rabbin Small.

Le rabbin Small n'avait jamais essayé de se convaincre qu'il prenait plaisir à ces visites pastorales aux malades. Du fait de sa réserve naturelle, il estimait ne pas être spécialement doué pour ce genre d'exercice. Il éprouvait durement l'obligation d'afficher une gaieté factice, d'assurer à des malades qu'ils avaient une mine resplendissante alors qu'il n'en était rien. Alors qu'il éprouvait de la compassion quand ils évoquaient leurs douleurs et leurs peines, il était toujours réticent et passablement embarrassé dès qu'ils passaient aux récriminations : contre le médecin qui ne s'intéressait pas assez à eux, contre l'infirmière négligente, contre les membres de leurs familles qui ne leur témoignaient pas la considération qu'ils estimaient mériter.

Le point le plus désagréable sur son agenda était sa visite hebdomadaire à Mme Mandell. A la différence de ses autres malades qui, même s'ils pouvaient quitter leur lit, le recevaient soit en pyjama, soit en robe de chambre, elle descendait toujours au salon, habillée de pied en cap, sa chevelure grise bien peignée et brossée, avec une délicate touche de teinture lavande. Grande de taille, bien en chair, son visage rond de personne bien nourrie ne montrait aucune trace de maladie. Quand il s'enhardissait à observer qu'il lui trouvait une bonne mine, elle rétorquait : « Pour le moment; mais vous auriez dû me voir la nuit dernière quand j'avais cette attaque. J'ai cru ma dernière heure venue », tout en hochant la tête et en souriant tristement.

Mais là il ne s'agissait plus d'une visite habituelle. C'était urgent d'après ce qu'elle avait expliqué au téléphone. C'est pourquoi il fut interloqué quand il vit qu'elle avait son aspect habituel en lui répétant :

– Je n'ai pas fermé l'œil de la nuit, monsieur le rabbin.

– Mais cela n'a rien d'exceptionnel d'après ce que vous dites. Y avait-il une raison spéciale pour que je vienne vous voir aujourd'hui? Pourquoi cela ne pouvait-il pas attendre demain?

– Parce que demain *Ils* auraient été là. Aujourd'hui Ils sont en visite et ne seront pas de retour avant ce soir.

Grâce à ses visites précédentes, le rabbin avait appris que dans la langue de Mme Mandell, tandis que son fils était toujours Herbie, l'épouse de celui-ci était Elle et les deux époux ensemble étaient Ils.

– Et alors?

– Eh bien, pour commencer, je dois admettre que lorsque mon Herbie avait décidé de se marier, j'y étais opposée.

Ses lèvres se crispèrent; pourtant il se contenta de demander :

– Votre opposition au mariage était-elle de principe ou visait-elle la jeune fille qu'il avait choisie?

– Je pensais qu'il avait le temps d'attendre un moment.

– Cependant, il s'agit d'un homme mûr. Il a bien la trentaine.

– Il avait trente-six ans à l'époque. Maintenant, il en a trente-huit. Pour ma part, j'estimais qu'ayant tardé jusque-là il pouvait attendre que la jeune fille adéquate se présentât. Je pensais qu'Elle n'était pas cette jeune fille. (Mme Mandell secoua la tête avec tristesse.) Elle prétend avoir trente ans, néanmoins je crois qu'elle en a trente-deux ou trente-trois. Ce n'est pas si jeune que cela pour une femme. Mon Herbie est grand et bien de sa personne. Il aurait pu avoir toutes les filles...

– Oui, mais c'est celle-ci qu'il a choisie.

– Vraiment, monsieur le rabbin? N'est-ce pas plutôt Elle qui l'a choisi?

Il sourit.

– Cela revient au même, non? Ils sont heureux, n'est-ce pas? C'est là le point important.

– Oh! je pense qu'Elle est heureuse.

– Et lui ne l'est-il pas? demanda le rabbin en souriant.

– Comment pourrait-il l'être? Elle en a fait une bonne à tout faire. Simplement parce qu'il rentre un peu plus tôt, Elle a décidé qu'il devait préparer le dîner et mettre la table. Après, il faut qu'il l'aide à faire la vaisselle à la cuisine. Elle le domine complètement. Et en plus, Elle lui fait l'amour carrément devant moi.

Le rabbin écarquilla les yeux.

– Je veux dire, elle l'embrasse et le caresse comme un chaton. Est-ce une façon de se comporter pour une jeune mariée?

– Cela prouve qu'elle l'aime, non?

– Vraiment, monsieur le rabbin? Est-ce que cela ne prouve pas plutôt qu'elle aime les hommes?

– Qu'insinuez-vous là, madame Mandell? demanda le rabbin sur un ton glacial.

Cependant, Mme Mandell ne se démonta pas.

– Hier soir, mon Herbie devait aller à la synagogue.

– Oui, je sais. Il préside le comité.

– Or, je ne peux être laissée seule la nuit. Il y a un danger...

– Oui, oui, vous m'en avez parlé.

– Par conséquent, quand ils partent ensemble, mon Herbie s'arrange pour faire venir une femme qui reste avec moi. (Elle minauda.) Il appelle cela une mamie-sitter. (Mme Mandell baissa la voix.) Hier soir, Elle s'était engagée à rester. D'après ce qu'Elle disait, Elle avait un travail à faire pour la banque. (Sa bouche se tordit en un sourire de supériorité.) Quel genre de travail une banque peut-elle demander à une employée après les heures de bureau, monsieur le rabbin? Et ne trouveriez-vous pas normal qu'une épouse vienne assister à une cérémonie au cours de laquelle son mari est honoré? Mais mon Herbie est très confiant. Et à dire vrai, moi non plus je n'y vis nulle malice. Je me suis couchée vers huit heures, comme d'habitude, et j'ai sommeillé. Je ne dors jamais.

– Je sais.

– A peu près une demi-heure plus tard, juste au moment où commençait l'office, j'ai été réveillée par la sonnerie du téléphone. Elle a parlé pendant quelques minutes, puis je l'ai entendue monter l'escalier pour voir si je dormais, alors j'ai fait semblant. Elle m'a regardée puis est redescendue sur la pointe des pieds. Ensuite Elle a quitté la maison et j'ai entendu le démarrage de sa voiture. Je suis sortie du lit et l'ai vue comme Elle partait. Que pensez-vous de cela?

Le rabbin était perplexe.

– Vous voulez dire qu'elle avait été d'accord pour rester... Qu'a dit votre fils lorsqu'en rentrant il a vu qu'elle était partie?

– Oh! Elle était revenue avant son retour! Elle est revenue au bout d'une demi-heure et est tout de suite remontée pour jeter un coup d'œil sur moi.

– Et à nouveau vous avez fait semblant de dormir?

– Bien entendu. Et mon Herbie ne sait rien à moins qu'Elle ne lui en ait parlé. Or vous pouvez être certain qu'Elle ne lui en a pas soufflé mot.

– Pourquoi en êtes-vous tellement sûre?

– Parce qu'il aurait été furieux. Vous voyez, c'est là que réside le danger...

– Oui, oui, je sais, dit-il vivement.

– Donc vous pouvez comprendre pourquoi je n'ai pas fermé l'œil de la nuit, monsieur le rabbin. Pourquoi je ne décolère pas de la journée. Où est-Elle allée? Qui a-t-Elle vu?

– Pourquoi faudrait-il qu'elle ait vu quelqu'un? Elle pouvait être sortie pour acheter un illustré ou un paquet de cigarettes.

– A huit heures et demie du soir? Tous les magasins sont fermés. Et comment expliquez-vous l'appel téléphonique?

– Il se peut qu'il n'ait aucun rapport avec sa sortie. Il pouvait également émaner d'une de ses amies.

– Qui lui aurait demandé de passer pour lui remettre une recette de gâteau? Non, monsieur le rabbin, c'est un homme qui l'a appelée et Elle est allée le retrouver. Que dois-je faire, monsieur le rabbin? Que dois-je faire?

Le rabbin respira profondément :

– Il me semble vous avoir entendue parler d'une sœur à vous habitant dans l'Ouest...

– Dans l'Arizona. Elle m'a demandé maintes fois de lui rendre visite.

– Je crois que vous devriez y aller, madame Mandell. Le climat vous ferait du bien.

– Et laisser là mon pauvre Herbie, confiant, crédule, tandis qu'Elle le trahit?

– Madame Mandell, elle ne trahit pas votre fils. Vous proférez une grave accusation contre une jeune épouse respectable, qui en plus est votre propre belle-fille.

– Oh! vous n'êtes pas meilleur que tous les autres! dit-elle sur un ton méprisant. Dès lors que la saleté ne vous concerne pas personnellement, vous la camouflez soigneusement sous le tapis et faites comme si elle n'existait pas. (Elle lui lança un regard sournois, plein de sous-entendus.) Mais supposez que je vous dise que vous êtes concerné.

– En quoi suis-je concerné?

– Elle est en train de comploter pour vous faire éjecter. Que pensez-vous de cela? demanda-t-elle acrimonieusement. Je l'ai entendue discuter au téléphone avec le président de la communauté, Henry Maltzman, sur la meilleure façon à employer pour se débarrasser de vous. Je ne l'ai pas entendue une fois; je l'ai entendue une demi-douzaine de fois. Alors, que pensez-vous d'Elle? Que dites-vous maintenant?

– Je dis que vous devriez aller visiter votre sœur dans l'Arizona, répondit-il sur un ton résolu.

24.

– Maintenant vous allez nous raconter exactement ce qui s'est passé hier soir, proposa aimablement Lanigan à Lawrence Gore une fois que celui-ci fut assis.

– Mais j'ai déjà tout raconté au sergent, protesta Gore, et un policier a tout pris en sténo.

– Vous avez effectivement fait une déclaration, concéda Lanigan. Le sergent Mc Lure appartient à la police de l'État et celle-ci a ses propres règles. Ici nous sommes la police locale et nous aimerions également vous entendre, et non simplement relire ce qui a été sténographié.

– Afin que vous puissiez comparer les deux déclarations et me chercher des poux dans la tête si elles ne coïncident pas?

Lanigan se mit à rire.

– Il y a de cela.

– Bon, dit Gore sur un ton légèrement excédé. J'avais été invité là-bas à dîner.

– Y alliez-vous souvent? questionna Jennings.

– Non. Seulement une fois, il y a quelques mois. Jordon avait l'habitude d'aller dîner presque tous les jeudis soir à l'*Agathon Club* et si j'y allais aussi, je le conduisais à l'aller et au retour. Il n'aimait pas conduire, surtout pas la nuit. Mais je me contentais de rouler jusqu'à son portail où je le klaxonnais pour qu'il sorte. Cependant, hier, je lui avais téléphoné pour qu'il me confie son argenterie pour l'exposition Peter Archer au musée, je pense que vous en avez entendu parler, en spécifiant que c'était le dernier délai s'il voulait que sa soupière figure parmi les pièces exposées. Il m'a répondu que je pouvais passer la prendre et, par la même occasion, m'a invité à dîner.

Gore raconta toute son histoire sans être interrompu. Bien qu'il donnât beaucoup de détails, il ne mentionna pas le passage de Molly à la maison de Jordon du fait qu'il n'y avait pas personnellement assisté et, de toute façon, il se situait après le meurtre. Ce n'est qu'après que Gore eut terminé son récit qu'ils l'interrogèrent.

– A votre départ, le garçon était-il toujours dans sa chambre? demanda Lanigan.

– Jordon ne l'avait pas laissé sortir, répondit Gore avec un haussement d'épaules. Étant donné qu'il était parti, il faut croire qu'il avait trouvé un moyen...

– Comment le savez-vous? demanda rapidement Jennings.

– Lorsque j'y étais ce matin, je l'ai appelé. N'obtenant pas de réponse, j'ai frappé, puis ai écouté à la porte...

– L'avez-vous ouverte?

– Bien sûr que non, rétorqua Gore. Cela aurait correspondu à une destruction de preuve et...

Lanigan le coupa :

– Donc vous estimez qu'il aurait pu s'esquiver à

n'importe quel moment, peut-être même alors que vous étiez encore en train de bavarder avec la victime.

– Il aurait pu, admit Gore.

– Que savez-vous à son sujet? demanda Lanigan.

Gore écarta les mains pour marquer son ignorance.

– Pas grand-chose. Jordon m'avait dit qu'il avait eu des problèmes et qu'il ne fallait pas le harceler. C'est de cette façon qu'il m'en a parlé. Il n'avait pas spécifié quelle était la nature desdits problèmes. Il avait son bac et un casier judiciaire vierge; je l'ai donc engagé. Apparemment c'est un gentil garçon, mais il est très réservé. A ma connaissance, il n'a pas d'amis en ville. Il s'acquitte bien de son travail et je l'apprécie. Il n'a jamais parlé de sa famille ou de ses origines. Peut-être sur les instances de Jordon. Pour ma part, je ne l'ai jamais pressé. Oh! une fois il m'a dit que son père avait été tué à la guerre. Comme il est trop âgé pour être né durant la guerre du Vietnam et pas assez pour être né pendant la guerre de Corée, je lui ai demandé de quelle guerre il s'agissait. Il m'a répondu que c'était durant la campagne du canal de Suez. Ce ne pouvait être que l'action entreprise par la Grande-Bretagne et la France conjointement avec Israël contre l'Égypte. Son père pouvait avoir été britannique ou français, peut-être même israélien. Connaissant les sentiments de Jordon vis-à-vis des juifs, j'ai préféré ne pas insister.

– Quels étaient ses sentiments à l'égard des juifs? demanda Lanigan.

– Je suis banquier, expliqua Gore, et pour moi l'argent de l'un vaut celui de l'autre. Aussi, je n'aime pas discuter de religion, et je n'appréciais pas cela avec Jordon. Je lui ai fait des remontrances à une ou deux reprises lorsque sa phobie interférait avec les affaires, par exemple lorsqu'il ne voulait pas céder un terrain dont les gens de la synagogue désiraient se porter acquéreurs, ou lorsque Henry Maltzman avait un client pour un autre terrain. Tout ce qu'il trouvait à dire était qu'il ne voulait pas leur rendre la vie facile. J'en ai déduit qu'il ne les aimait pas. (Il sourit.) Cela ne l'a pas empêché de faire du plat à ma secrétaire bien qu'il sût qu'elle était juive. Elle l'a traité de vieux salopard.

– Celle à laquelle vous aviez téléphoné alors que vous étiez en route pour Boston? demanda Jennings.

– Euh hum.

– Très bien. (Lanigan détacha les yeux des notes qu'il avait prises.) Je crois que ce sera tout pour aujourd'hui. Au fait, qu'en est-il du revolver?

– C'est une des trois armes que j'ai achetées pour la banque, une pour chaque caissier.

– Tiens? s'étonna Jennings, il me semblait que les banques n'agissaient plus de cette façon actuellement. Je croyais qu'elles engageaient des gardes armés.

– C'est exact. Mais nous n'avons pas de gardes armés. Par ailleurs, les caissiers ont reçu strictement pour instruction de ne pas se servir des armes.

– Et alors, à quoi bon?

– Cela leur donne un sentiment de sécurité. En cas de hold-up, ils ne sont pas censés jouer les héros. Mais si les gangsters perdent leur sang-froid et se mettent à tirer...

– Pourquoi n'avez-vous pas emmené d'arme en partant? demanda Lanigan.

– Parce que je n'ai pas de permis de port d'arme.

– Comment cela se fait-il? s'étonna encore Jennings. Vous, un champion de tir et un banquier?

Gore sourit.

– Voilà justement la raison. Je pourrais être tenté de m'en servir, quitte à le regretter ensuite. Aussi ai-je écarté cette possibilité en renonçant au port d'arme. J'avais l'intention de vous téléphoner lundi matin pour vous demander d'envoyer un policier qui s'en chargerait pour la ramener à la banque.

– Dommage que vous n'y ayez pas pensé hier soir dès que vous avez constaté que le jeune homme l'avait prise. Jordon serait peut-être encore en vie.

25.

– Était-ce quelque chose de sérieux? S'agissait-il vraiment d'une urgence, David? demanda Myriam au retour du rabbin.

Il secoua la tête.

– Simplement des fantasmes maladifs d'une vieille femme esseulée et aigrie. (Il sourit.) Entre autres, elle reproche à sa bru de tramer des complots contre moi. La connais-tu?

– Molly Mandell? Je la vois lorsque je vais porter ton chèque à la banque au début du mois, et occasionnellement aux réunions de la Coopération féminine. Elle y est connue pour son franc-parler, surtout quand il s'agit des droits de la femme. D'après des petites choses que j'ai entendues, ce n'est pas une de tes plus ferventes admiratrices. (Elle hésita avant d'ajouter :) D'après les on-dit, les Mandell sont des amis des Maltzman.

– Qu'y a-t-il de mal à cela?

– A mon avis, rien; cependant c'est curieux car les Maltzman sont bien plus âgés que les Mandell.

– Et qu'est-ce que cela signifie? demanda-t-il.

– Eh bien, Maltzman ne te porte pas dans son cœur, David. Je m'en rends compte à chaque fois qu'il vient là. Ne le sens-tu pas?

– Oui, je l'ai remarqué. Comme tu l'as indiqué, son attitude correspond à celle prise à mon égard par certains officiers, particulièrement les officiers sortis du rang, quand j'étais aumônier à l'armée. Or, Henry Maltzman a nettement gardé cette raideur militaire. On voulait bien admettre, à contrecœur, qu'il se peut que le corps des aumôniers contribue au maintien du moral de la troupe, qu'il avait donc une certaine utilité. Mais à part cela, il n'y avait aucune affinité. Je suppose que ces messieurs étaient embêtés de ne pas pouvoir nous donner des ordres, même s'ils étaient de grade supérieur. Je pense qu'ils portaient la même appréciation sur le corps médical. Un jour, un médecin capitaine m'a confié qu'à chaque fois qu'il demandait à un colonel d'infanterie d'enlever sa chemise, il attendait une minute ou deux avant de l'ausculter afin que le bruit du grincement de dents ne vienne pas se confondre avec celui du stéthoscope. Oui, je pense que Henry Maltzman aimerait avoir affaire à un rabbin plus accommodant. Il se peut même qu'il tente quelque chose dans ce but. Cela ne me surprendrait pas du tout.

– Et qu'as-tu l'intention de faire à ce sujet?

– Rien, dit-il simplement. Il n'y a rien que je puisse faire.

Elle lui en voulait.

– Est-ce que cela signifie que tu jettes l'éponge? Tu as connu des difficultés avec des présidents précédemment et tu t'es battu...

– Actuellement c'est différent, fit-il.

– Pourquoi est-ce différent? le questionna-t-elle.

– Actuellement, le Conseil d'administration ne compte plus que quinze membres, de sorte qu'il suffit de huit voix pour que mon contrat ne soit pas renouvelé. (Il sourit tristement.) Il est possible que j'aie scié la branche sur laquelle j'étais assis en refusant de signer le contrat à vie qu'on m'avait proposé. Encore qu'ils eussent pu facilement tourner la difficulté en passant un vote auquel je n'aurais en aucun cas pu souscrire. Cependant, je dois admettre que dans l'état actuel des choses, il est bien plus aisé pour eux de se débarrasser de moi.

– Et tu ne ferais rien contre cela?

– Que puis-je faire? Demander à chacun des administrateurs individuellement de ne pas me foutre à la porte? Quelle serait ma position ensuite?

– Alors que feras-tu? demanda-t-elle d'une voix trahissant de l'exaspération.

Il esquissa un sourire.

– Je crois que là il faudra que je m'en remette à Dieu en espérant le mieux.

26.

– J'ai horreur de ce genre d'affaires, stipula le détective d'État, le sergent Mc Lure. Cela peut traîner des mois sans que nous arrivions à l'élucider. Ou alors nous pouvons être sûrs à cent pour cent d'avoir découvert le coupable et le procureur estimera qu'il n'y a pas assez de présomptions pour l'inculper.

– Qu'y a-t-il de particulier dans cette affaire? demanda Jennings par un réflexe de défense, comme si Mc Lure, l'homme de la grande ville, répandait des calomnies sur un produit local.

De toute façon, la question était formelle car il n'était nullement intéressé par la réponse, quelle qu'elle soit, que lui donnerait Mc Lure. Ils étaient assis ensemble avec Lanigan autour de la table de la salle à manger dans la maison. Les trois hommes étaient vidés davantage que relaxés, sentant un relâchement après les tensions et le travail intensif qui avaient marqué la journée.

– Si c'est un travail de professionnel, ou nous savons qui en voulait à la victime, et alors il s'agit de prouver la fausseté d'un alibi, ce genre de types en a toujours, ou il faut amener quelqu'un à parler. On arrive à de très bons résultats si l'on dispose d'un réseau d'indicateurs. Par ailleurs, si c'est un amateur, il faut établir qui avait des raisons d'en vouloir à mort à la victime. En l'occurrence, d'après ce que j'ai entendu, la victime était un personnage très peu reluisant. Chacune des personnes qui se trouvaient ici hier soir pouvait avoir voulu le supprimer car il s'est querellé avec tous. Sans parler du gars qui lui avait téléphoné peu avant. Dans ces conditions, quelqu'un dont on n'a pas connaissance aurait pu venir à l'improviste.

– C'est assez vrai, fit Lanigan, cependant...

– Autre chose encore, poursuivit Mc Lure, parlons de l'arme. Habituellement, elle sert de fil conducteur. On récupère la balle et si l'on arrive à démontrer qu'elle a été tirée à partir d'une certaine arme, l'affaire est pratiquement résolue. Mais là, l'arme se trouvait sur la table à la vue de tout le monde. N'importe qui, Martha en revenant, ou son petit ami, comme le gars qui avait téléphoné, ou encore le jeune Billy, pouvait s'en servir.

– D'accord, néanmoins il y a la façon de tirer, observa Jennings. Le médecin légiste a indiqué que les balles ont été tirées comme si c'était une femme qui appuyait sur la détente, les yeux fermés, jusqu'à ce que le barillet soit vide.

– Ça pourrait également être un gosse, passionné par les armes, mais ne s'y connaissant pas, exposa Mc Lure. Ou prenez ce Stanley...

– Pas Stanley, dit Jennings avec conviction; il va chaque année dans le Maine pour tirer un daim...

– Oui, mais je me suis laissé dire qu'il ne dédaigne pas la dive bouteille. Et s'il a commencé par faire le plein...

– Quelle heure est-il? demanda soudainement Lanigan.

– Il est presque six heures, répondit Jennings. Pourquoi?

En guise de réponse, Lanigan prit le téléphone pour composer un numéro.

– Myriam? Hugh Lanigan à l'appareil. David est-il là?

– Il est à la synagogue à l'office du soir.

– Oh! comme c'est après le coucher du soleil, je pensais pouvoir l'appeler!

– Effectivement. Mais le samedi soir, l'office ne commence qu'après le coucher du soleil. Il dure de quinze à vingt minutes. Ensuite, il faut bien entendu le temps pour rentrer. Dois-je lui dire de vous rappeler quand il sera rentré?

– Si vous voulez bien. Étiez-vous à l'office hier soir?

– Bien sûr. J'y vais tous les vendredis soir.

Lanigan fit un signe à Jennings qui prit l'écouteur et en même temps un bloc de papier.

– Henry Maltzman était-il à cet office?

– Je crois. Oui, je suis sûre qu'il y était. Pourquoi?

– Et Stanley Doble? Y était-il?

– Je ne l'ai pas vu, mais il était probablement en bas à la salle annexe en train de préparer la collation pour après. Pourquoi? Y a-t-il quelque chose de spécial?

– Simplement de la routine, Myriam, c'est tout. Merci.

Après avoir noté la date et l'heure, Jennings arracha la feuille du bloc pour la classer dans le dossier qui augmentait sans cesse.

– Si le médecin légiste confirme que le meurtre s'est produit à huit heures et demie, cela éliminerait Henry Maltzman, commenta Lanigan. Comme je m'y attendais, il était à la synagogue hier soir. Leur office commence à huit heures et demie. (Il se carra sur son siège et se redressa pour signaler que le moment de relaxe était terminé et qu'il était temps de se remettre sérieusement au travail.) Établissons un planning. En premier lieu, il faut débroussailler, écarter ce qui est improbable afin de ne pas gaspiller notre temps. A côté de Maltzman, il semble que Gore ait également un très bon alibi. Il déclare s'être arrêté à une station-service pour donner un coup de fil à l'heure du crime. Il a téléphoné au bureau de sorte qu'il est possible que le préposé de la station-service s'en souvienne. Contrôlez chez Mme Mandell s'il lui a effectivement téléphoné. Elle se rappelle peut-être l'heure qu'il était. S'il est hors de cause, il est inutile que nous continuions à nous occuper de lui. Vu?

– Oui, cependant Maltzman aurait pu y avoir été avant et il est possible qu'il ait vu ou entendu quelque chose, intervint Mc Lure. J'aimerais le questionner.

– OK, allez-y. Mais c'est un dur à cuire. Il a été capitaine dans une unité de Marines...

– J'ai beaucoup d'expérience en ce qui concerne les durs à cuire, rétorqua Mc Lure; en plus, quand j'ai fait mon service, je n'étais que deuxième classe, de sorte qu'il ne me déplaît pas de coincer des officiers.

Lanigan cligna des yeux vers son lieutenant en disant :

– Très bien, examinons le cas des autres. En tout premier lieu, Martha.

Jennings ouvrit le dossier pour en sortir les notes sur son interrogatoire.

– Elle déclare être partie vers sept heures pour trouver dès qu'elle fut sortie un car qui arrivait au même moment. Elle l'a pris jusqu'à Midland Street et de là, elle a couvert à pied les quelques centaines de mètres jusqu'à son domicile. Elle a décidé de rester et s'est préparé un souper. Stanley arriva vers sept heures trente. Elle déclare ne pas l'avoir laissé entrer. Elle a regardé la télé et s'est couchée vers onze heures.

– Tout cela semble parfaitement plausible, estima Mc Lure. Y a-t-il quelque chose qui vous dérange? Pensez-vous qu'elle soit revenue après? A-t-elle une voiture?

– Elle était en réparation au garage, exposa Jennings. Cependant, elle aurait pu revenir en car.

– Vous pourriez vérifier cela avec les chauffeurs de bus, stipula Mc Lure d'une voix hésitante. Ou peut-être les voisins...

– Ce qui me gêne, expliqua Lanigan, c'est le fait que Martha soit venue comme gouvernante chez Jordon. Elle travaillait comme caissière au supermarché. Il me semble que c'est un job assez agréable. Elle est assise toute la journée alors que les autres employées sont debout. Quarante heures par semaine, congés payés et probablement d'autres avantages. A mon avis, c'est assez bien rémunéré. Alors, pourquoi a-t-elle quitté pour devenir la gouvernante de Jordon? Il était dur à la détente de sorte que je doute qu'il l'ait payée davantage que ce qu'elle gagnait au supermarché. Elle commençait vers huit heures du matin pour terminer après la vaisselle du soir, soit bien après sept heures. Comme elle faisait la cuisine, elle devait être présente sept jours, ou au moins six jours par semaine. Pourquoi a-t-elle fait cela? A-t-elle été licenciée du supermarché ou est-elle partie de son plein gré pour travailler chez Jordon?

– Certaines femmes préfèrent le travail de ménagère au travail dans un magasin, dit Jennings.

Lanigan acquiesça :

– Certainement. Elle était nourrie et en plus durant la journée elle disposait assez librement de son temps. Par ailleurs, il se peut que Jordon l'ait alléchée en lui laissant croire que grâce à cet emploi elle avait des chances de devenir son épouse. Je ne crois pas à l'explication de Gore prétendant que Jordon tolérait qu'elle lui répondît du tac au tac parce qu'il aimait que l'on se montrât indépendant. Pour moi, c'étaient plutôt des relations entre amants. Il se peut qu'elle ait fait venir Stanley uniquement pour provoquer le vieux Jordon en le rendant jaloux. Elle lui a peut-être rendu la clé parce qu'elle avait réalisé qu'elle n'avait aucune chance d'arriver à ses fins et que le jeu était terminé. Une fois chez elle, elle a pu ruminer tout cela, puis revenir pour avoir une explication avec Jordon, d'autant plus qu'elle savait qu'elle le trouverait seul, puisque Billy et Gore devaient partir. Le vieil homme s'exprimait crûment et je le vois d'ici plastronner sur son siège pour se moquer de la pauvre fille réalisant qu'elle avait été eue. L'arme se trouvait sur la table et...

– Mon cher, vous vous trompez de métier, intervint

Mc Lure. On dirait que vous êtes un procureur adjoint prononçant son réquisitoire devant le jury. Mais réalisez-vous que vous n'avez pas l'ombre d'une preuve à l'appui de tout ce que vous énoncez?

– Il y a la façon de tirer, répliqua Lanigan. Puis il y a le fait qu'elle se soit trouvée la première sur les lieux le lendemain matin pour découvrir le corps.

– Vous prenez encore au sérieux cette vieille idée reçue du criminel revenant sur le lieu du crime? dit ironiquement Mc Lure.

– Je ne pense pas que le lieu du crime exerce une quelconque attraction mystérieuse sur le criminel, mais il me semble que si un soir j'avais tiré sur un homme sur le coup de la passion avant de paniquer et de m'enfuir, je reviendrais, après avoir repris le contrôle de mes nerfs, pour voir si je n'ai rien laissé qui pourrait servir de pièce à conviction contre moi, par exemple un mouchoir.

– Eh bien...

– Rappelez-vous également comment nous l'avons trouvé, assis sur son canapé. Si n'importe qui d'autre était venu, il me semble qu'il se serait levé pour ouvrir la porte. Mais quand la sonnerie a retenti et qu'il a constaté qu'il s'agissait de Martha, il a dû lui dire : « Entrez, la porte est ouverte » en ricanant alors qu'elle s'avançait vers lui en rouspétant. N'importe comment, Eban, je veux que vous fassiez une enquête complète à son sujet. Le toutim. Commencez au supermarché. Voyait-elle Jordon alors qu'elle y travaillait? Y avait-il des racontars? S'était-elle confiée à quelqu'un? M'avez-vous compris?

– Qu'en est-il de ce Stanley? demanda Mc Lure. D'après Gore il aurait menacé la victime.

– Bien entendu nous allons l'épingler; et...

– Non, Hugh, nous n'en ferons rien, dit Jennings, pour la bonne raison qu'il est déjà au commissariat. J'ai téléphoné il y a un petit moment pour tout autre chose et ils m'ont raconté l'avoir trouvé dans Fairbanks Street dormant à poings fermés dans sa voiture, complètement ivre. Un riverain a téléphoné au commissariat et ils l'ont ramassé. A l'heure qu'il est, il cuve son alcool dans une cellule.

– Bon. Il ne nous reste donc que le jeune Billy.

– Avez-vous lancé un avis de recherche tous azimuts à son sujet?

– Voyons si nous aurons de ses nouvelles aux informations de début de soirée. Indiquez clairement qu'il n'est pas suspect, que nous sommes juste intéressés par les renseignements qu'il pourrait nous fournir.

Jennings nota dans son carnet, puis lançant un regard interrogateur :

– Y a-t-il encore quelque chose, Hugh?

– Oui, rentrez chez vous et faites un bon repas. Je vous verrai après au commissariat.

27.

Comme le jour du sabbat le rabbin Small n'allumait ni la radio ni la télé, il n'apprit le meurtre qu'à son arrivée à la synagogue pour l'office post-sabbatique du samedi soir. La douzaine de fidèles venus à cet office observant le sabbat moins rigoureusement que le rabbin en avaient tous connaissance. La plupart d'entre eux écoutaient les commentaires de Julius Rottenberg, un maïven *, c'est-à-dire un expert en matière de criminologie, car il tenait un café à proximité immédiate du tribunal dans la cité voisine de Lynn; de ce fait, il était un intime du procureur adjoint (« un café avec beaucoup de crème et un croissant »), de tous les flics et même du juge président (« un thé citron avec une petite cruche d'eau chaude, Julius »).

– Bien entendu, c'est le gamin, trancha-t-il alors que le rabbin entrait dans l'oratoire où on l'attendait pour commencer l'office.

Gras et chauve, affichant normalement un perpétuel sourire empressé, Julius montrait un profond mépris pour le téméraire qui avait suggéré qu'il se pouvait qu'un étranger de passage ait tiré sur Ellsworth Jordon.

– Na, fit-il en balayant cette objection d'un geste d'impatience. La police raconte toujours cela, pour avoir une issue. Vu? Mais c'est le gamin qui a fait le coup. C'est un cinglé des armes; comme tous les gosses. Que peut-on espérer d'autre avec tous ces westerns à la télé et ces films de gangsters? Il prend l'arme à la banque où il travaille. Pour commettre quelque hold-up ou tirer des coups de feu dans un bois? Non, simplement pour la chouchouter. Peut-être pour appuyer une fois rapidement sur la détente, ou la faire tournoyer autour de son index comme les cowboys dans les westerns. Le vieux l'attrape alors qu'il fait joujou avec elle, la lui fait poser et l'envoie dans sa chambre. Ensuite, à la fin du dîner, tout le monde s'en va et le vieux s'assied sur son sofa pour faire un somme.

» Les voilà donc seuls, Jordon étant endormi. Le gamin sort de sa chambre, pour contempler le revolver, s'en saisir et le manier. Là, le coup part tout seul. Complètement affolé et se voyant pendu haut et court, il continue à tirer jusqu'à ce que le barillet soit vide. Lorsqu'il a terminé, Ellsworth Jordon est mort.

– Oui, mais pourquoi Jordon ne s'est-il pas dressé pour l'arrêter, Julius?

Sérieux comme un pape, Julius acquiesça :

– Bonne question. A mon avis, le vieux était tellement paniqué qu'il est resté figé.

Un nouvel arrivant annonça :

– Ho, les gars, je viens d'apprendre que les flics ont arrêté Stanley.

– Stanley? Notre Stanley? Pourquoi?

– Je ne sais pas. Tout ce que j'ai entendu c'est qu'il a été arrêté. L'avez-vous vu dans les parages aujourd'hui?

– Il n'était déjà pas là hier soir. Il suffit de jeter un coup d'œil dans la salle annexe pour voir que tous les reliefs de la collation ainsi que les plats sont restés sur la table.

– Pensez-vous que nous devons faire le ménage?

– C'est l'affaire de la commission du bâtıment.

Durant tout l'office, le rabbin avait grand-peine à ne pas gamberger. Il s'acquitta d'une façon très formelle de la cérémonie de la Havdala * marquant la séparation entre le sabbat et le restant de la semaine. L'idée qui lui trottait dans la tête était que maintenant que Jordon était mort, et si Henry Maltzman avait raison dans ce qu'il disait sur lui, la communauté pourrait acheter le terrain adjacent à la synagogue pour l'école religieuse.

Un peu honteux de ses pensées et de son incapacité à se concentrer sur les prières, le rabbin ne resta pas à discuter avec les fidèles après l'office, comme il le faisait d'habitude, mais s'excusa et rentra tout de suite. A peine avait-il franchi le seuil de sa maison que le téléphone sonna.

– Rabbin Small, annonça-t-il.

A l'autre bout du fil, on entendit un rire gêné.

– J'estimais que vous étiez en train d'arriver chez vous, monsieur le rabbin.

– Stanley?

– C'est moi. Je suis au commissariat de police et on m'a permis de téléphoner.

– Voulez-vous dire que vous avez été arrêté? Pourquoi? Sous quelle inculpation?

– Je crois avoir peut-être un peu trop bu.

– Très bien. Je vais faire un saut pour leur parler.

28.

Le sergent au guichet regarda le rabbin Small avec hésitation avant de stipuler :

– Écoutez, je ne sais pas, monsieur le rabbin. Vous n'êtes pas avocat, est-ce que je me trompe? Je veux dire, vous n'avez pas fait d'études de droit, n'est-ce pas?

– Non...

– Car si, bien entendu, il a le droit de voir son avocat, je ne sais pas s'il peut voir quelqu'un d'autre. Je pense que ce serait possible si vous étiez son conseiller spirituel, mais comme Stanley n'est pas juif, ledit conseiller ne peut être qu'un curé s'il est catholique ou un pasteur s'il est protestant. Voyez-vous ce que je veux dire? Le fait qu'il travaille à la synagogue ne suffit pas à vous faire considérer comme son conseiller spirituel et comme vous n'êtes pas avocat... (Il se mordit la lèvre inférieure en signe de contrariété.) Quand il a demandé à téléphoner, j'étais persuadé qu'il appellerait son avocat, et vous me dites que c'est vous qu'il a appelé.

Le sergent était ennuyé, comme si Stanley avait profité de son naturel confiant pour en abuser.

– Pourquoi ne posez-vous pas la question au commissaire Lanigan? suggéra le rabbin.

– C'est qu'il est très occupé. Bon...

Il prit son courage à deux mains et se leva pour aller frapper à la porte du bureau du commissaire. Ouvrant la porte, Lanigan vit le rabbin. Sans attendre une quelconque explication du sergent, il dit :

– Bonsoir, rabbin. Quel bon vent vous amène? Vous voulez me voir? Entrez donc.

Le rabbin salua le lieutenant Jennings d'un signe de la tête avant de s'asseoir sur le siège qu'on lui présentait.

– J'ai reçu un appel téléphonique de Stanley. Stanley Doble...

– Ah, c'est à vous qu'il a téléphoné. Désirez-vous le voir?

Le rabbin eut un bref rire.

– A l'évidence, c'est plutôt lui qui veut me voir. Si j'ai bien compris, il a été arrêté. Pourriez-vous me dire pourquoi?

La sonnerie du téléphone retentit et Lanigan prit l'appareil.

– Très bien, passez-le-moi. (Mettant la main sur le récepteur, il expliqua à Jennings :) Un autre appel concernant Billy.

Jennings ponctua :

– Ce n'est que le septième.

– Vous parlez au commissaire Lanigan, exposa-t-il à son interlocuteur tout en prenant un bloc-notes. Voudriez-vous me rappeler votre nom?... Comment l'écrivez-vous? Avec deux e?... D'accord, M. Beech... Où se trouve ce motel? D'où téléphonez-vous?... North Adams?... Hum... Hum... Très bien, de quoi avait-il l'air? A combien estimez-vous sa taille?... Un mètre soixante? Non, l'homme que nous cherchons est bien plus grand. A peu près un mètre quatre-vingts... Non, je ne pense pas qu'on puisse changer de taille; merci pour votre appel. Nous vous en savons gré. Au revoir.

Il dit à Jennings :

– Le patron d'un motel de North Adams. Un gars s'est inscrit chez lui sous le nom de William Grey, et ce brave M. Beech avait l'impression que le gars hésitait avant d'écrire le y sur la fiche.

– North Adams est à l'autre extrémité de l'État. Si le garçon ne réapparaît pas très prochainement, nous aurons des appels téléphoniques du Texas et de la Californie, commenta Jennings.

– Même s'il réapparaît, fit Lanigan.

Il passa sa grosse main charnue sur son large visage

comme pour essuyer les traces laissées par les soucis et la fatigue. Il exposa au rabbin :

– Nous sommes accaparés par cette affaire depuis le début de la matinée. Pour tout déjeuner, je n'ai eu qu'un sandwich et guère plus pour dîner. Gladys ne s'attend pas à ce que je rentre. J'ai pris une dizaine de cafés dans des gobelets en carton. Il y a une heure, nous avons lancé l'avis de recherche aux informations et déjà sept personnes nous ont téléphoné pour nous indiquer qu'elles l'ont vu. Êtes-vous sûr que c'est sept, Eban? Il me semble que c'est davantage.

– Oui, sept. Je les ai comptées.

– Sans parler des appels de gens tenant à nous soumettre toutes sortes de suggestions et de conseils. Tous sans aucune utilité. Et cet appel d'un farfelu, qui n'a pas voulu donner son nom mais était persuadé que nous voulions persécuter un innocent. Nous en aurons d'autres du même acabit avant que tout cela soit terminé. En plus des appels normaux de nos services nous apportant de nouveaux détails ou demandant des instructions, des appels du procureur... (Il eut un large sourire.) Au diable cette histoire. Que puis-je faire pour vous, monsieur le rabbin?

– Je suis venu au sujet de Stanley. Vous vous rappelez. Dois-je déduire qu'il est détenu parce qu'il est impliqué d'une quelconque façon dans le meurtre?

– Stanley. Exact. Jordon a été tué vers huit heures et demie. A peu près une heure avant, Stanley s'est disputé avec lui dans sa maison. Finalement, il en a été chassé, mais il avait menacé de revenir.

– Et c'est pour cela que vous l'avez arrêté?

Lanigan rit de bon cœur.

– A vrai dire non. Mes gars l'ayant trouvé assis dans sa voiture ivre mort l'ont amené ici pour lui faire cuver sa cuite.

– Bon, je pense que ça y est, non?

– Oui, mais nous aimerions lui poser quelques questions.

– Alors pourquoi ne pas les lui poser et le laisser filer? Il a un travail à effectuer.

Lanigan serra les lèvres en réfléchissant.

– Très bien.

Il demanda par interphone qu'on lui amène Stanley.

– Mais vous ne direz rien pendant que je l'interrogerai.

– Bien entendu.

On frappa discrètement à la porte et un Stanley abattu, les cheveux ébouriffés, apparut entre un sergent et un agent. Une fois que ses anges gardiens furent partis, Lanigan demanda :

– Maintenant, Stanley, vous allez me décrire exactement tout ce qui s'est passé hier soir quand vous êtes retourné dans la maison de Jordon.

– Que voulez-vous dire par retourner? demanda Stanley avec véhémence. Je n'y suis jamais retourné. Je ne mettrai plus les pieds dans sa saloperie de maison. Prétend-il le contraire?

– Très bien, alors supposez que vous nous disiez ce que vous avez fait quand vous avez quitté la maison de Jordon. Vous étiez venu le voir, non?

– Jamais de la vie. Je n'ai rien à faire avec lui. J'étais venu prendre Martha Peterson avec qui j'avais rendez-vous. Alors ils m'ont dit qu'elle m'attendait dehors à la grille. Mais pourquoi ne l'ai-je pas vue en franchissant le portail? Et si je l'ai manquée parce que je surveillais les poteaux afin de ne pas les heurter, n'aurait-elle pas dû me voir? Et ne m'aurait-elle pas appelé? Bien entendu, il se peut qu'elle se soit légèrement éloignée de la grille en faisant les cent pas. J'y suis donc retourné et ne l'ai toujours pas trouvée. Dans ces conditions, j'en ai conclu soit qu'ils me mentaient, soit qu'elle s'était arrangée avec eux pour qu'ils me racontent des histoires du fait qu'elle avait changé d'avis et ne désirait plus me rencontrer.

– Alors, qu'avez-vous fait? demanda Jennings.

– Je suis allé boire quelques bières.

– Pour vous aider à prendre une décision, je suppose, fit Jennings ironiquement.

– Exactement. L'idée m'est venue qu'elle était peut-être rentrée chez elle avant que je sois arrivé chez Jordon. J'y suis donc allé et elle y était effectivement.

Il porta un regard triomphant sur chacun des trois hommes qui lui faisaient face dans la pièce.

– Et qu'avez-vous fait ensuite? questionna Lanigan.

– Elle ne voulait ni me laisser entrer ni sortir elle-même. Nous avons parlé à travers la porte fermée par une chaîne de sécurité. Elle m'a reproché d'avoir perdu son emploi à cause de moi. Aussi me suis-je dit que je ferais bien de retourner chez Jordon pour avoir une explication avec lui.

– Quelle heure était-il? demanda Lanigan en passant.

– Oh! huit heures et demie, peut-être un peu plus tard! J'avais décidé de me payer en premier lieu encore une bière. Puis j'ai descendu Elm Street et au moment où je ralentissais pour bifurquer à gauche vers l'entrée de la propriété, j'ai constaté que l'intérieur de la maison était tout à fait noir. Chaque fois que je passais par là, il n'y avait jamais beaucoup d'éclairage; pas assez pour attirer les moustiques. Le vieux grigou ne veut pas dépenser son argent. Mais cette fois-ci, c'était noir comme si le ou les occupants étaient partis ou au lit. Alors que je me demandais, en admettant qu'il fût au lit, si je devais sonner ou frapper à la porte pour le faire lever afin qu'il me réponde, cette autre voiture arrivant d'en face en klaxonnant s'est engagée dans la propriété. Alors, j'ai pensé, qu'il aille au diable, ce n'est pas le moment de lui demander des comptes alors qu'il a de la visite. Aussi suis-je parti à Salem rendre visite à une autre bonne amie à moi.

– Cette amie a-t-elle un nom? questionna Lanigan.

Pour la première fois, Stanley montra de la réticence. Il fixa le rabbin avec hésitation. Finalement, il risqua :

– Je ne me rappelle pas vraiment son nom. On l'appelle Frenchy, car elle est d'origine française.

– Cette voiture que vous avez vue bifurquer dans la propriété, de quelle marque était-elle? demanda négligemment Lanigan, sur le ton de la simple conversation, comme s'il s'agissait d'un renseignement ne présentant aucun intérêt pour lui.

Stanley secoua la tête.

– Il venait d'en face et avait allumé ses phares.

– Tout cela à quelle heure?

– Comme je vous l'ai dit, il pouvait être huit heures et demie ou un peu plus tard.

La sonnerie du téléphone retentit et dès que Lanigan se fit connaître, on entendit une voix pleine d'excitation à l'autre bout du fil :

– Chef, ça y est, on a retrouvé le jeune Green. Nous l'avons pris alors qu'il voulait rentrer par la fenêtre à l'arrière de la maison.

Lanigan et Jennings s'activèrent aussitôt tous les deux. Lanigan dit :

– Laissez-moi, si cela ne vous fait rien, monsieur le rabbin. Je vais être très occupé pour un bon moment.

– Qu'en est-il de Stanley?

– Emmenez-le si cela vous chante.

29.

L'interrogatoire se poursuivit des heures durant. Lorsque Lanigan et Jennings arrivèrent dans la maison de Jordon, Mc Lure y était déjà et avait commencé ledit interrogatoire; Billy sanglotait et pleurait bruyamment. Mc Lure l'interrompit juste le temps de prendre les deux autres policiers à part pour les mettre au courant de la situation.

– Il prétend n'avoir rien su du meurtre jusqu'à ce qu'il arrive ici, expliqua-t-il, mais je suis certain que c'est lui le coupable, et ce n'est qu'une question de temps pour que je l'amène à avouer.

– Avez-vous jamais entendu parler de Miranda? demanda froidement Lanigan.

Du coup, Mc Lure ouvrit de grands yeux innocents.

– Je ne l'ai pas accusé, je ne fais que l'interroger en qualité de témoin... simplement à titre d'information.

– Alors pourquoi pleure-t-il?

– Il dit être affecté par la mort de Jordon.

– Qu'était Jordon pour lui? S'est-il expliqué à ce sujet?

– D'après lui, il s'agirait uniquement d'un ami de sa mère. (Les yeux de Mc Lure se mirent à briller d'excitation.) Et savez-vous qui est sa mère? Hester Grimes. Elle est sa mère.

– Qui est Hester Grimes? demanda Jennings.

– Vous l'avez certainement vue à la télé. C'est une chanteuse de cabaret et une diseuse. On la voit dans beaucoup d'émissions de variétés.

– Où est-elle? demanda Lanigan. Comment pouvons-nous entrer en contact avec elle?

– Elle est en tournée en Europe. D'après ce que j'ai pu tirer de lui jusqu'à présent...

– Laissez-moi faire. Je vais lui parler moi-même. S'il change de version, vous pourrez le questionner, autrement je vous serais reconnaissant de rester tranquille. (Lanigan s'avança vers le garçon pour s'asseoir à côté de lui.) Je suis le commissaire Lanigan, chef de la police de cette ville, Billy.

– Oui. Je vous ai déjà vu.

– J'aimerais que vous m'expliquiez ce qui s'est

passé, enchaîna Lanigan. Nous devons faire une enquête au sujet de cette chose terrible qui s'est produite hier soir. Vous comprenez cela, n'est-ce pas?

Billy acquiesça.

– Il se fait que M. Jordon a été tué avec l'arme que vous avez amenée à la maison. Je voudrais que vous me donniez des éclaircissements à ce sujet. M. Gore vous a-t-il demandé d'emporter cette arme?

– Oh non! Il m'a simplement demandé de venir avec lui comme convoyeur lorsqu'il amènerait l'argenterie Peter Archer à Boston, mais je sais qu'il voulait uniquement dire par là que je devais l'accompagner. Mais en mon for intérieur j'ai pensé que si jamais... ces objets sont très précieux... que pourrais-je faire... je ne suis pas un gars très costaud; M. Gore non plus. Donc, j'ai pensé, pour le cas où nous serions attaqués... j'ignorais l'existence de cette loi dans l'État du Massachusetts. Je savais qu'il fallait un port d'arme, mais j'étais persuadé que M. Gore comme directeur de banque et champion de tir avait ce permis, et comme nous devions tout le temps rester ensemble... Bien entendu, si rien ne s'était passé, j'aurais remis l'arme à sa place et nul n'en aurait entendu parler.

Lanigan ne le harcela point et n'essaya pas de l'embrouiller, mais resta néanmoins obstiné.

– Combien de temps après avoir été enfermé êtes-vous parti?

– Tout de suite.

– Comment tout de suite?

Pour la première fois, Billy rit.

– Quand il a dit qu'il allait m'enfermer, j'ai pensé en moi-même, sans blague? et dès que je fus dans ma chambre, je me suis dirigé vers la fenêtre.

– Bon. Et où êtes-vous allé?

– Je suis parti aussi vite que possible. J'ai pris la sortie arrière, qu'on n'utilise plus, donnant sur Elm Street.

– Pourquoi êtes-vous passé par là? Aviez-vous peur qu'il puisse vous voir si vous passiez par l'issue habituelle?

– C'est vrai. Je pensais que M. Gore pourrait sortir et je ne tenais pas à le voir.

– Pourquoi pas?

– C'était plutôt embarrassant. J'étais vraiment vexé. Voyez-vous, M. Jordon m'avait enfermé dans ma chambre précédemment et à chaque fois j'avais filé. Je n'y attachais pas d'importance. C'était une sorte de jeu entre nous. C'était sa façon à lui de me signaler que j'avais fait quelque chose de mal. Cela ne m'a jamais beaucoup embêté. Je filais par-derrière et il le savait. C'était un jeu entre nous deux. Mais il n'aurait pas dû me faire cet affront devant M. Gore. M. Gore est mon patron et il est comme un ami pour moi. Et là M. Jordon me traite comme un petit gosse. J'étais terriblement gêné de sorte que je ne voulais pas voir M. Gore. J'étais... oui... embarrassé. J'en étais à me demander si je pouvais encore retourner à la banque.

– Alors qu'avez-vous fait?

– Je ne savais pas trop quoi faire, car j'avais l'intention de rester longtemps dehors, peut-être jusqu'à minuit. Cependant, je ne connais personne à Barnard's Crossing et de toute façon il n'y a rien à y faire. Làdessus, j'ai vu des gens attendre un car qui était justement en train d'arriver; j'y suis donc monté.

– Y avait-il quelqu'un qui vous a reconnu dans ce car? demanda à tout hasard Lanigan.

Billy secoua la tête.

– Non, je n'ai vu personne de ma connaissance.

– Pourtant, comme guichetier à la banque vous devriez connaître beaucoup de monde, intervint Jennings. Et même si vous ne reconnaissez pas les gens, eux vous reconnaissent et vous disent bonsoir.

Billy secoua de nouveau la tête.

– Ici nous sommes dans la partie nord de Barnard's

Crossing; les habitants de ce quartier ont tous pour banque la Deposit and Trust.

– Qu'aviez-vous l'intention de faire à Boston?

Billy haussa les épaules.

– Simplement traînailler, puis revenir en bus tard dans la nuit. Ensuite, j'ai gambergé : M. Jordon m'a joué un sale tour et je dois lui rendre la monnaie de sa pièce. Donc, une fois arrivé à Boston, je me suis rendu à la gare centrale des bus et j'ai pris un bus pour New York. Je pensais que si je ne revenais pas de la nuit, il serait embêté et que ce serait une juste punition.

– Vous ne deviez guère l'aimer, suggéra Mc Lure.

Billy eut l'air surpris.

– Bien sûr que je l'aimais bien. Pourquoi ne l'aurais-je pas aimé? (Les larmes lui vinrent aux yeux.) Il me portait toujours beaucoup de choses, des cadeaux, chaque fois qu'il nous rendait visite, depuis que j'étais un petit enfant. Et il m'a invité à venir habiter avec lui, non? Je me souviens d'avoir été malade, quelques semaines après le début de mon séjour ici. C'était une sorte d'infection de vingt-quatre heures. M. Jordon avait passé pratiquement toute la nuit à mon chevet.

– Bon, dit Lanigan. Revenons à vos voyages. Je ne pense pas que vous ayez rencontré quelqu'un que vous connaissiez dans le bus allant à New York.

Billy secoua la tête.

– A propos, qu'est-ce que c'était comme bus?

– Un Greyhound. J'ai pris celui de neuf heures. Ils partent chaque heure. En réalité, il a démarré à huit heures cinquante-huit.

– Qu'avez-vous fait à New York? demanda Jennings.

– Il était très tard quand j'y suis arrivé ou plutôt très tôt le matin. J'ai commencé par manger un morceau à la gare, puis j'ai pensé aller à la maison chez nous. Puis, je me suis dit que le concierge me poserait une foule de questions. Nous sommes bons copains, le concierge et moi. Alors, j'ai pensé flâner dans la ville ou aller dans un de ces cinémas de Times Square ouverts toute la nuit. C'est que, si j'arrivais à la maison le matin ou dans la journée, cela paraîtrait moins curieux et, par ailleurs, le concierge de service le jour est moins copain avec moi, de sorte qu'il ne me questionnerait pas trop. Puis j'ai pensé que dans ces cinémas de nuit sur Times Square, je risquais de rencontrer des bandes d'ivrognes. Ne sachant trop quoi faire, je me suis assis dans la salle d'attente de la gare à réfléchir et j'ai fini par m'endormir.

– Moi, j'aurais plutôt pensé que vous vous seriez endormi dans le bus, fit Jennings. Cela m'arrive à tous les coups.

– J'ai essayé, mais je ne pouvais pas, répondit le jeune homme. J'étais trop énervé. Peut-être ai-je sommeillé de temps à autre. Mais plus tard dans la salle d'attente de la gare, je me suis franchement endormi. Quand je me suis réveillé, c'était le matin, je me suis senti tout raide et crasseux. Après m'être lavé dans les toilettes, je suis allé acheter un peigne dans une des boutiques de la gare (il farfouilla dans une poche de sa veste pour en extraire un peigne), voyez, il est marqué « Souvenir de New York ». Puis, après avoir déjeuné, j'ai pris un car pour le centre de la ville où je me suis promené.

– Pourquoi n'êtes-vous pas rentré? demanda Lanigan.

– C'est que je commençais à me faire du mauvais sang pour M. Jordon. Je pensais qu'il devait être terriblement énervé et se demander ce qui m'était arrivé en découvrant que je n'étais pas revenu dormir à la maison. Cela alors qu'il est cardiaque. Aussi suis-je revenu à la gare où j'ai repris un bus pour Boston. De là, j'ai repris un bus pour Barnard's Crossing dont je suis sorti à l'arrêt de Elm Street, à l'endroit précis où j'avais pris le bus pour partir. Comme il faisait déjà sombre, je suis revenu par l'arrière avec l'intention de grimper dans ma chambre. Toutefois, en m'approchant de la maison, je me suis rendu compte qu'il y avait quelque chose d'anormal. La porte de ma chambre était ouverte et je pouvais voir à travers l'encadrement le salon. Puis, voyant un flic, pardon, un policier, j'ai pensé qu'il y avait un hic. Je me suis dit que peut-être M. Jordon avait averti la police en constatant ma disparition. Ma fenêtre était solidement fermée, les volets baissés. Alors que j'essayais d'ouvrir le loquet, un policier m'a épinglé. Là j'ai appris ce qui était arrivé. J'ai pensé que si je n'avais pas filé en douce, probablement rien ne se serait produit.

Ils continuèrent à le questionner jusqu'à onze heures du soir, où Lanigan proposa une pause. Les trois hommes se retirèrent dans un coin pour faire le point à voix basse.

– Son histoire semble très plausible, jugea Lanigan, toutefois il se peut qu'il mente.

– Il avait tout le temps de bâtir une version qui tienne debout, commenta Mc Lure.

– Nous pourrions interroger le chauffeur du bus de Boston, suggéra Jennings.

– Bien entendu, approuva Lanigan. Nous prendrons une photo de lui et si le chauffeur du car ne se souvient pas de lui, il connaît peut-être des gens prenant régulièrement ce bus et qui pourraient le reconnaître. Il faudra également interroger le chauffeur du bus de New York et le guichetier délivrant les billets.

– A mon avis, il conviendrait davantage d'interroger les chauffeurs des cars partis plus tard dans la nuit, opina Mc Lure. Je serais prêt à parier qu'il a pris le bus de dix heures, sinon celui de onze heures, pour New York. J'ai vécu ce genre de situation maintes fois. Un gars commet un acte auquel il ne veut pas penser. Alors, il cherche à l'éliminer de son esprit et construit une histoire rendant l'exécution dudit acte impossible. M'avez-vous compris? En racontant avoir pris le bus partant à neuf heures de Boston, il veut dire qu'il n'a pas pu tuer Jordon à huit heures et demie. Par ailleurs, toute son histoire correspond à la réalité de sorte qu'il n'a pas à fournir un effort de mémoire pour se rappeler quelques mensonges.

Lanigan lui adressa un regard plein de curiosité.

– Êtes-vous tellement sûr qu'il est l'auteur du crime?

– Voyons. Ce garçon est une nouille dont tout le monde se fout. Prenez le fait qu'on le renvoie dans sa chambre. Est-ce ainsi que l'on procède avec un adolescent de dix-huit ans normalement constitué? Quel autre garçon aurait admis cela? Quel garçon de cet âge aurait accepté d'être relégué à la campagne auprès d'un vieillard afin que sa maman puisse librement se balader en Europe? OK. Son chef le prenant en pitié l'invite à venir en ville avec lui. Les gosses de ce genre sont des fous des armes. Elles leur donnent un sentiment de puissance. Sur ce, le vieux l'humilie en présence de son patron en le renvoyant dans sa chambre. Alors, dès que Gore est parti et que Jordon s'est assoupi, il sort par la fenêtre. Mais pas pour descendre prendre un bus. Non, il se faufile vers l'avant de la maison et entre. Là, il voit l'arme sur la table. Il sent le besoin de s'en saisir. A mon avis, il la prend, simplement pour le plaisir de la tenir, et là-dessus le coup part tout seul. Peut-être a-t-il atteint la lampe et la pièce est plongée dans le noir. Cette fois-ci le gosse sait qu'il est dans de sales draps, paniquant il continue à tirer. Quand il reprend ses esprits, le vieil homme est mort. Alors il s'enfuit à Boston, puis à New York.

– Et pourquoi revient-il, dans ces conditions? demanda Lanigan.

– Parce que, comme je l'ai expliqué tantôt, il veut -

effacer cette chose de son esprit. Un psychiatre pourrait par hypnose ramener tout cela à la surface chez lui.

– Qu'allez-vous faire de lui cette nuit, Hugh? demanda Jennings. On ne peut pas le laisser dormir ici.

– Pour cette nuit, je pense pouvoir le mettre dans une des cellules au commissariat. Si on le loge dans un hôtel, je suis loin d'être sûr que la ville acceptera d'en supporter les frais et, par ailleurs, dès que les nouvelles seront connues il risque d'être importuné par beaucoup de gens.

– Cela arrivera de toute façon s'il retourne travailler à la banque lundi, argumenta Jennings.

– Oui, à moins que... à moins que, dites, Eban, Tom Hegerty est-il actuellement sur l'île?

– Il y est à demeure depuis le Labor Day.

– Pensez-vous qu'il aimerait avoir un pensionnaire?

– Je sais qu'il aimerait quelqu'un pour l'aider.

– Voilà qui est même mieux. Voyons ce que nous pouvons arranger.

S'approchant du jeune homme, il dit :

– Écoutez, Billy, vous ne pouvez pas dormir ici, car nous avons besoin d'y travailler. Comme il est sans doute trop tard pour louer une chambre d'hôtel, êtes-vous d'accord pour passer la nuit au commissariat?

– Certainement. Je ne veux pas vous causer d'embêtements.

– Très bien. Cela est réglé. Maintenant, j'aimerais que vous restiez dans les parages durant les prochains jours, mais à mon avis vous ne devriez pas retourner à la banque pour le moment.

– Certainement pas. Je parie qu'il y aurait des gens pour venir me regarder à mon guichet comme une espèce de phénomène.

– C'est ce qui me chiffonne également, enchaîna Lanigan. J'ai donc une idée. Connaissez-vous l'île des Enfants dans le port?

– Là où il y a un camp d'enfants du YMCA en été? Je n'y ai jamais mis les pieds.

– Tom Hegerty y est actuellement en train de préparer les lieux pour les vacances d'hiver. Est-ce que cela vous dirait de lui servir d'aide pour des travaux de peinture, de charpente...

– Ciel! Je n'ai jamais rien fait dans ce domaine.

– Vous n'avez pas besoin de vous y connaître, le rassura Lanigan. L'essentiel de votre travail consistera à lui passer des choses ou à les tenir tandis qu'il travaille ou encore à les lui chercher.

– Si je peux y arriver, je veux bien. Ce serait amusant de vivre sur une île.

– Parfait. Alors tout est réglé. Je m'occuperai des arrangements.

Il rejoignit les deux autres policiers en opinant du chef pour marquer sa satisfaction.

– Qu'en est-il de Miranda maintenant? se moqua Mc Lure.

Lanigan le regarda d'un air surpris.

– Que vient faire Miranda là-dedans? Je me suis uniquement occupé de trouver un emploi à ce jeune homme.

30.

Revenant de sa promenade digestive dominicale au cours de laquelle il achetait les journaux au drugstore, Herb Mandell trouva Henry Maltzman installé dans le salon, assis sur le sofa à côté de Molly, leurs têtes proches l'une de l'autre, tandis que tous les deux se penchaient sur une feuille de papier étalée devant eux sur une petite table. Son entrée les fit sursauter et ils s'écartèrent l'un de l'autre.

– Salut, Herb, fit Maltzman avec un signe de la main. Comme c'est votre première réunion au Conseil d'administration, j'ai pensé que nous pourrions y aller ensemble dans votre voiture ou la mienne afin que je vous mette au parfum. (Il désigna du geste la feuille de papier sur la table.) J'ai parcouru la liste avec Molly. Nous avons cinq voix dont je suis sûr, trois probables et deux à trois possibles.

– Je pense que nous pouvons compter Mme Melnick parmi les possibles et que vous pouvez inscrire Mme Kaufman comme probable, dit Molly.

– Je crois que cela ne suffit pas encore pour prendre le risque, estima Maltzman. Je veux un vote franc et massif, sans contestation possible. L'affaire peut être reportée d'une semaine. Cela nous donnera le temps de contacter les probables...

– Je parlerai à Anne Kaufman, offrit Molly. Je suis certaine de l'amener de notre côté.

– Épatant. Et moi je m'occuperai de Joe Krasker et de Harvey Gorin. Si nous gagnons les trois, nous avons huit voix et le problème est réglé. (Il se leva et prenant M. Mandell par le bras, il lui dit) : Maintenant, Herb, voilà ce que je veux que vous fassiez...

Maltzman conduisait... et parlait continuellement. Herb voulait définir sa position quant à l'éviction du rabbin, mais à chaque tentative, Maltzman disait : « Écoutez-moi, voulez-vous. » Son ton n'était pas péremptoire, il était même aimable; cependant, Herb était réticent, car il avait le sentiment d'être traité comme un gamin.

Toutefois, quand ils furent arrivés à la synagogue, Maltzman changea d'attitude. Le bras sur les épaules de Herb, il amena celui-ci dans le hall du rez-de-chaussée où se tenaient les autres administrateurs et le présenta à ceux qui ne le connaissaient pas sur un ton jovial en assurant :

– Herb est un battant qui donnera du poids à notre Conseil d'administration.

Le groupe enfila le couloir longeant les salles de classe de l'école de religion pour aboutir au bureau du président se trouvant au bout. C'était une petite pièce. Comme pour les salles de classe, les murs en plâtre beige étaient nus et le plafond était bas. Sur tout un côté, il y avait dans le haut du mur de petites fenêtres pivotantes s'ouvrant vers l'intérieur au niveau du sol à l'extérieur. Au-dessus desdites fenêtres courait la tuyauterie de chauffage gainée d'amiante. Seul l'ameublement différait par rapport aux salles de classe, les pupitres et les chaises pour élèves étant remplacés par une grande table oblongue en acajou entourée de petits fauteuils occupant presque toute la pièce à l'exception d'un petit espace à l'extrémité où se trouvait un tableau noir sur des montants en bois.

Ils tardaient à s'asseoir autour de la table tandis que Maltzman se tenait debout près du tableau noir. En attendant l'arrivée de Maltzman, ils avaient parlé du meurtre et ils continuaient en prenant place autour de la table.

– Ce ne pouvait être que le garçon, trancha Ben Markson. (Il énuméra ses arguments en comptant sur ses doigts.) Il était le seul à être resté avec la victime. Il s'est enfui...

– Mais il est revenu.

– Les criminels reviennent toujours sur le lieu du crime.

Maltzman frappa sur la table.

– Commençons la réunion en passant à l'ordre du jour. C'est l'affaire de la police de découvrir qui a tué Ellsworth Jordon...

Doris Melnick, qui avait donné des cours d'instruction civique au collège, observa d'un ton réprobateur :

– En cas de meurtre tout citoyen doit se sentir concerné, Henry.

– Vraiment? Ne me comptez pas dans le nombre cette fois-ci. Ce Jordon était le pire antisémite de la ville et j'estime que celui qui l'a tué mérite une médaille.

– Comment le savez-vous, Henry?

– Le connaissiez-vous, Henry?

– Avez-vous jamais eu affaire à lui, Henry?

– En admettant que ce soit vrai, remarqua Mme Melnick, je ne pense pas qu'il soit astucieux de raconter cela à droite et à gauche.

– Pourquoi pas? demanda Maltzman.

– Parce que cela risque de soulever de mauvais sentiments à notre égard à tous en ville et cela peut amener la police à pousser ses investigations parmi nous.

– Laissez-les faire. Nous n'avons rien à cacher. Maintenant commençons la réunion. Si vous désirez parler de ce meurtre, je préfère partir car j'ai mieux à faire.

Il jeta un regard circulaire. Peut-être à contrecœur, tout le monde resta silencieux.

Il frappa fortement du poing sur la table et annonça :

– Je déclare la séance ouverte. Avant de passer à l'ordre du jour, j'aimerais dire quelques mots. Lorsque à la dernière réunion j'ai déclaré que je nommais Herb Mandell comme administrateur en remplacement de Joe Cohen, démissionnaire, conformément aux nouveaux statuts conférant ce pouvoir au président, je n'avais pas consulté préalablement Herb. Je ne lui avais pas demandé s'il voulait servir comme administrateur. Je me suis contenté de lui dire que je l'avais nommé et que j'attendais de lui qu'il accepte. Pourquoi? Je vais vous l'expliquer. Parce que Herb Mandell est l'homme adéquat. Il suffit que l'on dise à Herb : « Il y a un travail à exécuter et on vous le confie » pour qu'il réponde : « OK. » C'est justement le genre d'hommes dont nous avons besoin dans ce Conseil. C'est la raison pour laquelle je n'ai guère tardé à remplacer Joe Cohen. Cela étant dit, passons à l'ordre du jour. Le secrétaire va lire le procès-verbal de la dernière réunion.

Herb Mandell écouta intensément la lecture du procès-verbal, puis les rapports des présidents des commissions, ainsi que les questions et les objections suscitées par ces rapports. Il aurait aimé participer aux discussions, ne serait-ce que pour justifier les éloges de Maltzman, mais tout était neuf pour lui et concernait des domaines qui lui étaient inconnus.

Finalement, Maltzman annonça :

– Sauf objection justifiée, j'aimerais laisser de côté tous les autres sujets pour passer à l'examen du budget. D'accord? A toi, Mike.

Meyer Andelman, président de la commission du budget, se pencha pour extraire d'entre ses jambes une mallette.

– Bien que nous ayons discuté plusieurs articles lors de la dernière réunion et évoqué tous les autres, j'ai préféré vous soumettre le tout noir sur blanc. Donc, ma secrétaire a fait des photocopies de façon que chacun d'entre vous ait les chiffres devant les yeux pour chaque élément dont nous parlons. Je suggère que pour cette fois-ci nous ne nous montrions pas formalistes. Que chacun examine les feuilles se trouvant devant lui et que celui qui a une remarque à formuler sur l'un ou l'autre point en fasse part. Nous commencerons par l'article premier et nous passerons en revue tous les articles.

Herb Mandell se jugea capable de placer son grain de sel.

– Monsieur le président, j'aimerais faire une proposition. Du moment que nous avons tout par écrit, pourquoi n'ajournerions-nous pas la discussion du budget à la semaine prochaine, de façon que chacun d'entre nous puisse se pencher à tête reposée sur les chiffres pour les examiner?

Meyer Andelman répliqua :

– J'ai une observation à faire à ce sujet, monsieur le président. Voilà comment cela se présente, Herb. Nous sommes le premier ou plutôt le dimanche le plus proche du premier. Or le budget est toujours adopté le 1er novembre.

Maltzman se racla la gorge.

– Eh bien...

– Cette règle figure-t-elle dans les statuts? demanda Mandell.

– Non, elle n'est pas dans les statuts, admit Andelman, mais nous avons toujours procédé de cette façon.

Mandell exploita son avantage :

– Alors, si ce n'est pas dans les statuts, pourquoi ne pas faire un travail complet du moment que nous avons tout ce qu'il faut?

– Mais il y a une foule de choses que nous avons vues la semaine dernière, plaida Andelman.

– Moi, je n'étais pas là la semaine dernière.

– J'en suis conscient, Herb, mais rien ne vous empêche de vous abstenir sur tout point qui ne serait pas parfaitement clair pour vous. Personnellement, je ne pense pas que votre vote soit nécessaire. Je veux dire que, sauf erreur de ma part, le vote ne sera pas assez serré sur quelque point que ce soit pour qu'une voix puisse faire la différence. Me comprenez-vous?

– Certainement, je comprends votre point de vue, Meyer, répondit Mandell, mais j'aimerais que de votre côté vous compreniez le mien. Pour moi, c'est une question de principe. Voyez-vous, je suis comptable. C'est me prendre à rebrousse-poil que de me demander d'approuver n'importe quel rapport financier sans que je l'aie préalablement examiné et étudié de fond en comble. C'est une conséquence de ma formation, voyez-vous? Vous avez beau me dire que je peux m'abstenir. Du moment que je suis membre de ce Conseil je me sens particulièrement obligé de participer à tous les débats sur les questions financières. Peut-être ai-je tort, mais c'est mon sentiment.

– Allons, Mike, ajournons le débat, fit une voix.

– Bien sûr, à quoi bon se chamailler! Herb tient à disposer d'une semaine pour examiner le budget, pourquoi pas? Moi-même j'aimerais le voir d'un peu plus près.

– Qu'est-ce que ça peut faire, cette semaine ou la semaine prochaine?

Andelman jeta un regard incertain.

– Si tel est le bon plaisir de ce Conseil...

Maltzman passa rapidement à un vote.

– Les pour lèvent la main; les contre. Les pour ont gagné. Le budget sera voté la semaine prochaine.

Lorsque peu après la réunion fut close, Maltzman fit signe à Mandell de l'attendre. Après que tous les autres se furent éloignés vers le parking, et qu'ils restèrent tous deux dans la salle, Maltzman opina :

– Je voulais simplement vous dire, Herb, que vous avez été absolument parfait. Votre idée d'expliquer que c'était à l'encontre de vos principes de comptable était... (il chercha le mot juste)... purement géniale. Vous voyez maintenant pourquoi je voulais que ce soit *vous* qui le fassiez. Si l'objection était venue d'un de mes amis, les autres auraient vu anguille sous roche. Tandis que là, rien.

Il cligna des yeux et lui pinça amicalement le bras.

31.

Lorsqu'il reçut l'appel téléphonique le lundi matin, le premier mouvement de Lanigan avait été d'envoyer quelqu'un à sa place, Jennings ou Mc Lure, voire même le sergent Holcombe. Mais comme il faisait beau, une fraîche journée de début novembre, l'idée lui vint que passer une journée à Boston et, qui plus est, loin du bureau, lui ferait plaisir, même si pour cela il devait rentrer pour quitter son uniforme et se mettre en civil, chose qu'il jugeait appropriée chaque fois qu'il quittait son ressort territorial.

Dès qu'il entra dans le hall, il eut immédiatement l'impression d'être dans un immeuble de bureaux de seconde qualité. C'était un vieux bâtiment retapé par l'installation d'un ascenseur et par un panneau mural en faux acajou. Toutefois, la rénovation n'avait pas été étendue aux étages supérieurs. Le sol des couloirs était recouvert par un vieux lino brun et jaune jurant avec le calamiteux vert citron des murs.

Le bureau de Me Charles Sawyer, avocat, était au diapason de l'immeuble, avec le même lino brun et jaune et les mêmes murs vert citron. C'était une petite pièce avec une seule fenêtre faisant face à un autre immeuble de bureaux. Le long d'un mur se trouvaient plusieurs chaises ainsi qu'une petite table ronde en chêne sur laquelle s'empilaient de vieux journaux de droit. Une femme au visage avenant surmonté d'une chevelure grise tapait du courrier assise à une petite table. A l'entrée de Lanigan, elle s'arrêta pour lui adresser un regard interrogateur.

– Je suis le commissaire Lanigan...

– Ah! oui. (Désignant d'un geste de la tête une porte légèrement entrouverte près d'elle, elle dit :) Entrez donc. Il ne fait rien.

Le bureau du fond était un peu plus vaste, quoique n'ayant également qu'une seule fenêtre. Contre l'un des murs, il y avait une bibliothèque vitrée contenant des livres de droit, des dossiers et divers papiers et matériel de bureau. Un seul siège de visiteur faisait face à une grande table de bureau métallique de couleur verte. Lanigan conclut que dès qu'il y avait plusieurs clients, soit ils se tenaient debout, soit on leur apportait des sièges du bureau à l'entrée.

Derrière la table était assis, les doigts croisés sur le

ventre, se balançant d'avant en arrière sur son fauteuil pivotant, Charles Sawyer, un homme souriant à la tête ronde avec de petites oreilles aplaties comme si elles avaient été cousues. Sa chevelure était grise et clairsemée.

– Je suis le commissaire de police Lanigan de Barnard's Crossing et...

– Avez-vous une pièce justificative?

– Bien sûr.

Il ouvrit son portefeuille pour montrer son insigne. Le petit sourire, dont Lanigan avait remarqué qu'il était perpétuel, s'élargit en un vrai sourire.

– Je dois me montrer précautionneux dès lors qu'il s'agit de matière criminelle, expliqua-t-il. J'ai eu une fois un reporter qui avait essayé de se faire passer pour un magistrat du parquet. (Il éleva la voix pour crier :) Emilie, quand est-ce que ce reporter a essayé de me rouler?

– Il y a deux ans, dans l'affaire Blatz, fut la réponse venant de l'autre pièce.

Lanigan se retourna pour constater que la porte qu'il avait fermée derrière lui en entrant s'était ouverte toute seule pour être de nouveau entrebâillée.

– Je n'ai pas beaucoup d'affaires criminelles, lui indiqua Sawyer, mais j'en ai quelques-unes et j'ai appris à prendre des précautions. (Il sourit de nouveau.) C'est pour cela que l'on prend un avocat, non? Pour avoir quelqu'un derrière vous sachant quelles sont les précautions à prendre.

– Je suis de votre avis. Étiez-vous l'avocat d'Ellsworth Jordon?

— Oh! occasionnellement, de temps à autre!

Il se leva, fit le tour de la table et ferma la porte en la poussant de l'épaule tout en tournant la poignée. Cette fois-ci elle resta fermée; il revint à sa place derrière la table.

– Je me suis plaint auprès du syndic de l'immeuble

au sujet de cette porte, mais vous savez ce qu'il en est actuellement pour les services.

Lanigan sourit avec compassion.

– Non pas que je tienne à éviter qu'Emilie entende notre conversation. Elle est au courant de tout ce qui se passe dans ce bureau. Mais quelqu'un pourrait venir pendant que nous parlons, un autre client...

– Naturellement.

– J'étais parti faire un petit voyage durant le week-end de sorte que je n'ai appris la mort de Jordon que hier soir, lorsque aux informations il a été question de William Green. Je collabore avec la police dans la mesure du possible. C'est normal, puisqu'en ma qualité de membre du barreau je suis un auxiliaire de justice. Cependant, j'estimais que cela n'aurait eu aucun sens de vous téléphoner hier soir entre onze heures et minuit. Je pensais que ce matin serait bien assez tôt.

– Ne vous en faites pas pour cela, le rassura Lanigan.

– Cela étant réglé, passons à l'essentiel. (Il se frotta les mains avec vivacité.) Il y a quelques mois, Ellsworth Jordon était venu me voir pour me demander de lui rédiger son testament. Ellsworth Jordon était très méticuleux en ce qui concerne l'argent et n'aurait pas pris un sou appartenant à autrui; par ailleurs, il avait également un sens très aigu du mien et du tien. En l'occurrence, le tien était le gouvernement fédéral ct l'État. (Son petit sourire s'élargit à nouveau, montrant qu'il était amusé.) Rien ne l'indignait autant que les droits d'héritage. Il ne voyait pas pourquoi il fallait payer des droits d'héritage sur de l'argent qui avait déjà été imposé quand il l'avait gagné. Il voulait que je lui établisse un plan permettant de réduire au maximum sinon d'éliminer les droits d'héritage, peut-être au moyen de placements en fonds d'investissement. Je lui ai indiqué qu'il ferait mieux de s'adresser à un conseiller fiscal, mais il a insisté pour que je me charge de cette mission quitte à me faire assister par un spécialiste. J'ai donc procédé comme il le voulait. Cela m'a demandé beaucoup de travail. Je lui ai soumis différents plans auxquels il avait trouvé à redire. Mais finalement, je suis arrivé à ce qu'il voulait ou du moins à ce qu'il était disposé à accepter.

– Et qui était le bénéficiaire de ce testament?

– C'est justement la raison pour laquelle je vous ai téléphoné. Il s'agit précisément de ce jeune homme, William Green, fils naturel d'Ellsworth Jordon. Il lui a laissé toute sa fortune.

Lanigan hocha lentement la tête.

– Voilà qui explique pourquoi Jordon l'avait invité à venir vivre chez lui. Cependant, quand je l'ai interrogé, l'autre soir, il a prétendu que Jordon était simplement un vieil ami de sa mère.

– Il se peut parfaitement que le jeune homme le pense, expliqua Sawyer. Jordon était certain qu'il n'était pas au courant.

– Donc Billy aura l'intégralité de l'héritage?

Sawyer secoua la tête. Son sourire s'étendit tellement qu'on avait l'impression qu'il allait d'une oreille à l'autre. Il y eut même un gargouillis que Lanigan interpréta comme un rire.

– Non, il n'a droit à rien. Pas un centime. A mon avis, tout sera ramassé par l'État.

– Mais pourquoi? Y a-t-il quelque chose d'irrégulier dans le testament? demanda Lanigan complètement dérouté.

– Il n'y a pas de testament. Il n'y a qu'un brouillon que j'avais adressé à Jordon il y a quelques jours; celui-ci me l'a retourné en suggérant quelques modifications de détail par des annotations au crayon portées en marge. J'ai eu ce courrier vendredi matin. Il n'y a rien de signé. Cette fois-ci, il rit bruyamment. « L'homme propose, Dieu dispose »; vous connaissez la chanson.

Lanigan le regarda avec curiosité, en se demandant

pourquoi il prenait tellement de plaisir dans le fait que les plans de Jordon avaient été contrariés.

– Connaissiez-vous Jordon depuis longtemps? demanda-t-il pour tenter de comprendre.

– Oh! oui, dit Sawyer d'un air espiègle, depuis fort longtemps.

– Vous ne l'aimiez pas?

Sawyer se pinça les lèvres.

– Je ne pense pas avoir eu la moindre animosité contre lui. Il m'amusait plutôt.

– Il vous amusait? Pourquoi vous amusait-il?

En guise de réponse, Sawyer désigna d'un geste la pièce où ils se trouvaient.

– Cela ne donne pas l'impression d'une étude prospère, n'est-ce pas? Ce n'en est pas une. Je pense être un bon avocat, monsieur Lanigan, mais pour se voir confier des affaires assorties d'honoraires somptueux, il faut un talent spécial que je crains de ne pas avoir. Dans ces conditions, pourquoi un millionnaire comme Ellsworth Jordon était-il venu chez moi pour la rédaction de son testament, alors qu'il devait faire le déplacement de Barnard's Crossing à Boston?

– Peut-être parce qu'il pensait que s'il s'adressait à un avocat de sa ville [1] certaines dispositions de son testament pourraient être ébruitées, suggéra Lanigan.

– Cela est très improbable, monsieur Lanigan, extrêmement improbable, je vous assure. Par ailleurs, il a eu recours à mes services en maintes autres occasions au cours des années pour d'importants et spectaculaires achats ou ventes de terrains. Jamais pour de petites choses telles que la vente d'une seule parcelle, jamais non plus pour un procès. Or, je suis certain qu'il en a eu des procès; pour un homme comme Jordon, c'est inévitable.

– Alors, quelle est la réponse?

1. Aux Etats-Unis, les avocats font également office de notaires. (*N.d.T.*)

– La réponse, monsieur Lanigan, c'est Emilie, fit-il en accompagnant ses paroles d'un geste de la tête vers le premier bureau. Ellsworth, Emilie et moi-même avons fait connaissance à l'université. Nous n'étions pas dans les mêmes classes mais nous appartenions tous à une association du nom de Collegiates. Il était très amoureux d'Emilie et finit par la demander en mariage. (Son sourire s'élargit.) Toutefois, elle l'a éconduit et c'est moi qu'elle a épousé. Je suis sûr et certain, et Emilie partage mon opinion, que chacune de ses visites était destinée à nous faire connaître l'étendue de sa réussite sur le plan financier. Naturellement, en me demandant de rédiger son testament, il ne nous laissait rien ignorer de sa fortune et nous informait en même temps que bien que n'ayant jamais été marié il avait goûté au bonheur et était père d'un fils.

– Voulez-vous dire qu'il était toujours amoureux de... votre femme?

Sawyer secoua la tête.

– Je pense qu'il s'en fichait royalement. C'est à peine s'il lui adressait la parole en venant ici. Il avait uniquement décidé de lui montrer qu'elle avait commis une erreur monumentale en l'éconduisant. Après cela, vous étonnez-vous que je m'amuse? (Il regarda Lanigan les yeux mi-clos.) C'est pour le moins intéressant, ne pensez-vous pas?

– D'accord, c'est intéressant. Connaissez-vous d'autres points... intéressants à son sujet? Des points qui pourraient me rendre service?

– Eh bien, je me permets une suggestion, en ma qualité d'avocat. Le fait qu'il se soit débrouillé pour que le garçon vienne vivre chez lui laisse supposer qu'il était toujours en relation avec la mère. Et s'il n'a pas dit au garçon qu'il en faisait son légataire universel, il est fort possible qu'il se soit confié à la mère. Il faudrait faire une enquête afin de déterminer où elle se trouvait vendredi soir.

– Elle se trouvait en Europe.

– En êtes-vous sûr? demanda Sawyer sur un ton insistant.

– Eh bien... (Une idée, qui le fit sourire, vint à l'esprit de Lanigan.) Où étiez-vous, vous et Emilie ce vendredi soir?

Sawyer se mit à rire avec un profond gargouillis dans la gorge comme s'il allait suffoquer. Quand il eut terminé, il s'essuya les yeux avec un mouchoir.

– Excellent, monsieur Lanigan.

– Alors, où étiez-vous?

Sawyer prit un air ennuyé.

– Nous étions ici même en train de mettre la dernière main à ce testament, désormais sans valeur, car Jordon avait annoncé sa venue pour samedi. (Il sourit de nouveau et marmonna :) Il ne saurait y avoir de doute à ce sujet; le concierge de nuit a noté notre heure de sortie.

32.

C'est Herb qui ouvrit la porte au sergent. Ils venaient de terminer leur dîner du dimanche. Sa mère était montée faire la sieste dans sa chambre, tandis que Molly finissait la vaisselle à la cuisine; selon la division du travail instituée entre eux, lui s'était occupé du lavage et elle faisait l'essuyage et le rangement. Il était donc dans le salon à lire le journal du dimanche.

– Sergent Holcombe, se présenta le visiteur en montrant son insigne de policier.

– Que puis-je pour vous, chef?

– Me permettez-vous d'entrer?

Herb s'écarta pour le laisser entrer et lui désigna une chaise.

– Vous êtes bien M. Mandell? Vous enseignez au lycée?

– C'est exact.

– Vous êtes le professeur de comptabilité de ma petite sœur.

De la cuisine, Molly demanda :

– Qu'est-ce que c'est, Herb?

– C'est au sujet de l'école, lui répondit-il.

Le sergent avait l'air embarrassé.

– Ma visite ne concerne pas ma sœur, monsieur Mandell. Je ne serais pas venu chez vous à la maison et par-dessus le marché un dimanche. Je serais venu à l'école. Très probablement, je ne serais pas venu du tout; ce serait plutôt mon père qui se serait dérangé s'il s'était agi de cela. Je suis venu voir Mme Mandell.

– A quel propos?

– Une simple question de routine, monsieur Mandell. Pourrais-je la voir une minute? Voudriez-vous lui demander...

Ce n'était plus nécessaire, car Molly, ayant terminé sa vaisselle, était venue au salon. Elle lança un regard interrogateur au policier.

– Il s'agit d'une simple affaire de routine, s'excusa celui-ci. J'ai quelques questions à...

– Je vous en prie, chef.

Elle s'assit à côté de Herb sur un sofa attendant que le policier ouvre son carnet de notes.

– C'est au sujet du meurtre de vendredi soir. M. Gore dit qu'il s'est arrêté dans une station-service sur la route de Boston pour vous téléphoner...

– Vous n'allez quand même pas me dire qu'on soupçonne M. Gore? demanda-t-elle avec indignation.

– Oh non! Le commissaire veut simplement que tout soit parfaitement clair. C'est une affaire très importante et tout doit coller. A mon avis, le point à établir actuellement est... l'heure exacte du crime. Or, M. Gore ne se souvient pas à quelle heure il s'est arrêté à cette station-service; par contre, il se rappelle parfaitement vous avoir téléphoné. Le préposé de la station-service lui non plus ne se souvient pas de l'heure, mais il se rappelle que M. Gore était venu téléphoner au bureau parce que la cabine à l'extérieur était hors d'usage. J'ai pensé que vous peut-être... (Il la regarda avec espoir, le crayon pointé vers son carnet.) Il vous a téléphoné, n'est-ce pas?

– Parfaitement, il m'a téléphoné, répondit-elle et je me souviens de l'heure qu'il était. Il était huit heures et demie.

Le policier était tout heureux de prendre note, avant d'enchaîner :

– Vous êtes très précise en ce qui concerne l'heure, madame. A quoi est due cette certitude?

– Pour la bonne raison que j'avais regardé ma montre.

– Pourquoi l'aviez-vous fait? Vous avait-il demandé l'heure qu'il était?

– Non. J'étais en train de rédiger un rapport pour la banque. M. Gore m'avait téléphoné pour savoir où j'en étais. J'avais pratiquement terminé et j'ai regardé ma montre pour voir quand j'en aurai fini.

Le policier secoua la tête d'étonnement.

– Pour la banque, dites-vous. Donc quand on raconte que les employés de banque se la coulent douce, c'est de la blague.

Elle sourit.

– J'emmène fréquemment du travail à la maison et M. Gore fait de même presque tous les soirs. C'est le cas de la plupart des cadres.

Il enregistra cela avec un petit hochement de la tête.

– Donc il vous a téléphoné pour vous demander où vous en étiez; vous avez regardé votre montre et lui avez répondu que vous aviez presque terminé.

– Exact.

– Et il était huit heures et demie à votre montre?

– Oui.

Souriant, il se leva :

– L'avez-vous fait? Avez-vous terminé?

Elle lui rendit son sourire :

– Oui, chef.

Le policier relut ce qu'il avait noté.

– Avez-vous quelque chose à ajouter, madame Mandell?

– Par exemple?

– Oh! n'importe quoi qui soit en rapport avec cette affaire!

Elle hésita avant de secouer lentement la tête en signe de dénégation.

Une idée lui vint à l'esprit.

– Il est fort possible que le commissaire me demande de dactylographier votre déclaration et de vous la faire signer, exposa-t-il.

– Bien entendu, dans ces conditions je la signerai.

Alors que Mandell le reconduisait à la porte, le policier lui confia :

– Ma sœur apprécie beaucoup vos cours.

– Je suis heureux de l'entendre, fit Mandell. Voulez-vous me rappeler son nom?

– Le même que le mien. Holcombe. Doris Holcombe.

– Mais oui. C'est une grande fille blonde. Une bonne élève.

– Je le lui répéterai, monsieur Mandell.

– Vous pouvez, chef.

33.

La voix au téléphone témoignait de l'excitation et de l'impatience.

– Monsieur le rabbin Small? J'aimerais vous voir

pour un problème. C'est terriblement important. Avez-vous des heures de bureau?

– Pour les choses très importantes, mes heures de bureau sont de vingt-quatre heures par jour. A qui ai-je l'honneur?

– Vous ne me connaissez pas. Je m'appelle Segal. C'est au sujet de... Je préfère ne pas en parler au téléphone. Si vous pouviez me fixer une heure de rendez-vous...

– Je suis libre ce soir, monsieur Segal. Vous pouvez venir à tout moment. Tout de suite, si vous le désirez.

– Je me mets en route, monsieur le rabbin.

Vingt minutes plus, tout en serrant la main de son interlocuteur, le rabbin lui dit :

– J'ai entendu parler de vous, monsieur Segal.

– Oh? Il vous arrive de boursicoter? (Comme le rabbin souriait en guise de dénégation :) J'y suis. L'agent immobilier, M. Maltzman, vous a parlé. Il m'a promis de le faire; je ne l'ai pas revu entre-temps. Est-ce que tout est en ordre?

– Je suis certain que nous serons tous très heureux de vous compter parmi les membres de notre communauté, monsieur Segal. Aucune cérémonie spéciale n'est nécessaire.

– Mais la bar-mitzwa *...

– Vous êtes devenu bar-mitzwa quand vous avez atteint l'âge de treize ans, avec ou sans cérémonie. Cela signifie simplement que vous êtes devenu majeur selon les dispositions de notre législation religieuse.

Il enchaîna en expliquant le sens de la cérémonie et l'importance qu'on lui accordait actuellement. Segal écoutait, mais sans manifester beaucoup d'intérêt.

– Bon, fit-il lorsque le rabbin eut terminé. Vous savez, après avoir donné mon consentement, j'y ai beaucoup pensé. J'étais disposé à m'y plier, mais j'ai trouvé que c'était plutôt gênant. Je suis content d'en être dispensé.

– Était-ce pour cette raison que vous vouliez me voir, monsieur Segal?

– Non, aucun rapport avec la communauté. C'est au sujet de ce William Green impliqué dans ce meurtre. Avez-vous suivi cette affaire?

– Je lis la presse locale et j'écoute les informations.

– Voyez-vous, monsieur le rabbin, pour le moment j'habite à l'hôtel et j'y prends également mes repas. Dans ces conditions on ne peut s'empêcher d'entendre les conversations et elles tournaient toutes autour de cette affaire. Il semble qu'il y ait un consensus général pour désigner William Green comme coupable. J'ai cru comprendre qu'il était nouvellement arrivé dans cette ville et se trouvait en visite chez la victime du meurtre. D'après les on-dit, le jeune homme serait un peu bizarre, n'aurait pas d'amis et serait introverti. J'ai entendu quelqu'un dire : « La preuve qu'il est coupable, c'est que la police le garde au secret. » Je pense qu'il y a là quelque chose de vrai, car le reporter du journal écrit ne pas avoir pu le contacter et lors des informations télévisées de ce soir, le journaliste a indiqué ne pas avoir pu l'interroger. Ce dernier a enchaîné en spécifiant que ce William Green est le fils de Hester Grimes, cette chanteuse et diseuse passant souvent à la télé. Cela m'a considérablement remué, monsieur le rabbin, car je connais Hester Grimes.

– Voulez-vous dire qu'il n'est pas son fils?

– Oh! je n'en sais rien! Je veux dire que je ne la connais pas assez. Ce que je veux établir... Écoutez, on me demande de participer à de nombreux comités concernant des campagnes civiques et charitables. Non que j'aie l'esprit plus civique ou charitable que la moyenne des gens, mais très probablement parce que j'ai fait la preuve de mes capacités d'administrateur et de gestionnaire et surtout parce qu'on estime que j'apporterai une large contribution et amènerai mes amis fortunés à faire de même. Or, l'année dernière, je m'étais impliqué dans une vente de charité où, afin de réaliser un bénéfice, nous avions sollicité la collaboration d'un certain nombre de gens appartenant au monde du spectacle. Ceux-là, les membres du comité s'occupent d'eux, les emmènent manger, les invitent chez eux, car au moins certains d'entre eux prêtent gracieusement leur concours. Quoi qu'il en soit, j'ai eu à m'occuper de Hester Grimes. Je l'ai fait prendre à l'aéroport et amener à l'hôtel. Ensuite, nous avons dîné ensemble et nous l'avons invitée chez nous après que la vente de charité fut terminée. C'est une femme charmante et délicieuse; nous avons longuement bavardé et elle nous a un peu parlé d'elle-même. Grimes est son nom d'artiste, monsieur le rabbin. Son vrai nom est Green.

– Alors cela explique que...

– Son vrai nom est Esther Green, monsieur le rabbin; elle est juive.

Le rabbin se mordit les lèvres et réfléchit. Il resta silencieux quelque temps tandis que Segal attendait impatiemment sa réaction. Puis il dit calmement :

– Que voulez-vous que je fasse, monsieur Segal?

– Eh bien, monsieur le rabbin, il s'agit d'un tout jeune homme, un gosse, dix-huit ou dix-neuf ans, qui est nouveau dans cette ville, n'a nul ami et dont la mère se trouvant en Europe ignore probablement tout. Moi aussi, je suis nouveau ici et ne connais pas cette ville; cependant, je sais comment travaillent les administrations. Elles cherchent à éviter les remous et, s'il s'en produit, à s'en débarrasser le plus vite possible, à moindres frais. Je sais que s'il est inculpé il sera assisté d'un avocat, peut-être commis d'office, cependant... Écoutez, je ne m'occupe pas de savoir dans quelle mesure les policiers ou les administrations locales sont corrects ou scrupuleux, car je sais qu'un jeune garçon immature ne sera pas traité comme un adulte, de même qu'un étranger à la ville sans amis ne recevra pas le même traitement que quelqu'un qui y est domicilié et y a sa famille et des relations. Je pense que, s'agissant d'un garçon juif, vous pouvez, en votre qualité de rabbin de la communauté, faire valoir un droit d'intervention. C'est que, même si je lui trouve un avocat, celui-ci ne pourra pas s'occuper du dossier et dire qu'il représente William Green aussi longtemps que celui-là ne l'aura pas mandaté. Comprenez-vous?

– Très bien. Très bien, monsieur Segal. Je tâcherai de voir William Green pour lui faire savoir, comment dirai-je, qu'il n'est pas seul.

34.

Henry Maltzman tambourina impatiemment des doigts sur la table.

– Si vous voulez vendre votre maison, Joe, il faut que vous la retapiez. Faites-la repeindre...

– La faire repeindre? (Krasker était sidéré.) Cela me coûtera mille ou quinze cents dollars, peut-être.

– Et après? Je vous en obtiendrai cinq mille de plus.

– Voulez-vous me donner cela par écrit?

– Ouais, et quoi encore. Écoutez, Joe, mettez-vous bien ça dans la tête. Les maisons ne sont pas achetées; elles sont vendues. Et si on veut les vendre, il faut les rendre attrayantes. La semaine dernière, j'ai emmené un client visiter votre maison; il a sorti un couteau de poche et l'a enfoncé dans l'encadrement du portail où la peinture est toute boursouflée et écaillée. Quand je lui ai demandé ce qu'il faisait, il m'a répondu qu'il voulait voir si le bois n'était pas pourri. Voyez-vous, quand un immeuble est mal entretenu, les clients sont toujours persuadés que c'est pire que ça en a l'air. D'ailleurs, cela ne coûtera pas tellement cher de la remettre en état. Il ne faut pas que ce soit du travail de première qualité comme si c'était pour vous. Je connais quelques jeunes Grecs qui y appliqueront de la peinture pour pas cher et la maison aura un tout autre aspect.

Krasker finit par se laisser convaincre.

– Très bien. Dites-leur de passer pour m'établir un devis.

Maltzman se carra dans son fauteuil et marqua sa satisfaction par un sourire :

– Je leur parlerai personnellement et leur dirai de vous faire le meilleur prix possible. Je leur confie beaucoup de travaux et ce sont de braves garçons. Maintenant, que comptez-vous faire dimanche? J'ai besoin de votre voix pour faire passer ma motion.

Krasker remua inconfortablement sur son siège et fixa la table des yeux. Il n'était pas facile d'être en désaccord avec Henry Maltzman.

– Je n'en sais rien, Henry, fit-il. J'y ai beaucoup pensé. Il semble terrible de licencier un rabbin, surtout s'il n'a rien fait.

– Justement parce qu'il n'a rien fait, se dépêcha de rétorquer Maltzman. J'ai présenté je ne sais combien de propositions pour renforcer la communauté, accroître le nombre de ses membres, et au lieu de me seconder, voire même de rester passif, il me met des bâtons dans les roues, disant qu'il ne peut pas l'admettre, que c'est contre la religion, etc. Pratiquement tous les autres présidents ont été logés à la même enseigne avec lui. D'ailleurs, nous ne le licencions pas. Nous allons simplement voter pour le non-renouvellement de son contrat.

– Où est la différence?

– Je vous en prie, Joe! J'ai étudié la question, croyez-moi. A son arrivée, on lui a fait un contrat d'un an, à titre d'essai. Puis on lui a donné un contrat de cinq ans. Ensuite, il y a quelques années, on lui a proposé un contrat à vie, et il l'a refusé. Il voulait uniquement un contrat annuel, renouvelable par tacite reconduction.

Qu'est-ce que cela signifie? Cela signifie qu'il veut être libre de partir. Donc chaque fois que le contrat expire on conclut une nouvelle convention, comme à l'expiration d'un bail. Je ne propose pas de lui envoyer un courrier lui demandant de partir ou indiquant que nous cherchons un autre rabbin. Je veux simplement que la secrétaire lui adresse une lettre disant : « Monsieur le rabbin, le Conseil d'administration a voté à la majorité de huit voix contre sept, ou dix contre cinq ou quelle qu'elle soit, le non-renouvellement de votre contrat. » Cela ne signifie pas qu'il est licencié. Cela signifie qu'il est comme un occupant sans bail. Il restera peut-être des années durant. Simplement, il n'aura plus de contrat.

– Le payerons-nous?

– Bien sûr. S'il fait son travail, nous y sommes obligés. Nous le payerons de la même façon que nous payons Stanley, le concierge. Lui non plus n'a pas de contrat.

Krasker hocha la tête.

– Donc, il serait un occupant sans bail. Mais à vous entendre, il pourrait rester des années. Alors à quoi cela vous sert-il? Vous voulez qu'il s'en aille. De mon côté, j'admets que je préférerais un autre rabbin. Mais à quoi cela sert-il s'il reste même sans contrat?

– Cela ne servirait pas à grand-chose, accorda Maltzman. Toutefois, je pense que ce ne serait pas tout à fait inutile. Il est évident qu'un gars qui n'a pas de contrat peut être licencié à tout moment. Supposons qu'un jour il se mette en travers d'une décision du Conseil d'administration; alors, nous pourrions lui dire : « Si cela ne vous plaît pas, monsieur le rabbin, prenez vos billes et allez voir ailleurs. » Mais à mon avis, ce n'est pas comme cela que les choses se passeront. Je suis prêt à parier que dès qu'il aura reçu la lettre de la secrétaire, il rédigera sa lettre de démission. Voilà comment je vois cette affaire. (Il sourit.) Par retour de courrier, nous lui adresserons une lettre d'acceptation de sa démission.

– Bon...

– Je compte sur vous, Joe.

– Que se passe-t-il si le vote dégage une majorité favorable au rabbin?

Maltzman haussa les épaules.

– Rien. Cela nous ramène à la case départ. La secrétaire lui adresse une lettre l'informant que le Conseil s'est prononcé pour le renouvellement de son contrat et...

– Non, fit Krasker en secouant vigoureusement la tête. Le rabbin saura certainement qui a voté contre lui. Ensuite, ce serait plutôt gênant d'aller le trouver pour la bar-mitzwa * de votre fils ou le mariage de votre fille.

– Certainement, j'y ai pensé. Aussi le vote sera-t-il secret. Les bulletins seront remis à la secrétaire qui fera le décompte. Si le rabbin gagne, elle se contente d'annoncer le résultat. Si le rabbin perd, et s'il y a un peu de mauvaise humeur, elle indiquera le score. Elle ne pourra nommer personne car les bulletins seront anonymes.

– Comment cela se présente-t-il?

– Le vote sera très serré, Joe. Terriblement serré. Je ne cache pas que je compte sur vous. J'en ai parlé pas plus tard qu'hier avec Bill Shaefer. Vous vous occupez de sa comptabilité, n'est-ce pas?

– Oui, il m'a confié sa comptabilité cette année.

– Nous avons passé en revue l'ensemble des administrateurs, et avec votre bulletin nous arrivons à huit voix en notre faveur, c'est-à-dire exactement ce qu'il nous faut. Bill était certain que vous seriez de notre côté, mais je lui ai indiqué que je tenais personnellement à vous l'entendre dire. Alors, qu'en est-il, Joe? Puis-je compter sur vous?

Le nom de Bill Shaefer, un des plus gros clients à lui, Krasker, n'était pas tombé dans l'oreille d'un sourd.

– Mais certainement, Henry. Je voulais simplement faire le tour de la question. Comprenez-vous ce que je veux dire?

– Bien entendu. Je ne vous fais aucun reproche.

Il prit un dossier dans un rayon.

Cependant, Krasker tardait à partir.

– Ce que vous avez dit à la réunion de dimanche concernant ce Jordon, est-ce vrai? Était-il un antisémite?

– C'est parfaitement vrai.

– J'ai discuté du meurtre avec un médecin dont je fais la comptabilité; il m'a dit que ce Jordon était un chic type versant toujours d'importants dons à l'hôpital.

– Et après? Il aimait probablement aussi les chiens et était gentil avec les enfants. Hitler également aimait les chiens et la musique. Mais il ne nous aimait pas. Une chose n'a rien à voir avec l'autre.

– Bah, j'ai simplement pensé que vous aimeriez connaître ce point de vue.

35.

Anne Kaufman était installée comme bijoutière, spécialisée en argenterie, en ville. Elle avait une boutique minuscule avec à l'arrière un atelier où, installée sur un haut tabouret près d'une table de travail, elle confectionnait les bagues, pendentifs, boucles d'oreilles et boutons de manchette qu'elle vendait à l'avant. Dès que la sonnerie de la porte d'entrée retentissait, elle quittait son tabouret pour servir la clientèle dans la boutique.

En dépit de leur différence d'âge, les enfants d'Anne Kaufman étaient déjà au lycée, Anne et Molly Mandell étaient de proches amies. Molly avait usé de son influence à la banque pour obtenir à Anne le prêt qui lui avait permis d'ouvrir son commerce et elle lui en était reconnaissante. Comme toutes les deux avaient leur lieu de travail dans le quartier des affaires au centre de la ville, elles se voyaient fréquemment; aussi Molly avait-elle proposé de parler à Anne du projet de Maltzman.

Lorsque Anne lui téléphona pour lui demander si elle avait déjà prévu quelque chose pour son lunch, il lui sembla devoir saisir l'occasion.

– Non, Anne. J'avais l'intention de prendre un sandwich chez *Creighton.* Avez-vous autre chose à me proposer?

– Vous pourriez prendre un sandwich à la pâtisserie pour l'amener ici où je ferais du café sur mon réchaud.

A l'arrivée de Molly, quelques minutes après midi, Mme Kaufman ferma à clé la porte de son magasin et mit dans la vitrine la pancarte « réouverture à 13 heures ». Elle offrit à sa visiteuse le vieux fauteuil en osier dans lequel elle se reposait occasionnellement et prit place sur son tabouret. Elle versa le café et tandis que Molly déballait son sandwich, elle demanda :

– Connaissiez-vous cet Ellsworth Jordon? D'après le journal, il était un des administrateurs de la banque.

– Je ne le connaissais que trop bien, répondit avec aigreur Molly. Il se pointait presque tous les jours. Non parce qu'il était administrateur mais parce qu'il n'avait rien d'autre à faire. Les autres administrateurs, on ne les voit guère plus d'une fois par mois.

– Était-il, comment dirais-je, antisémite?

– C'était un vieux salopard. Voilà ce qu'il était. (Elle se força à sourire.) J'ignore s'il était antisémite ou pas. Tout ce que je sais c'est qu'il me faisait continuellement du gringue bien que me sachant juive.

– Vraiment? Quel genre de...

– Oh! vous savez, le truc classique; comme par hasard il avait une main qui accidentellement s'égarait du côté de mes fesses.

– En avez-vous parlé à votre patron?

– Je lui en ai parlé une fois, mais il a piqué une telle colère que j'ai résolu de m'en occuper moi-même.

– Comment avez-vous fait?

– La fois d'après, j'avais préparé mon plan. Au lieu de sauter en arrière comme on le fait naturellement, je n'ai pas bougé mais lui ai donné un bon coup de coude.

– Et qu'a-t-il fait là-dessus?

Elle rit.

– C'est lui qui a fait un saut et a été pris d'une quinte de toux. (Elle mâchonna son sandwich, puis demanda :) Pourquoi vous intéressez-vous tellement à ce Jordon?

– Eh bien... (Mme Kaufman jeta un coup d'œil sur le miroir au mur lui permettant de voir la porte d'entrée de son échoppe.) Ce matin, j'étais assise là en train de travailler comme d'habitude, quand deux vieilles rombières venant toujours au magasin sans jamais rien acheter sont entrées. Je ne me suis pas pressée pour sortir. Aussi ai-je pu les entendre bavarder et l'une dire à l'autre que tout le monde savait que c'était un coup des juifs car « il ne pouvait pas les sentir ». C'était l'expression qu'elle a utilisée. Il aurait tenté de mettre sur pied une convention en vertu de laquelle nul ne leur vendrait du terrain sur le Point et pour cette raison ils l'ont tué. Sur ce j'ai toussé ou je me suis raclé la gorge; là, je suppose qu'elles ont réalisé que si elles m'entendaient je pouvais également les entendre, car j'ai vu dans le miroir l'une d'entre elles mettre ses doigts sur ses lèvres en désignant l'arrière-boutique d'un geste de la tête.

– Hum, voilà qui est intéressant. Qu'avez-vous fait alors?

– Je n'ai rien fait, répondit Mme Kaufman. Quand je suis sortie, au bout d'un moment, l'une d'elles a demandé si je pouvais lui montrer une pièce exposée dans la vitrine; je lui ai dit qu'elle était vendue à un client qui viendrait la prendre demain. Peut-être ont-elles senti qu'elles étaient indésirables. En tout cas, elles sont parties sans demander leur reste. Après cela je vous ai téléphoné.

– Est-ce que ça vous a ennuyée? demanda Molly.

– Un peu, admit Anne.

– Il ne faut pas se mettre en colère parce que des gens ont dit une bêtise, dit Molly en essayant de la rassurer.

– Si elles le disent, peut-être que d'autres racontent également la même chose.

– Alors que pouvons-nous faire?

– Je pense que nous devons réagir, insista Anne. Peut-être que le rabbin...

– Le rabbin Small? Pensez-vous qu'on puisse le sortir de sa léthargie pour entreprendre une action quelconque?

– Eh bien...

– Écoutez, Anne, on ne peut pas compter sur le rabbin Small pour quoi que ce soit. C'est pratiquement lui-même qui l'a dit lorsque Henry Maltzman était allé le voir pour conférer l'égalité aux femmes dans les offices. Selon lui, une modification entraîne d'autres modifications dont certaines peuvent être mauvaises, de sorte qu'il préfère ne pas courir de risque. Que dites-vous d'une telle mentalité?

– D'accord, mais dans votre exemple il s'agit de religion, tandis que là, c'est une question de...

– De législation? De politique? Soit. La semaine dernière, les conseillers municipaux ont émis un vote reconsidérant leur approbation quant à l'implantation de feux de circulation près de la synagogue. A y penser, cela devait faire partie du sale travail qu'effectuait Ellsworth Jordon. Bon, le rabbin a-t-il fait quelque chose à ce sujet? A-t-il au moins adressé à la presse une lettre protestant contre cette décision du Conseil municipal?

– Vous n'en savez rien. Il se peut qu'il ait fait quelque chose ou...

Molly eut un regard amusé.

– Peut-être pensez-vous que c'est le rabbin Small qui a tué Jordon?

– Molly! Comment peut-on prononcer de telles paroles? Je voulais dire qu'il a pu parler à des conseillers municipaux ou qu'il a l'intention de le faire.

Molly secoua la tête.

– S'il faut une action, ne l'attendez pas de la part du rabbin Small. Il sait parfaitement nous exposer ce que nous n'avons pas le droit de faire d'après le Talmud *, mais dès lors qu'il s'agit d'une action positive, il faut l'oublier.

– Alors que pouvons-nous faire?

– Trouver un autre rabbin, trancha promptement Molly.

– Comment? Et comment pouvons-nous être sûrs que le prochain sera meilleur?

– Nous ne l'engagerons que s'il nous présente des références fiables. Quant au comment...

Molly lui fit part du plan élaboré par Maltzman.

Elles discutèrent longuement. Anne souleva des objections, mit le doigt sur les problèmes et les difficultés. Cependant, lorsque après la discussion Molly fut de retour à son bureau, elle était en mesure de téléphoner à Maltzman pour lui annoncer l'adhésion de son amie.

36.

– Il est sur l'île des Enfants, expliqua le commissaire Lanigan. Qu'avez-vous à voir avec lui?

– Que fait-il sur cette île? demanda le rabbin Small.

– Il y réside. Il y travaille. La nuit suivant son retour, il a dormi ici dans une des cellules du commissariat. Mais du moment qu'il n'est pas inculpé, je ne peux pas le garder ici. Je ne pourrais pas davantage le renvoyer dans la maison de Jordon, même si je le voulais. La maison a été mise sous scellés. Il ne voulait pas retourner travailler à la banque pour le moment, de peur d'être importuné par des gens qui lui poseraient une foule de questions. Alors, j'ai pensé aux Hegerty. Ils habitent l'île jusqu'à la fin novembre et s'occupent à réparer, repeindre les cabines et y mettre des volets pour les préserver des rigueurs de l'hiver. Ils sont contents de toute aide qui se présente. Je leur ai donc proposé le marché et comme le garçon s'y montra également enclin, voire intéressé, il fut conclu.

– Quel est son statut? Il n'a pas été arrêté...

– Non, il n'est pas inculpé. Le procureur estime qu'il n'existe aucune preuve fiable contre lui. Par ailleurs, nous ne voulons pas de lui dans les parages pour le moment.

– A-t-il un avocat? Sa mère a-t-elle été avisée?

– Pourquoi aurait-il besoin d'un avocat? Je viens de vous dire qu'il n'a pas été inculpé. Quant à sa mère, il ne veut pas qu'elle soit informée. Il craint qu'elle ne revienne dare-dare si elle apprend ce qui s'est passé. Or, il a dix-huit ans, donc il est majeur, par conséquent...

Lanigan sourit. Il s'appuya contre le dossier de son fauteuil en se croisant les doigts sur le ventre.

– Si vous aviez un bateau, vous pourriez y aller en quelques coups de rame. Vous pourriez également louer une embarcation qui vous y emmènerait. Je pourrais demander à la police du port de vous y conduire dans son bateau, mais je ne pense pas le faire, car je ne vois pas en quelle qualité vous intervenez dans cette affaire.

Le rabbin Small relata l'essentiel de sa conversation avec Ben Segal.

– Du moment que sa mère est juive, ce garçon est juif, et comme je suis le seul rabbin de la ville...

– Est-ce que cela ne dépend pas du père?

– Chez nous, l'enfant prend la religion de la mère, spécifia le rabbin.

– Savez-vous qui était le père?

Le rabbin fit non de la tête.

Lanigan sourit.

– Supposez que je vous dise que c'était Ellsworth Jordon?

S'il avait espéré choquer le rabbin par cette révélation, il devait être déçu.

– Cela explique le fait qu'il ait vécu chez lui? N'est-ce pas? Cela ne me surprend pas outre mesure.

– Cela pourrait expliquer l'antisémisme de Jordon, réfléchit à haute voix Lanigan. Il a sans doute été très amoureux de cette Hester Grimes, ou Esther Green, et celle-ci l'aura éconduit.

– A moins, suggéra le rabbin, qu'elle ne l'ait éconduit parce qu'il était antisémite.

– C'est également possible, admit Lanigan. Il vous intéressera peut-être d'apprendre que Jordon avait l'intention de faire de Billy son unique héritier.

– C'est le jeune homme qui vous a dit cela?

– Non, j'ai eu ce renseignement par l'avocat de Jordon. A entendre Billy, Jordon n'était qu'un vieil ami de la famille. Soit il ne sait pas que Jordon était son père, soit il ne veut pas le dire. (Il adressa un regard inquisiteur au rabbin.) Si vous le voyez, le lui direz-vous?

Le rabbin se fit narquois pour demander :

– Dois-je comprendre que vous aimeriez que je le fasse?

Lanigan montra une grande indifférence :

– Cela pourrait être intéressant.

Le rabbin sourit en secouant la tête.

– C'est à sa mère de lui dévoiler le secret si elle le juge utile. Si elle ne lui a pas fait part de cette paternité durant toutes ces années, elle avait probablement ses raisons et ce n'est pas à moi à venir mettre les pieds dans le plat. Non, je veux simplement lui parler.

– Pourquoi?

– Parce que cela fait partie de mon travail, répondit

promptement le rabbin. Il est seul, sans famille ni amis, et il a des problèmes. Je...

– Qu'est-ce qui vous fait croire qu'il a des problèmes? Il n'a pas été inculpé.

– Le fait que vous ayez dit qu'il n'y a pas de preuve fiable contre lui. Cela laisse supposer qu'il est suspect. Et comme vous n'avez pas de preuves actuellement, vous êtes sans doute en train d'en chercher, et...

– Nous sommes à la recherche de toutes preuves, objecta Lanigan. Peu importe qui elles visent.

– Certes, et si vous trouvez des éléments, le procureur l'inculpera; comme il s'agit d'un meurtre, il sera placé sous mandat de dépôt. Ensuite, le tribunal commettra un avocat d'office qui, surchargé, demandera de nombreux prolongements de délais pour pouvoir prendre connaissance du dossier et préparer la défense. Durant tout ce temps, le pauvre garçon demeurera en prison. Tout ce que je vous demande, c'est de pouvoir le voir, lui parler et faire sa connaissance. En plus, qu'il fasse ma connaissance afin que, en cas d'événement fâcheux, il puisse faire appel à moi et, à travers moi, à la communauté juive de cette ville. Y a-t-il quelque chose de mal à cela? Maintenant, où puis-je louer une embarcation?

– Pas la peine, je m'arrangerai pour que le bateau de la police vous y amène.

37.

– Il ne me semble pas avoir jamais vu de rabbin jusqu'ici, dit Billy. (Puis, devenant soucieux, il enchaîna :) Êtes-vous venu sur l'île afin de pouvoir prier pour moi?

Ils s'étaient installés sur la véranda d'une des huttes

du camp. Billy était assis sur la marche supérieure, le dos appuyé contre le pilastre de la rampe, habillé d'un survêtement nettement trop grand pour sa taille, tandis que le rabbin s'était assis sur le garde-fou après avoir relevé le col de son pardessus pour se protéger contre le vent soufflant de la mer.

– Ce n'était pas là mon intention, dit le rabbin en regardant vers le petit embarcadère où les vagues venaient se briser contre la coque du canot à moteur de la police qui l'avait amené.

Le policier, qui pilotait le canot, vêtu d'un gros pull à col roulé, s'était allongé sur le dos au bord du bassin, les yeux couverts par sa casquette pour se dorer au soleil. Se retournant, il fit un signe de la main au rabbin qui le lui rendit. Dirigeant à nouveau son regard sur le jeune homme, il lui dit :

– Bien entendu, au cas où vous aimeriez que...

– Oh non! cela m'est égal que vous le fassiez ou pas! (Puis, craignant d'avoir été désagréable, il précisa :) Je veux dire que si vous étiez venu ici afin de prier pour moi, cela signifierait que j'ai des problèmes, n'est-ce pas? En ai-je?

– Je n'en sais rien, répondit le rabbin. Je suis venu parce que j'ai appris que vous êtes juif et que je suis le rabbin de cette localité.

– Ah, mais je n'appartiens pas à cette sorte de juifs.

– Non, à quelle sorte de juifs appartenez-vous?

– Eh bien, je suis juif parce que ma mère est juive. C'est du fait de la naissance. L'imprésario de ma mère, Sol Katz, parle toujours de « nous autres juifs »; j'ai questionné ma mère qui m'a expliqué qu'il y avait deux sortes de juifs, ceux qui sont croyants et ceux qui ne le sont pas, mais sont néanmoins juifs parce qu'ils sont nés dans des familles juives. Mais en fait nous sommes des Américains. N'ai-je pas raison?

– C'est une façon de voir les choses, admit le rabbin. Était-ce là ce que pensait également M. Jordon?

– Oh! nous n'avons jamais parlé de cela!
– Non? De quoi parliez-vous?
Le jeune homme rit.
– Essentiellement d'argent. Il parlait toujours d'actions et d'obligations, de la façon d'interpréter les études financières pour acheter en Bourse à bon escient. Il parlait aussi de terrains et d'immeubles, comment établir ce qui va augmenter de valeur afin de l'acheter. A ses yeux, l'argent revêtait une grosse importance car il vous permet d'être indépendant. Et dès lors que vous êtes indépendant, vous pouvez dire tout ce qui vous vient à l'esprit. Et si vous pouvez dire n'importe quoi, vous pouvez penser n'importe quoi...
– C'était plutôt l'inverse, non?
– Non, persévéra Billy. C'était là sa formule : si vous vous avez l'impression de pouvoir dire n'importe quoi, vous pouvez également penser tout ce que vous voulez. Par contre, si vous sentez ne pas pouvoir dire tout ce qui vous passe par la tête, vous aurez également tendance à vous abstenir de certaines pensées.
– Je vois. Aviez-vous de la sympathie pour lui?
– Certainement. Et je pense qu'il en avait pour moi. Certes, il ne le disait pas toujours, car... eh bien, il y a des choses qu'il n'aimait pas dire en face. (Il inclina la tête en réfléchissant.) C'était un type curieux. Parfois, il semblait vraiment odieux, mais on ne pouvait pas le traiter de tel. Ainsi, il a dit une foule de choses désagréables à Martha, celle-ci a rétorqué et il en a ri. Ensuite, il aurait sans doute expliqué qu'il avait agi de cette façon pour faire comprendre à Martha qu'elle était plus qu'une domestique, qu'elle faisait en quelque sorte partie de la famille. Me suivez-vous?
– Je crois.
– Pour certaines choses il était très pointilleux, continua le jeune homme, comme par exemple le temps, car, disait-il, chaque personne ne dispose que d'un espace limité ne pouvant être augmenté. Tous les jours, il véri-

fiait à l'aide de la radio si l'horloge qui trônait sur la garniture de cheminée au salon indiquait bien l'heure exacte. Si vous étiez en retard au dîner, ne serait-ce que de quelques minutes, il vous lançait des coups d'œil furibards sans prononcer une parole. Il exprimait ainsi sa colère.

» Quant à l'argent, il comptait jusqu'au dernier centime. Ainsi, comme Martha faisait les achats, il lui donnait de l'argent. A la fin de chaque semaine, elle décomptait avec lui en lui présentant les tickets de caisse et lui rendant le solde. S'il y avait une différence ne fût-ce que de trois cents, il insistait pour qu'elle la lui rende. Un jour, il y eut une différence en sens contraire; comme il n'avait pas de monnaie, Martha lui dit : « Ça va. » Cela l'a mis en colère. Il dit : « Ça ne va pas » et alla dans sa chambre à coucher fouiller tous les tiroirs pour trouver finalement les quelques pièces manquantes pour faire l'appoint.

– Comment vous appelait-il? demanda le rabbin.

– La plupart du temps, il m'appelait Billy. Mais parfois, quand il était un peu en colère contre moi, c'était monsieur.

– Et quand il était très en colère contre vous? demanda le rabbin en souriant.

– Alors il ne m'appelait pas du tout, répondit promptement le jeune homme. Il ne m'adressait pas la parole. Quand il était vraiment furieux, il me renvoyait dans ma chambre et quand il était fou furieux, comme l'autre soir, il m'y enfermait.

– Et quel était votre sentiment à ce sujet?

– La première fois, c'était parce que je n'avais pas écrit à ma mère alors qu'il avait promis que je le ferais. Il était devenu tout rouge et s'était emballé à tel point que j'ai eu peur qu'il ne fît une attaque. C'est qu'il était cardiaque. Aussi suis-je allé à ma chambre sans protester. Mais je n'ai pas apprécié d'être traité comme un petit gosse. J'ai estimé que c'était emmerdant... oh! pardon.

– Ne vous en faites pas, le tranquillisa le rabbin, actuellement tout le monde parle de cette façon.

– Quoi qu'il en soit, j'ai pensé : à quoi bon rester enfermé? J'ai donc ouvert la fenêtre pour me barrer. Surtout, j'avais promis à M. Gore de lui donner un coup de main pour son histoire d'argenterie et je ne voulais pas lui faire faux bond. Je suis rentré par la même voie et s'il m'a entendu, il n'en a rien laissé paraître. Puis je l'ai entendu tourner la clé avant de se coucher. Cela signifiait qu'il savait que j'étais sorti. Le lendemain matin, l'incident n'a pas été évoqué; et il en fut de même chaque fois que cela se produisit. (Il se mit à rire.) Une fois, il m'avait enfermé durant trois jours, et tous les jours je passais par la fenêtre pour aller à la banque. Il est même venu à la banque un de ces jours et il était obligé de me voir, mais il fit comme si de rien n'était. (Il rit à nouveau, de bon cœur.) C'était vraiment drôle. En rentrant de la banque, je trouvais le dîner dans ma chambre. C'était une sorte de jeu entre nous. Je me suis dit qu'il ne pouvait pas me frapper, ni me retirer mon argent de poche ou prendre contre moi une autre sanction de cet acabit. Il me semblait aussi qu'il n'osait pas m'engueuler, peut-être à cause de son cœur, peut-être également parce qu'il craignait que cela ne déclenchât une vraie dispute qui nous amènerait à prononcer des paroles que nous regretterions par la suite.

– Si c'était un jeu, alors pourquoi avez-vous fui à New York? demanda le rabbin rendu curieux.

Le jeune homme se fit sérieux.

– Cette fois-ci c'était différent. Cela s'est passé en présence de M. Gore. Lequel était au courant de mes sorties par la fenêtre, parce que je lui en avais parlé. C'était matière à plaisanterie. Mais me traiter ainsi devant lui... J'ai pensé que je ne pourrai plus le regarder en face. Me comprenez-vous?

– Je pense que oui. Dites-moi, avez-vous informé votre mère de... de ce qui vient de se passer?

Le jeune homme secoua la tête en signe de dénégation.

– Ne pensez-vous pas que vous devriez le faire, ne serait-ce que parce que Jordon était un vieil ami à elle?

– Pour quoi faire? Elle pourrait estimer devoir revenir pour s'occuper de moi. Or, je suis très bien. En plus, elle va de succès en succès, alors pourquoi devrait-elle annuler sa tournée?

Le rabbin acquiesça; il descendit du garde-fou sur lequel il s'était juché et dit :

– Il faut que je parte maintenant, mais quand vous serez en ville, j'aimerais que vous veniez me voir.

– Certainement, pourquoi pas? Y a-t-il une raison spéciale?

– No... on, toutefois si vous aviez besoin d'une quelconque aide...

– Quelle sorte d'aide?

– N'importe laquelle.

38.

Le rabbin avait noté sur son agenda la réunion du Conseil municipal fixée à mercredi soir. Peu après le dîner, il téléphona au commissaire Lanigan pour lui demander s'il y assisterait.

– Je suis censé assister à ces réunions et d'habitude j'y vais, sauf empêchement spécial. Vous vous en faites au sujet de cette histoire de feux de circulation? Pourquoi ne feriez-vous pas un saut ici afin que nous mettions sur pied une stratégie?

– Je me mets immédiatement en route.

– Comment cela se présente-t-il? demanda avec empressement le rabbin dès qu'il se retrouva dans le bureau du commissaire environ un quart d'heure plus tard.

– J'y ai réfléchi après votre coup de fil, dit Lanigan. Ces gars du Conseil municipal se ménagent beaucoup entre eux. Je l'ai remarqué à maintes reprises. Si l'un d'entre eux demande que l'on reconsidère une motion, les autres donnent leur accord par courtoisie. Puis, s'il retire sa demande de reconsidération, ils sont également d'accord. J'ai donc téléphoné à Albert Megrim. Mon idée était de lui faire retirer la demande qu'il avait introduite la semaine dernière.

– Et?

– Il n'était pas à la maison. J'ai parlé à sa femme. Elle m'a dit qu'il ne rentrait pas dîner le mercredi. Il va manger à l'*Agathon* et de là se rend à la réunion du Conseil municipal. Aussi je pense que nous pourrions aller le voir à l'*Agathon*.

– Voulez-vous dire nous deux?

Lanigan lui lança un regard interrogateur.

– Est-ce que cela vous embête d'y aller? Pourtant nous y sommes logés à la même enseigne. On n'y apprécie pas davantage les catholiques que les juifs.

– De toute façon, nous y allons pour affaires.

– Voilà comment je le ressens, acquiesça Lanigan. Occasionnellement, j'y ai été invité à dîner et je me suis toujours trouvé une excuse. Mais comme vous venez de le dire, cette fois-ci c'est pour affaires.

Tout en roulant, Lanigan expliqua la motivation de sa stratégie.

– Il y a de bonnes chances pour que nous nous en sortions bien si nous laissons suivre aux choses leur cours naturel. Toutefois, ce n'est pas sûr. L'autre soir, Sturgis a exposé au Club républicain qu'il était important pour la municipalité de comprimer ses dépenses. Là-dessus, il est possible qu'il se prononce contre l'implantation de ces feux de circulation car cela coûterait de l'argent et on pourrait lui reprocher autrement de manquer de logique. Puis, Cunnigham, qui est retraité, rouspète toujours contre le montant trop élevé des impôts locaux. Ensuite, Megrim votera sans doute contre pour se montrer cohérent étant donné qu'il avait demandé la reconsidération. Il y aurait donc une majorité de non et nous aurions perdu.

– Et avec votre façon d'opérer?

– Eh bien, si nous arrivons à persuader Megrim de retirer sa motion de reconsidération, les autres se déclareront sans doute d'accord et on reviendrait à la situation créée par le vote en faveur de l'implantation.

Au club, le gérant les informa que Megrim était au bar :

– Prenez le corridor jusqu'au bout, puis la porte à votre gauche.

Albert Megrim et le révérend Springhurst étaient dans la pièce quand ils y entrèrent; le conseiller municipal se leva en les voyant.

– Je vous attendais, Hugh, dit-il. (En réponse au regard interrogateur de Lanigan il expliqua :) J'ai téléphoné chez moi, il y a une minute, et Alice m'a indiqué que vous aviez appelé et que vous viendriez. Monsieur le rabbin Small? J'ai dû vous voir, mais il ne me semble pas que nous nous soyons rencontrés jusqu'à ce jour. Connaissez-vous le révérend Springhurst?

– Je connais le rabbin Small, dit le vieux pasteur.

– Nous avons participé ensemble à la conférence des représentants des religions.

– Nous sommes venus pour cette affaire des feux de circulation, Al, exposa Lanigan, une fois qu'ils furent assis.

– Je m'en doutais en vous voyant en compagnie du rabbin, dit Megrim. Je pense que l'affaire sera évoquée ce soir. Que désirez-vous?

– Après avoir voté pour l'implantation il y a quelques semaines, vous avez demandé que le problème soit reconsidéré, exposa Lanigan. Je suppose que c'était sur les instances d'Ellsworth Jordon.

– C'est exact. Il était riverain et le projet ne lui avait pas été notifié.

– Certes, mais il n'est plus concerné, dit brutalement Lanigan.

– Vous voulez que je vote contre une motion dont j'étais l'un des auteurs?

– Pourquoi pas? Vous avez bien introduit cette motion pour que l'on reconsidère un projet pour lequel vous aviez voté. Cependant, je ne vois pas pourquoi vous devriez voter. Pourquoi ne retireriez-vous pas simplement votre motion de reconsidération?

– Pour la bonne raison que le conseil l'a d'ores et déjà adoptée, expliqua Megrim.

– Et après? Vos collègues l'ont adoptée sur votre demande, par courtoisie à votre égard. Si vous déclarez que vous retirez votre motion, est-ce qu'il s'en trouverait un pour soulever des objections?

– Sans doute pas.

– De quoi s'agit-il? demanda le révérend Springhurst.

Megrim lui résuma la situation et Lanigan ajouta :

– J'y suis intéressé parce que cela me ferait l'économie d'un homme que je dois y poster tous les jours.

– Et quelle était l'objection de Jordon? demanda le pasteur.

– En sa qualité de propriétaire riverain, il aurait dû recevoir une notification, exposa Megrim, qui ne lui a pas été envoyée. Il était très en colère à ce sujet. Il prétendait que le Conseil municipal avait été manipulé. Aussi ai-je demandé que le dossier soit reconsidéré. Je ne sais même pas s'il était opposé à l'implantation des feux à côté de la synagogue. Il était simplement fâché de ne pas avoir été informé.

– Oh! je pense qu'il était opposé au projet, intervint

le révérend Springhurst. Je pense qu'il y était opposé parce que ce serait utile à la synagogue.

– Qu'est-ce qui vous fait penser cela? demanda le rabbin.

– J'en suis tout à fait convaincu, indiqua le révérend Springhurst. Ellsworth Jordon était un vieil homme solitaire sans amis ni famille. Il avait l'habitude de venir ici à ce bar à peu près une fois par semaine. Pourquoi ici? Parce que au bar on peut s'asseoir et bavarder avec n'importe qui de façon informelle. On ne le voyait jamais à la salle à manger ou ailleurs au club. Uniquement ici. Au bar, on peut parler librement et exprimer les pensées les plus outrancières sans que l'on vous en tienne rigueur. Même si c'est totalement pernicieux, les gens se disent que l'individu a probablement un coup dans le nez et laissent courir. (Il sourit lentement.) C'est peut-être la raison pour laquelle je viens ici, moi aussi. En tout cas, je me souviens qu'il y a peu de temps nous évoquions en sa présence l'admission éventuelle comme membre du club de ce Ben Segal qui a pris le contrôle de la Société Rohrbough. Ellsworth avait indiqué qu'il voterait contre car il s'agissait d'un juif, alors que de toute évidence tous les gens réunis autour de la table étaient en faveur de cette admission. S'il est vrai, monsieur le rabbin, que nous ne comptons aucun des vôtres dans notre club, c'est simplement parce que jamais aucun d'entre eux n'a posé sa candidature. Le plus drôle, c'est que la candidature de Segal avait été parrainée par Larry Gore, lequel est, si j'ai bien compris, un lointain parent de Jordon.

– Gore était-il là quand Jordon a pris cette position? demanda Lanigan.

– Non. (Le révérend Springhurst secoua la tête.) De temps en temps, Gore l'amenait, puis revenait le chercher pour le ramener à la maison, car Ellsworth n'aimait pas conduire la nuit. Mais Gore ne restait jamais là. Il descendait immédiatement au stand de tir pour y passer le temps. Il me semblait vraiment être un fana du tir. Je crois qu'il est le champion du club.

– C'est exact. Larry ne boit pas, renchérit Megrim. Je me rappelle ce soir où Jordon a déblatéré contre Segal et contre vous autres juifs en général. A dire vrai, ce qu'il racontait me semblait un peu dingue. Il disait haïr les juifs parce qu'ils étaient tous devenus chrétiens ou un non-sens de ce genre. Je l'ai entendu d'autres fois faire des allusions, des remarques désobligeantes. Très bien, je suis d'accord. Je demanderai aux gars la permission de retirer ma motion. (Une idée lui vint à l'esprit et il jeta un curieux regard au rabbin Small.) Je suppose que de votre point de vue la mort de Jordon était une punition du ciel pour son attitude à votre égard.

– Ah! non, dit rapidement le rabbin, je m'en voudrais d'avoir une telle pensée.

Megrim ouvrit de grands yeux.

– Vous vous en voudriez?

– Naturellement, enchaîna le rabbin, car cela signifierait logiquement soit que toute méchante personne vivante et prospère n'est pas réellement méchante, soit que Dieu n'est pas conscient de ses actes.

Le révérend Springhurst rit.

– Donc, vous croyez comme nous que les méchants sont punis après leur mort.

– No... on, nous ne croyons pas cela non plus, dit le rabbin. Ça équivaudrait à priver les hommes de leur libre arbitre. Nous estimons que la vertu porte en elle sa propre récompense et que le mal porte en lui son propre châtiment.

– Mais si le méchant est en bonne santé, prospère et heureux, objecta Lanigan.

– Il est quand même diminué. Du fait de son péché, il est réduit par rapport à ce qu'il était. C'est comme un grain de poussière sur un fin mécanisme. Cela ne l'arrête pas, mais cela l'empêche de fonctionner avec la précision qu'il avait à l'origine. Et chaque nouveau péché ou mauvaise action détériore un peu plus le potentiel de la machine.

– Tandis qu'une bonne action a l'effet d'une goutte d'huile sur le mécanisme, suggéra le révérend Springhurst.

– A peu près.

Megrim jeta un coup d'œil sur sa montre et se leva.

– Il faut partir si je veux être à l'heure à la réunion.

– Une minute, s'il vous plaît, Albert, implora le révérend Springhurst. J'aimerais demander au rabbin ce qu'il entendait en disant que la punition et la récompense après la mort priveraient l'homme de son libre arbitre.

Le rabbin, qui s'était également levé avec Lanigan, fit une pause et dit :

– Eh bien, je suppose que cela dépend de ce qu'on appelle le libre arbitre.

– La liberté de choix, naturellement. Le droit de choisir...

– Entre le pain et la brioche? le défia le rabbin. Entre bifurquer à droite ou à gauche à un croisement? Les animaux jouissent de ce genre de libre arbitre. Pour l'homme il s'agit de commettre une action dont il sait qu'elle est mauvaise, pernicieuse, vile pour un avantage matériel immédiat. Toutefois, cela sous-entend une bonne chance de ne pas être découvert et puni. Est-ce que quiconque volerait s'il était entouré de policiers et certain d'être arrêté et sanctionné? Et par ailleurs, quel mérite y aurait-il à une bonne action si l'on avait la certitude d'une récompense? Dès lors que Dieu est censé tout voir et tout connaître, aucune transgression ne peut passer inaperçue ni aucune bonne action. Quel genre de libre arbitre est-ce là? En quoi diffère-t-il du libre arbitre du rat de laboratoire recevant de la nourriture s'il emprunte telle partie d'un labyrinthe et une décharge électrique s'il emprunte telle autre partie du même labyrinthe?

– Alors que se passe-t-il après la mort selon votre théorie?

Le rabbin sourit.

– Nous n'avons pas la prétention de le savoir.

Le révérend Springhurst le regarda stupéfait.

– Voilà un point de vue très intéressant. (Il se leva pour tendre la main au rabbin Small.) Dites-moi, prenez-vous un verre de temps à autre? Ou est-ce contraire à vos principes ou à ceux de votre religion?

– Non, il m'arrive de boire occasionnellement. En fait, cela nous est même recommandé le sabbat et lors de la plupart de nos fêtes.

– Alors, me ferez-vous l'honneur de venir là un soir pour boire un verre avec moi?

– J'en serai heureux, mon révérend.

39.

Bien que le rabbin Small préférât travailler à la maison, il se servait de son bureau à la synagogue les jeudis, car ce jour-là la femme de ménage venait aider Myriam à ses préparatifs pour le sabbat; le bruit de l'aspirateur et l'odeur de la cire et autres produits à polir l'empêchaient absolument de se concentrer.

A peine était-il entré dans ce bureau, avait-il enlevé son manteau et s'était-il assis derrière sa table, qu'on frappa à la porte et, avant qu'il ait eu le temps de répondre, la porte s'ouvrit et Morton Brooks, le directeur de l'école de religion, apparut. C'était un homme ardent, assez jeune, âgé comme le rabbin d'une quarantaine d'années. Ayant été dans le passé comptable dans un théâtre yiddish de New York où occasionnellement on lui confiait un petit rôle, histoire de faire l'économie du salaire d'un acteur supplémentaire, il se considérait essentiellement comme un homme de théâtre, prétendant travailler là temporairement en attendant qu'un imprésario vienne faire appel à lui. Il était habillé à la dernière mode d'un complet au pantalon évasé, d'une chemise fantaisie à col ouvert. Il portait au cou un foulard multicolore négligemment noué sur le côté.

– Pourquoi frappez-vous, si vous n'attendez pas que je vous dise d'entrer? demanda sur un ton assez vif le rabbin.

– Pourquoi? Je vous ai vu arriver à l'autre bout du couloir, je savais donc que vous étiez seul.

– Alors pourquoi vous donnez-vous la peine de frapper?

Brooks s'assit sans cérémonie sur le coin de la table, croisa les jambes et rétorqua :

– Oh! juste pour que vous puissiez prendre une position digne et raide!

Souriant, le rabbin s'appuya le dos contre le dossier de son siège.

– Très bien, je suis digne et raide comme il convient que je le sois. Y a-t-il quelque chose de spécial?

– Je suis venu vous demander ce qu'il en est de la décision du Conseil municipal concernant les feux de circulation. Il s'est réuni hier soir, non?

– J'en suis certain.

– Et vous n'y êtes pas allé? Écoutez, David, c'est important. Vous auriez dû y aller.

– Oh! j'ai fait mieux que cela, dit le rabbin avec la satisfaction du devoir accompli. Je suis allé voir avant la réunion Albert Megrim, l'homme qui avait déposé la motion visant à reconsidérer la décision concernant l'implantation, et il m'a donné son accord pour retirer cette motion.

– C'est ce que vous avez fait? (Il regarda le rabbin avec une considération toute nouvelle.) Comment en êtes-vous arrivé à faire cela?

– Oh! c'était l'idée du commissaire Lanigan! La

police est autant intéressée que nous à l'implantation de ces feux. Nous avons décidé qu'il vaudrait mieux que je n'assiste pas à la réunion afin que la demande de retrait de Megrim revête un caractère purement procédural.

Le téléphone sonna. C'était Henry Maltzman.

– J'ai téléphoné chez vous, monsieur le rabbin, vous n'étiez pas à la maison.

Le ton était accusateur.

– Non, je suis ici.

– Je voulais simplement porter à votre connaissance que le Conseil municipal a décidé de procéder à l'implantation des feux de circulation.

– Ah, voilà une bonne nouvelle.

– Je pensais vous voir à la réunion, monsieur le rabbin. Cela fait partie de votre travail.

– Eh bien, je...

– Quoi qu'il en soit, je me suis bien débrouillé. J'ai parlé à Megrim juste avant le début de la réunion et il a accepté de retirer sa motion.

– Voilà qui est bien.

– Je voulais simplement que vous le sachiez.

Lorsque le rabbin eut raccroché, Brooks, qui avait entendu l'intégralité du dialogue, demanda :

– Pourquoi ne lui avez-vous pas dit, David?

– Pour partager le mérite avec lui?

– Pour lui indiquer que vous vous en êtes occupé et que c'est vous qui avez arraché la décision.

Le rabbin haussa les épaules.

Brooks secoua la tête avec pitié.

– David, David, vous n'arrivez pas à comprendre. Dans les emplois que nous occupons, vous et moi, il faut se mettre à couvert à chaque minute. Il ne faut pas leur laisser le moindre élément qui puisse leur donner prise sur vous. Souvenez-vous, ils sont l'ennemi.

– Qui sont ces « ils »?

– Le président, le Conseil d'administration, oui, la communauté, les parents des élèves. Rappelez-vous, nous sommes des hommes publics, ce qui signifie que le public est toujours à la recherche du moindre élément permettant de nous critiquer. Cela signifie également que nous devons rendre coup pour coup. (Quittant le bureau au bord duquel il était assis, il se mit à arpenter la pièce de long en large et au fur et à mesure qu'il parlait, il adoptait le ton d'un professeur dictant son cours à une classe d'étudiants.) C'est important pour deux raisons. D'une part, il s'agit d'enregistrer les faits correctement. D'autre part, et c'est là peut-être la raison la plus importante, il faut leur faire connaître qu'ils ne peuvent pas vous traiter comme bon leur semble. Comme ça, ils y regardent à deux fois avant de vous chercher noise. Cela dit, ce Maltzman ne vous aime pas du tout, David.

– Comment savez-vous qu'il ne m'aime pas?

– Pour moi, c'est visible à l'œil nu. Il me suffit de l'entendre vous parler. Vos vibrations ne s'harmonisent pas.

– Vibrations?

– Oui, les vibrations. Chacun émet des vibrations à la manière de... d'un diapason. Or quand deux personnes se trouvent ensemble et que leurs vibrations ne concordent pas ou ne s'harmonisent pas, cela donne une dissonance.

– Je vois. Et mes vibrations ne concordent pas avec les siennes?

– Pour vous dire la vérité, David, elles ne concordent pas avec celles de la plupart des gens. Il n'est pas facile d'éprouver de la sympathie pour vous. Moi, je peux grâce à ma formation.

– Vraiment? De quelle formation s'agit-il?

Brooks se montra étonné.

– Ma formation d'homme de théâtre, bien entendu. L'acteur adopte le caractère du personnage qu'il interprète. D'accord? Cela lui donne une pratique pour comprendre les gens. Or, rappelez-vous, David, comprendre c'est pardonner, voire même aimer.

– Je tâcherai de m'en souvenir.

Brooks ne décela pas l'ironie.

– Bien. Donc nous pouvons admettre que Maltzman aimerait se débarrasser de vous. Or, pour un homme comme Maltzman, vouloir correspond à agir. Et alors, direz-vous, ce n'est pas nouveau; ce sont des choses qui arrivent. Mais cette fois-ci, David, c'est différent. (Il s'arrêta de faire les cent pas devant la table de bureau pour regarder le rabbin avec compassion.) Savez-vous ce qui vous a maintenu ici durant toutes ces années, David? Je vais vous le dire : c'est l'inertie. Simplement la force d'inertie. Parfois, il pouvait arriver que les présidents et leurs bons amis du Conseil d'administration désirent se débarrasser de vous, mais la communauté n'aurait pas été d'accord. Pourquoi? Par inertie. Cela aurait causé trop de remous. Cela aurait engendré des discussions, des disputes et aurait obligé certains à prendre parti. Mais actuellement, la situation est différente. J'ai entendu des femmes dire que l'unique façon pour elles d'aboutir à l'égalité dans les offices consistait en premier lieu à changer de rabbin. Voyez-vous, c'est la communauté ou tout au moins les femmes qui en font partie qui veulent votre peau maintenant. Alors, je vous le demande, qu'allez-vous faire?

– Je vais partir d'ici, dit le rabbin en repoussant son siège.

– Réellement?

Brooks était stupéfait.

– C'est exact. Je prends mon après-midi. Il fait trop beau pour rester enfermé.

– Ah, durant une minute, j'ai pensé... Sapristi, j'aurais aimé venir avec vous, mais je dois donner des leçons particulières à deux futurs bar-mitzwa *.

40.

Ce n'est pas l'agacement vis-à-vis de Morton Brooks qui avait amené le rabbin Small à quitter son bureau si abruptement. Dans son for intérieur, il appréciait plutôt son effronterie, son emphase théâtrale. Si le petit cours de Brooks sur la politique à l'intérieur de la communauté avait effectivement pu déclencher sa réaction, la vraie raison de son départ était qu'il en avait ras le bol, de la communauté, de Maltzman, de sa propre position en tant que rabbin. Il voulait s'échapper, ne serait-ce que pour une heure ou deux, se mettre hors d'atteinte du téléphone, éviter toute possibilité de rencontre avec un membre de la communauté venant l'embêter avec une question ou une réclamation.

Se mettant au volant de sa voiture, il prit la route de Boston avec la vague idée que dans la grande cité il serait assuré de l'anonymat auquel, au moins pour le moment, il aspirait. Mais alors qu'il roulait sur la route nationale où la circulation était intense, il vint à penser que lorsqu'il serait arrivé à Boston il devrait se mettre à la recherche d'une place de parking; le temps qu'il l'ait trouvée, il faudrait qu'il se remette en route pour rentrer. Aussi bifurqua-t-il vers Revere, la station balnéaire voisine, où de nombreuses baraques de plagistes, fermées pour la plupart à cette époque de l'année, longeaient la plage. Là, il pourrait s'asseoir sur une digue ou s'installer dans le pavillon en face de l'océan pour contempler le déferlement des vagues. Là, si quelqu'un lui adressait la parole, ce serait pour lui demander l'heure, du feu ou émettre une remarque concernant le temps.

Il y avait peu de monde, et comme il l'avait supposé la plupart des baraques foraines étaient fermées, leurs façades aux décorations criardes étant cachées par des volets en bois destinés à les protéger contre les rigueurs de l'hiver. De-ci de-là, toutefois, une baraque était restée ouverte, le propriétaire accoudé au comptoir guettant les rares passants, pour les héler :

– Approchez, que des gagnants, personne ne perd, que des gagnants. Approchez.

Quelques marchands de glace et de hot dogs étaient restés ouverts et de loin le rabbin crut apercevoir un stand servant du café. Il pensait recevoir un gobelet en carton qu'il pourrait emmener au pavillon pour l'y déguster lentement tout en s'adonnant au farniente. Entendant appeler son nom, il s'arrêta pour regarder autour de lui. La seule personne qu'il vit était un jeune homme élancé, vêtu d'un T-shirt et d'un blue-jean, se tenant derrière le comptoir d'un stand de tir devant lequel il venait de passer. Il revint sur ses pas.

– Je me demandais si c'était bien vous, monsieur le rabbin. Je ne m'attendais pas à vous voir ici.

Finalement, il le reconnut.

– Vous êtes bien Sumner.

– Exactement. Sumner Leftwich. J'étais dans votre classe post-bar-mitzwa * il y a quelques années. Descendez-vous souvent par ici?

– Non, pas souvent. Travaillez-vous là à temps complet? Je pensais que vous étiez étudiant.

– Effectivement, à l'université d'État du Massachusetts. Je travaille ici de temps à autre. Ce stand appartient au père de ma copine. Je lui donne parfois un coup de main. Vu le peu de monde qu'il y a, je peux étudier ici aussi aisément qu'à la maison ou à la bibliothèque, avec la différence que je me fais quelques dollars. (Il regarda timidement le rabbin.) Ne voudriez-vous pas tester votre adresse, monsieur le rabbin? Dix balles pour vingt-cinq cents.

– Je ne me suis jamais servi d'un fusil.

– Aucune importance, monsieur le rabbin. Vous vous contentez de viser et d'appuyer sur la détente. Vous ne tirez pas dessus, vous l'appuyez doucement.

Jetant un coup d'œil des deux côtés de la rue, il constata que le jeune homme ne devait pas avoir eu beaucoup de clients ce jour. Extrayant une pièce de vingt-cinq cents de sa poche, il regarda avec intérêt le jeune homme engager un tube de cartouches dans le chargeur du fusil.

Épaulant l'arme, il regarda à travers le viseur la rangée de pipes en argile, l'alignement mouvant de canards, les lapins se poursuivant l'un l'autre, le pendule géant se balançant lentement d'avant en arrière. Puis, se souvenant vaguement qu'il y avait un recul quand on tirait au fusil, il enleva ses lunettes et les rangea soigneusement dans une poche. Du coup, il ne vit plus à travers le viseur que des taches et des marques. Mais peu lui importait; il y avait plein de choses à toucher.

Il appuya encore et encore sur la détente jusqu'à ce qu'un cliquetis lui indiquât qu'il avait épuisé ses munitions. Il posa le fusil sur le comptoir pour remettre ses lunettes.

– Le score parfait, remarqua le jeune homme, en arborant un large sourire.

– Réellement?

– Effectivement. Dix tirs, dix loupés. Le viseur doit être déréglé. Essayez avec ce fusil. C'est aux frais de la maison.

– Non, vraiment...

– Allez-y, monsieur le rabbin.

Le rabbin haussa les épaules, enleva encore ses lunettes et de nouveau pointa l'arme. Quand il la déposa, le jeune homme secoua la tête pour lui signifier que ce n'était pas meilleur que tout à l'heure.

– Je crois que c'est votre faute, monsieur le rabbin, non celle des fusils.

– Je pense que je ne serai jamais un champion de tir, concéda le rabbin. Quand vous m'avez interpellé, j'allais prendre un café au stand là-bas. Puis-je vous en offrir un?

– D'accord pour un café. Avec de la crème et un peu de sucre. Dites-lui que c'est pour moi; il sait comment je l'aime

Quand le rabbin revint avec les cafés, Sumner dit :

– A propos, monsieur le rabbin, que pensez-vous d'un cours spécial ou d'une sorte de club pour les jeunes étudiant à l'université?

– Ça a été essayé une année, mais il y avait si peu de monde qu'on a laissé tomber.

– Pour une fois que j'avais une idée...

Après avoir discuté un bon moment, il arriva finalement à prendre congé. Il décida de retourner à Barnard's Crossing, car quelque chose dans sa tête lui disait qu'il était sans doute écrit quelque part qu'il ne devait pas quitter son poste.

41.

A l'extérieur de Boston, Mc Lure, en sa qualité de détective d'État, menait en général les affaires à sa guise. Dans les localités de moindre importance et les petites ville où les meurtres étaient rares, la police avait peu d'expérience et faisait confiance à son savoir-faire. Lorsqu'il fut chargé du dossier Jordon, il s'attendait à ce que, conformément à l'habitude, la police de Barnard's Crossing coopérât, c'était là son expression, avec lui, plutôt que de lui demander de coopérer avec elle. Il était contrarié du fait que le commissaire Lanigan lui donnait des instructions et portait un jugement sur les conclusions auxquelles il aboutissait comme il le faisait pour ses subordonnés. Et lorsque Mc Lure laissa entendre au procureur qu'il n'avait pas l'habitude de travailler de cette façon, la réponse qu'il reçut ne lui donna guère satisfaction.

– Je sais, sergent. Je sais exactement ce que vous ressentez, dit calmement le procureur. Barnard's Crossing est une drôle de ville. Elle a été fondée au temps de la colonie par un groupe de gens qui avaient quitté Salem parce qu'ils ne voulaient pas que les autorités locales leur disent ce qu'ils pouvaient faire et ce qu'ils ne pouvaient pas faire. Durant un certain nombre d'années, ils n'eurent pratiquement pas de gouvernement. Et comme ils ont toujours horreur des sentiers battus, ils n'aiment pas que des gens du dehors viennent se mêler de leurs affaires. Pour les gens de là-bas, vous êtes un étranger. Le saviez-vous? Même si vous y habitez toute votre vie, vous êtes considéré comme un étranger dès lors que vous avez eu le tort de naître ailleurs. Or il s'agit en l'occurrence d'un crime local, et Hugh Lanigan, qui est un vrai Crosser bien que né de parents catholiques irlandais, connaît les lieux mieux que quiconque venant de l'extérieur. Il sait comment agir avec son monde.

La façon dont il s'y prit pour interroger Maltzman était typique.

– Si je l'amenais ici pour que nous le passions au crible? suggéra-t-il à Lanigan. Après tout, il a dit qu'il aurait aimé lui filer une balle dans la tête.

– Ah! non, vous ne pouvez pas traiter Henry de cette façon, répliqua Lanigan. C'est un drôle de gars. Il faut le prendre avec des gants. Par ailleurs, nous savons qu'il se trouvait à la synagogue au moment du crime. La femme du rabbin a déposé en ce sens et je considère cela comme suffisant. Je ne m'attends pas à ce que vous tiriez grand-chose de Henry, mais étant donné qu'il a formulé cette menace, la routine veut que nous le contrôlions.

Comme c'était de la routine, Mc Lure n'en fit pas une priorité et ce n'est que le jeudi après le crime qu'il vint trouver Maltzman à son travail. Après qu'il se fut présenté, Maltzman l'introduisit dans son bureau personnel.

Une fois qu'il fut assis, Mc Lure sortit son stylo et son carnet avant de demander abruptement :

– A quelle heure êtes-vous allé voir Jordon ce vendredi?

Maltzman ricana.

– Qu'est-ce qui vous fait croire que j'aie jamais été voir Jordon?

– Vous lui avez téléphoné, non?

Maltzman haussa les épaules.

– Je donne une foule de coups de fil. C'est essentiel pour un agent immobilier. Il m'arrive parfois de rester pendu au téléphone des heures durant, à tel point que j'ai l'impression que le récepteur constitue un prolongement de mon oreille.

– Nous savons que vous lui avez téléphoné, observa Mc Lure.

– Soit, il se peut que je lui aie téléphoné, admit Maltzman avec un haussement d'épaules.

– Et vous avez dit que vous aimeriez lui filer une balle dans la tête.

Maltzman eut un large sourire.

– Qui a raconté cela?

– Nous avons des informations à ce sujet, répliqua Mc Lure avec obstination.

Maltzman regarda pensivement le plafond.

– Vous savez, je ne vois guère comment c'est possible, fit-il. Cela n'a ni queue ni tête. Vous me racontez que je lui ai téléphoné et l'ai menacé de lui mettre une balle dans la tête. Or, à moins que son téléphone n'ait été muni d'un second poste où quelqu'un était en train d'écouter, vous ne pouvez pas disposer de telles informations.

– Nous les tenons de Jordon lui-même, dit Mc Lure en colère. Il en a fait part à des gens qui étaient venus le voir juste après votre appel...

– C'est un menteur, ou plutôt c'était. Vous me dites que Jordon aurait raconté à quelqu'un que je lui ai téléphoné. Et que ce quelqu'un vous l'a répété. C'est des renseignements par simple ouï-dire, émanant de quelqu'un qui n'est pas là pour les confirmer. Et comment ce quelqu'un pouvait-il savoir que c'est moi qui ai téléphoné? Tout cela n'est pas très sérieux, chef.

– Très bien, monsieur Maltzman. Procédons autrement. Supposez que vous me disiez où vous étiez ce dernier vendredi soir?

– Je ne suis pas allé chez Jordon. Voilà déjà un point acquis.

– Ça ne suffit pas, monsieur Maltzman. Où êtes-vous allé?

– Ce n'est pas votre affaire.

– Il s'agit d'un meurtre, monsieur Maltzman. Nous avons le droit de vous faire parler.

– Vraiment? Peut-être devant un tribunal après que j'ai été assermenté. Mais certainement pas dans mon bureau en me brandissant un insigne de policier.

– Et si je vous emmenais au commissariat?

– Avez-vous un mandat, chef?

Il vint à l'esprit de Mc Lure que Lanigan avait raison et qu'il fallait mettre des gants avec Maltzman. Il changea brusquement de tactique :

– Écoutez, monsieur Maltzman, un meurtre a été commis et il est du devoir de chaque citoyen d'aider dans la mesure de ses moyens la police à en démasquer l'auteur.

– Cette fois-ci, je suis d'accord avec vous, chef. Je suis moi-même un strict partisan de la loi et de l'ordre. Posez-moi n'importe quelle question en rapport avec cette affaire et je vous répondrai au mieux de mes moyens.

– Très bien, monsieur Maltzman. Je suis heureux de constater que vous voyez la chose sous un aspect plus adéquat. Donc, nous aimerions savoir où vous étiez ce vendredi soir.

Maltzman secoua lentement la tête.

– Qu'y a-t-il? Est-ce que vous ne vous rappelez pas?

– Je ne répondrai pas à cette question.

– Pourquoi pas? Vous avez dit que vous répondriez à toute question que je vous poserais.

– Uniquement si elles ont trait à l'affaire.

– C'est à nous d'en juger, monsieur Maltzman, dit Mc Lure avec fermeté.

– Allons, chef, ne jouons pas au chat et à la souris. Supposez que je vous raconte que j'ai assisté à un match de basket. En quoi cela vous aiderait-il à résoudre votre problème?

– Y étiez-vous?

– Non, je n'y étais pas.

Maltzman se leva pour indiquer qu'il n'avait plus rien à dire.

Mc Lure protesta.

– Mais écoutez, monsieur Maltzman...

– Si la seule aide que vous attendez de moi est de me faire dire où j'étais ce soir-là, il est inutile que nous continuions.

– Pourquoi, que pouvez-vous me dire d'autre? Avez-vous d'autres informations?

– Certainement, chef. Je peux vous dire le genre d'homme qu'était Ellsworth Jordon. C'était un dégoûtant, minable, mauvais coucheur, grippe-sou, salopard d'antisémite et si vous avez l'intention d'interroger tous ceux qui à un moment ou à un autre ont souhaité sa mort, ou ont pu dire qu'ils lui logeraient volontiers une balle dans la tête, vous avez du pain sur la planche, car vous devrez interroger à peu près la moitié de la ville et pratiquement tous ceux qui ont eu affaire à lui. Maintenant, je vous prie de m'excuser car j'ai du travail.

42.

En dépit de la rebuffade, Mc Lure, en bon policier, rendit compte le lendemain à Lanigan de son entretien avec Henry Maltzman. S'il s'attendait à de l'indignation de la part du commissaire, il ne pouvait être que déçu. Tout au contraire, tant Lanigan que Jennings se montrèrent considérablement amusés par son récit. Ils semblaient même tirer une sorte de satisfaction de ce que leur concitoyen ait su tenir tête à l'étranger et se montrer plus malin que lui.

– Vous a-t-il réellement dit que ce n'était pas votre affaire? demanda en riant Lanigan. C'est Henry Maltzman tout craché. Vous l'avez probablement pris à rebrousse-poil, lui faisant monter la moutarde au nez. Ne vous en faites pas. Je ferai un saut chez lui un de ces jours pour prendre sa déclaration afin que vous puissiez compléter votre dossier.

– Simplement pour compléter le dossier? protesta Mc Lure. Ne voyez-vous pas en lui un suspect possible?

– Non, répondit judicieusement Lanigan. Bien plus, je m'étonne que vous le pensiez.

– Parce qu'il est juif.

La voix de Lanigan se fit tranchante pour demander :

– Quel est le rapport?

– Total. J'ai fait une enquête complète concernant Jordon et ai entendu une foule de gens. Il n'aimait pas les juifs et s'en vantait. Cela ne se traduisait pas uniquement par des remarques occasionnelles. Il était propriétaire de beaucoup de terrains en ville qu'il se refusait à leur vendre. J'ai même entendu parler d'un accord tacite à ce sujet. Je sais que c'est illégal. Par ailleurs, il ne faut pas oublier que Maltzman est agent immobilier. Je connais beaucoup de juifs. Ils sont pour la plupart de braves gens, respectueux des lois. Quand ils commettent des délits, il s'agit en général de délits de cols blancs. Mais il y a chez eux une nouvelle génération, comme ces Israéliens, qui n'hésite pas à rendre coup pour coup. C'est ce qui m'a frappé chez Maltzman. Un capitaine juif des Marines ne pouvait qu'appartenir à cette catégorie. S'il est allé voir Jordon et qu'il y ait eu une dispute entre eux, il ne pouvait pas se contenter de partir sans plus. Il se serait vengé.

Lanigan acquiesça.

– Je ne prétends pas que ce soit impensable, d'autant plus que Henry a du caractère. En tant qu'officier des Marines, il est certain qu'il sait se servir d'une arme. Cependant, la façon dont les coups de feu ont été tirés ne lui correspond pas. En outre, il a un alibi. Nous savons qu'il se trouvait à la synagogue à l'heure du crime.

Mc Lure se dressa sur ses ergots.

– J'aimerais avoir un dollar pour chaque alibi en béton que j'ai fait craquer. Si vous n'y voyez pas d'inconvénient, je vais continuer mes investigations sur ce cher Maltzman.

Quand Mc Lure fut parti, Jennings dit :

– Vous savez, Hugh, il y a quelque chose qui m'embête quant à la présence de Maltzman à la synagogue ce soir-là. Voudriez-vous me passer le dossier? Oui, c'est là. Lorsque nous avons demandé à la femme du rabbin si Maltzman était à la synagogue, elle a répondu : « Je crois. Oui, j'en suis sûre. »

– Oui?

– Du moment qu'elle a dit qu'elle croyait, cela ne signifiait-il pas qu'elle n'en était pas certaine?

– Oh! je ne sais pas! Ce n'est qu'une façon de parler.

– Pourtant, il y a une chose dont elle aurait dû être sûre, Hugh. Avez-vous jamais assisté à un de leurs offices?

– Non, je ne puis le prétendre.

Jennings eut un sourire béat de satisfaction.

– C'est sans doute pour la même raison que vous les

catholiques n'avez pas visité notre église lors de l'invitation que nous avions lancée il y a quelques années. Votre père Regan souhaite que tout le monde vienne dans son église, mais il n'encourage guère ses fidèles à rendre la politesse. Voyez-vous, Hugh, vous les catholiques avez parfois tendance à une certaine étroitesse d'esprit, tandis que nous autres méthodistes...

– Revenons à nos moutons, Eban, au fait.

Jennings tourna vers son chef des yeux bleu pâle et dit sur un ton dénotant à la fois la blessure et le pardon :

– C'est ce que je m'apprête à faire, Hugh. Ils ont une espèce de plate-forme au milieu de laquelle est située l'Arche contenant leurs Saintes Écritures. De chaque côté de ladite Arche, il y a deux fauteuils. Le rabbin et le président de la communauté sont assis d'un côté, et le vice-président et le chantre de l'autre côté, sauf, pour le chantre, quand il officie, c'est-à-dire la plupart du temps; alors, il se tient debout devant...

– Continuez, Eban.

– D'accord, Hugh. Donc, je disais que comme président, Maltzman, s'il était présent, aurait dû être assis à côté du rabbin Small, dont l'épouse ne devait pas témoigner le moindre doute, car s'il est sur la plateforme c'est à la vue de tous les assistants.

– Il se peut que, ce soir-là, il ne se soit pas assis là-haut, mais se soit trouvé en bas avec l'ensemble de la communauté.

– C'est ce que je pense, Hugh. C'est comme si je vous demandais si le père Regan était à l'église dimanche, vous répondriez : « Bien entendu. » Mais si je vous demandais si Mme Murphy était à l'église dimanche, vous répondriez : « Je crois », puis après avoir cherché dans votre mémoire, vous diriez : « Oui, je suis sûr qu'elle y était. »

– Qui est Mme Murphy?

– Oh! c'est simplement un nom donné à titre d'exemple!

– Bon, où voulez-vous en venir?
– Ce que je veux... Eh bien, pourquoi Henry Maltzman n'aurait-il pas occupé sa place réservée? Peut-être qu'étant nerveux et mal à l'aise ce soir-là, il ne souhaitait pas être assis à la vue de tout le monde.
– Je dirais, plus probablement, il a dû arriver en retard après le début de l'office... Mais oui, peut-être est-il arrivé en retard. (Lanigan tambourina sur la table avec ses doigts.) S'il était en retard, il ne tenait pas à traverser toute la nef avant de monter sur la plate-forme...
– Surtout s'il était énervé et mal à l'aise.
– Bon. Nous n'avons pas demandé à Myriam à quelle heure il est arrivé, de sorte qu'elle ne nous l'a pas précisé, ignorant en premier lieu à quoi correspondait la question. OK, Eban, ils étaient certainement une centaine de personnes là-bas, ce soir-là; il y en a certainement une qui a enregistré l'heure à laquelle il est arrivé.
– Le vendredi soir, un de nos hommes surveille la circulation là-bas vers le parking. Peut-être l'a-t-il remarqué.
– Parfait. Renseignez-vous et dès que vous l'aurez fait, j'irai trouver Henry.

43.

– C'est la station de départ, spécifia le sergent Holcombe, de sorte que le chauffeur ne peut pas se tromper. Il déclare que deux personnes seulement sont entrées dans le bus et qu'aucune d'elles n'était Martha Peterson. Il les connaît bien toutes les deux, car elles prennent tous les soirs le bus de huit heures pour Lynn.
Le commissaire Lanigan se croisa les doigts derrière son bureau et se carra dans son siège.

– Elle a pu prendre un taxi.

– Je me suis informé auprès des sociétés locales de taxis, stipula le sergent. Et aussi auprès de celles des localités environnantes. J'ai été jusqu'à Lynn. Je n'ai pas été au-delà à Revere ou Chelsea, car ils n'auraient pas eu le temps matériel d'être sur place.

– A moins qu'une de leurs voitures ait été dans les parages et ait été contactée par radio, observa Jennings.

– Oui, mais je ne pense pas qu'elle aurait commencé par faire appel à elles, dit le sergent. Désirez-vous que je les contrôle?

– Non, ce n'est pas la peine, dit Lanigan. Si elle avait eu l'intention de revenir, elle se serait arrangée pour prendre le bus. Et si elle avait réalisé qu'il était trop tard pour celui de huit heures, elle aurait attendu celui de huit heures et demie. Et si elle avait voulu, pour une raison quelconque, se rendre ici ou là, elle aurait appelé un taxi local.

– Peut-être tenait-elle à ce que personne ne sache, proposa Jennings. Elle aurait donc fait appel à un taxi d'une autre localité.

– Pourquoi aurait-elle tenu à ce que personne ne sache? demanda Lanigan. Elle n'y est pas allée pour le tuer. Elle ignorait qu'une arme se trouvait sur la table. Elle y serait simplement allée pour réclamer sa paye ou pour avoir une explication avec lui. Peut-être pour avoir une explication qui finisse par une réconciliation qui lui aurait permis de garder son emploi. Bon, sergent, si on voyait avant huit heures? Elle aurait pu partir plus tôt, peut-être se faire emmener par un automobiliste...

– Non, monsieur. C'est trop juste. Sa voisine, qui, sauf erreur de ma part, est un tantinet curieuse, l'a entendue rentrer et déclare être certaine qu'elle n'est pas repartie. Par ailleurs, elle l'a entendue discuter avec Stanley à travers la porte autour de huit heures...

– Comment sait-elle que c'était autour de huit heures? demanda Jennings.

– C'était le début des informations à la télé, répondit-il.

– De nos jours, tout est rythmé par les programmes de télé, remarqua Jennings.

– Bon, sergent, enchaîna Lanigan. Autre chose concernant Stanley Doble?

– Non, monsieur. J'enquête toujours à Salem.

– OK, continuez, fit Lanigan en guise d'au revoir. (Puis s'adressant à Jennings :) Je crois que cela met Martha hors de cause. Dommage.

– Pourquoi? Teniez-vous à lui coller ce forfait? Qu'avez-vous contre Martha?

– Rien. La façon de tirer correspond à celle d'une femme, une femme vidant le chargeur les yeux fermés. C'est comme ça que le médecin légiste voit la chose et je suis de son avis. Or, Martha est la seule femme impliquée et maintenant il semble bien qu'elle n'y soit pour rien.

– Cette voiture que Stanley déclare avoir vue entrer à l'intérieur de la propriété pouvait avoir été conduite par une femme, suggéra Jennings.

– Possible, mais je pense que Stanley l'a rêvée. A moins qu'il ne soit bien plus futé que nous le supposons. Rappelez-vous, c'est la raison qu'il a alléguée pour ne pas être monté chez Jordon.

– Oui, mais je ne vois pas Stanley tirer sur Jordon.

– Pourquoi pas?

– A cause de la façon dont les coups de feu ont été tirés, exposa Jennings. Il va régulièrement à la chasse et ne revient jamais bredouille.

– Oui, mais ce soir-là il était saoul.

– Et après? Pensez-vous qu'il est capable de rester sobre quand il participe à une chasse?

– Hum. Il ne nous reste pas beaucoup de monde.

– Il y a Billy.

– Oui, on en revient toujours à Billy, dit Lanigan avec morosité.

– Vous ne semblez guère apprécier l'idée que cela puisse être Billy, n'est-ce pas?

– Et vous?

– Ben, s'il l'a fait...

– Oui, mais qu'en est-il s'il ne l'a pas fait? Nous n'avons pas contre lui le moindre élément de preuve, pas plus que contre l'un quelconque des autres. Cependant, que se produira-t-il quand je soumettrai mon dossier à Clegg? Il aura vite fait de constater que c'est contre Billy qu'il y a un maximum de présomptions : en premier lieu le fait qu'il ait apporté l'arme du crime, puis Jordon l'humiliant devant son patron, enfin sa fuite.

– Mais Clegg est un gars régulier et...

– Il est le procureur de ce district, ce qui signifie qu'il est avant tout un politicien [1], c'est-à-dire qu'il est intéressé à faire sa publicité. Or voilà un suspect dont la mère est une vedette de la télé. Avez-vous une idée de ce que Clegg peut faire avec cela? Et savez-vous les conséquences que cela peut entraîner pour Billy et pour sa mère?

– OK. Donc, il ne nous reste que Maltzman.

– Avez-vous contrôlé son emploi du temps?

– Quand aurais-je pu le faire? (Jennings était froissé.) Vous m'avez tout le temps retenu ici. Cependant, j'ai demandé à ce que l'agent Mc Isaac se présente aussitôt qu'il aura pris son service. C'est lui qui réglait la circulation près de la synagogue le soir du crime. Peut-être qu'il...

– Vous aviez désigné Mc Isaac pour la synagogue?

Jennings sourit.

– Cela me semblait convenir. (Il jeta un coup d'œil sur sa montre.) Il doit être arrivé à l'heure qu'il est.

Pressant le bouton de l'interphone, il demanda au sergent de permanence :

– Mc Isaac est-il déjà là?

1. Aux États-Unis, certains magistrats sont élus. (*N.d.T.*)

– Il vient de franchir la porte, lieutenant, répondit une voix métallique.

– Très bien. Envoyez-le-nous.

Mc Isaac était un jeune homme élancé avec un visage osseux, des taches de rousseur et des cheveux roux. Relativement nouveau dans la police, il était toujours intimidé par le commissaire. Il se tenait au garde-à-vous devant le bureau.

– Étiez-vous de service à la synagogue vendredi soir, la semaine dernière? demanda Lanigan.

– Oui, monsieur, tous les vendredis soir. La voiture de patrouille me dépose un peu après huit heures et revient me prendre autour de neuf heures.

– Neuf heures? L'office commence à huit heures et demie, non?

– Oui, mais les gens continuent à arriver après. Certains même au moment où je repars. Si j'ai bien compris, on leur sert une collation après l'office; certains viennent pour cela, d'autres pour tailler une bavette. C'est du moins ce que raconte Stanley Doble. Parfois, il sort pour bavarder avec moi. Ainsi, vendredi dernier, la voiture de patrouille n'est revenue qu'à neuf heures et quart et il s'est trouvé quelqu'un pour n'arriver qu'en même temps qu'elle. C'était le président de la communauté, M. Maltzman.

– Comment savez-vous que c'était M. Maltzman? demanda Jennings. Le connaissez-vous?

– Pour sûr. Nous lui avons acheté notre maison. Quand il m'a vu, il s'est arrêté et nous avons parlé un petit moment. Il m'a demandé s'il y avait beaucoup de monde et je lui ai répondu que je pensais que oui.

– Vous êtes certain qu'il était neuf heures et quart?

– Passé neuf heures, je commençais à me demander ce que devenait la voiture de patrouille. Une fois que M. Maltzman était arrivé, je lui ai parlé, puis j'ai vu la voiture de patrouille m'attendant au croisement. J'ai demandé au sergent Lindquist, qui se trouvait au volant, pourquoi il venait si tard. C'était juste après que M. Maltzman se fut garé sur le parking. Le sergent a regardé sa montre pour me dire qu'il était exactement neuf heures et quart.

– Donc à quelle heure Maltzman est-il arrivé à la synagogue? C'est important.

– Je dirais entre neuf heures dix et neuf heures et quart.

Quand le jeune policier fut parti, Lanigan exposa :

– Je pense qu'il serait utile que j'aie une petite conversation avec Henry Maltzman. Et je veux qu'elle ait lieu ici même, au commissariat. Maintenant, je tiens vraiment à savoir où il était.

– Et s'il refuse de venir et réplique comme il l'a fait pour Mc Lure que cela ne vous regarde pas?

– Je vais m'assurer qu'il viendra. Je vais me faire établir un mandat d'amener par le juge Turner et je veux que vous me l'ameniez.

– Un mandat basé sur une inculpation pour meurtre?

– Exactement.

– Pensez-vous qu'il en soit l'auteur?

– Non, je ne pense pas. Mais de deux choses l'une : ou il parlera ou il restera ici...

– Ne pensez-vous pas qu'il sache quelque chose qui puisse nous être utile? insista Jennings.

– J'en doute.

– Écoutez, Hugh, dit Jennings avec sérieux, vous semblez quelque peu désarçonné par cette affaire et votre jugement en paraît altéré. Si vous ne pensez pas vraiment qu'il sache quelque chose qui puisse nous être de quelque utilité et...

– Lundi matin, je commencerai par avoir un entretien avec le procureur. En premier lieu, je lui dirai que je n'ai pas la moindre preuve contre quiconque. Nous passerons en revue les différentes personnes impliquées et quand nous en arriverons à Maltzman, faudra-t-il que j'expose que je ne sais pas où il se trouvait au moment du crime parce que monsieur a décidé que ce n'était pas mon affaire? Alors que lui précisément avait menacé de le tuer? De la façon même dont il a été tué?

– Oui, je comprends votre point de vue. Cependant, je me demande comment les juifs de notre ville vont réagir, particulièrement votre ami, le rabbin Small.

Lanigan hocha la tête.

– Je devrais peut-être lui en parler d'abord.

44.

Avant le changement des statuts, il y avait trois vice-présidents. En principe, le premier vice-président devait succéder au président à l'expiration de son mandat, les deux autres devant monter d'un cran, de sorte que la communauté n'aurait qu'à choisir un troisième vice-président à chaque élection. Le but recherché était d'avoir un Conseil d'administration se renouvelant par cooptation sur la composition duquel les simples membres n'auraient que peu d'influence. Le système n'a jamais fonctionné. On continuait à élire trois vice-présidents aux fonctions purement honorifiques.

Avec les nouveaux statuts, il n'y avait qu'un seul vice-président dont l'unique fonction consistait à présider le Conseil en cas d'absence du président. Barry Fisher n'avait pas voulu poser sa candidature à la vice-présidence et il n'avait accepté que sur l'insistance de Henry Maltzman. C'était l'ami dévoué de Maltzman depuis qu'ils avaient été ensemble au lycée. Maintenant qu'ils étaient des hommes entre deux âges, leur intimité avait encore grandi, partiellement parce que l'agence d'assurances de l'un constituait un complément de l'agence immobilière de l'autre et qu'ils étaient en mesure de se rendre mutuellement service. Même s'ils regrettaient que « les filles », c'est-à-dire leurs épouses, n'aient pas d'atomes crochus entre elles, cela ne gênait pas sérieusement leur amitié. Plusieurs soirées par semaine ils allaient ensemble à un match de hockey ou de football à Boston ou, à défaut, à une séance de culture physique au club local. Presque tous les jours, ils déjeunaient ensemble ou s'entretenaient au téléphone.

C'était samedi après-midi et ils venaient de terminer une partie de squash que Barry Fisher, qui était sec et nerveux, avait gagnée aisément. Il était bon dans tous les sports impliquant l'utilisation d'une raquette, ses longues jambes couvrant facilement le court et ses longs bras réussissant des coups apparemment impossibles. Comme d'habitude, il expliqua en s'excusant :

– Je crois avoir eu de la chance.

Et comme d'habitude, Maltzman répliqua, magnanime :

– Non, Barry, tu es le meilleur, avant d'ajouter avec un soupir : Ciel, tu ne transpires même pas.

– Peut-être ne me suis-je pas assez employé pour transpirer.

Ils se douchèrent, s'essuyèrent et allèrent s'habiller au vestiaire. Voyant qu'ils étaient seuls, Barry Fisher demanda :

– Comment ça se présente-t-il pour demain?

– C'est dans la poche, exposa Maltzman. Il y a huit voix sur lesquelles nous pouvons compter à coup sûr.

– Donc c'est du huit à six. Je trouve que la marge est très étroite.

– Une marge de deux voix. Que veux-tu de plus?

– Oui, Hank, mais si une de nos voix change d'avis et passe à l'opposition, il y a égalité, sept à sept.

– Dans ce cas-là ce serait à moi d'émettre le vote décisif. Cependant, tu peux me croire, nos huit voix sont solides.

– N'y a-t-il absolument pas moyen de grappiller une des six autres voix? Par exemple celle de Jessica Berger ou celle de Linda Svolitch?

Maltzman secoua la tête.

– Allen Glick a sondé Jessica. Rien à faire. Elle a appartenu à quelque comité avec la femme du rabbin et porte cette dernière aux nues. Alors, crois-tu vraiment qu'elle accepterait de voter pour le non-renouvellement du contrat du rabbin?

– Et Linda?

– Tu l'as mentionnée parce qu'elle est MLF. Exact? Moi aussi je l'ai comptée parmi les possibles, bien qu'ils soient assez pratiquants. En conséquence, j'ai parlé à Mike Svolitch. Eh bien, à l'entendre, si la terre tourne c'est grâce au rabbin. Fort heureusement, je n'ai pas dévoilé mes batteries en lui posant la question de but en blanc, car je suis certain qu'il n'aurait rien eu de plus pressé que de courir chez le rabbin. (Il rit.) Voilà comment je lui ai présenté la chose : j'ai eu connaissance d'une rumeur selon laquelle certains membres du Conseil d'administration dont Linda avaient l'intention de voter contre le renouvellement du contrat du rabbin et j'aimerais savoir s'il y a quelque chose de vrai là-dedans.

– Tu as prêché le faux pour savoir le vrai, dit Fisher avec admiration.

– Exactement. Aussi, quand il m'a exposé leurs sentiments à lui et à Linda à l'égard du rabbin, j'ai fait marche arrière en disant à peu près qu'il se trouve toujours des types qui se croient malins en propageant des rumeurs non fondées. Non, les six voix contre sont tout aussi solides que nos huit voix pour.

– Je persiste à croire que c'est très juste, Hank. Dis, j'ai une idée. Pourquoi ne soumettrais-je pas une motion pour un vote secret auquel le président prendrait part comme tout un chacun? Après tout, le président des États-Unis participe bien aux élections présidentielles.

Certains présidents retournent dans la ville dont ils sont originaires pour ce faire; on les montre toujours à la télé.

– Il n'en est pas question, Barry, rétorqua péremptoirement Maltzman.

– Mais pourquoi pas? Ce serait du neuf à six et...

– Je vais te dire pourquoi pas. Parce que, là, on en ferait un problème. On en ferait une affaire importante et il se trouverait vite quelqu'un pour découvrir qu'il y a anguille sous roche. Cela déclencherait une discussion, certains diraient blanc et d'autres noir. Je vois déjà certains irréductibles quitter la séance pour qu'il n'y ait pas de quorum. Non, je veux que ce soit traité comme une affaire de routine, exactement comme le vote sur la facture d'électricité ou les primes d'assurance. La seule raison pour laquelle j'ai prévu un vote secret est que les administrateurs se sentent absolument libres d'émettre le vote de leur choix. Tu me suis?

– Mais s'il y a du grabuge? Si certains des administrateurs demandent que la question soit reconsidérée?

– Comment le pourraient-ils? Uniquement ceux qui ont voté avec la majorité peuvent demander un nouvel examen; c'est la loi parlementaire. Bon, admettons qu'ils fassent du remue-ménage et réclament la consultation de tous les membres de la communauté par référendum. Avant qu'ils aient eu le temps de ramasser des signatures à l'appui de leur projet, nous aurons expédié au rabbin une lettre l'informant du vote pour le non-renouvellement. Et comme je connais le rabbin, il expédiera une lettre de démission par le prochain courrier. Dès lors, il ne me restera qu'à expédier sans tarder une lettre exprimant des regrets et autres fadaises, mais acceptant la démission.

45.

Ils venaient de terminer leur repas du dimanche et, en l'absence de Molly, Mme Mandell mère rangeait la vaisselle tandis que Herb se relaxait au salon en lisant l'édition dominicale du journal. Elle se présenta dans l'encadrement de la porte pour remarquer :

– Ce n'est pas comme ça que cela se passait entre ton père et moi, particulièrement le dimanche.

– Comment? (Herb leva les yeux de son journal.) Qu'as-tu dit au sujet de Papa?

– Je disais que ton père n'aurait jamais eu l'idée de sortir sans moi, pas plus que je n'aurais eu l'idée de sortir sans lui. Chez certains de nos amis, les hommes avaient l'habitude de sortir régulièrement une fois par semaine pour aller à une réunion ou au bowling. Du moins, c'est ce qu'ils racontaient. Pas ton père. Si je ne pouvais pas ou ne voulais pas sortir, il s'abstenait également. Et il en était de même pour moi. Il m'arrivait d'aller seule à un bridge ou à une réunion de la Coopération féminine, mais uniquement lorsque ton père était à son bureau. Mais jamais le soir ou le dimanche quand il était à la maison. On m'a élevée en m'apprenant que le mariage consistait en la réunion de deux personnes. Il faut croire que les choses sont différentes de nos jours.

– Allons, arrête ton char. Il y a cette exposition de l'argenterie Peter Archer au musée, organisée par son patron. Elle y a beaucoup contribué. Du moment que le patron invite tous les employés de la banque, il faut qu'elle y aille. De même que si le principal de mon collège organisait une manifestation pour le corps professoral, je devrais y aller.

Elle exhala sa rancœur et sa désapprobation :

– Crois-tu qu'il l'aurait foutue à la porte ou aurait réduit son salaire si Elle avait dit qu'Elle ne pouvait pas venir? Son patron a l'air d'être un monsieur fort convenable. A mon avis, il aurait eu une bien meilleure opinion d'Elle si Elle avait dit : « Je suis désolée, monsieur Gore, mais je ne me rends jamais à aucune manifestation sans mon mari, lequel ne peut pas venir car il a une très importante réunion du Conseil d'administration de la synagogue dont il fait partie. »

– Bien sûr, s'esclaffa-t-il, de même qu'il y a quelques semaines, j'étais responsable de l'office de la Fraternelle un vendredi soir à la synagogue, j'aurais dû dire : « Je ne peux pas m'en occuper car Molly doit rester à la maison! »

– C'était différent. Il ne s'agissait pas d'une manifestation sociale, mais de religion.

– Les offices du vendredi soir ont un caractère plus social que religieux. Le fait est qu'elle est restée...

– Peut-être avait-Elle de bonnes raisons de rester derrière toi alors que tu t'en allais.

– Que veux-tu dire par là?

Durant toute la semaine elle avait voulu lui en parler, mais l'occasion ne s'était pas présentée. Elle avait ruminé son histoire encore et encore avec l'intention, quand l'occasion se présenterait, de parler tranquillement et calmement avec tristesse et uniquement pour remplir un devoir, et maintenant que soudainement cette occasion s'était présentée, ses yeux se mirent à étinceler et c'est haineusement qu'elle cracha littéralement ses paroles :

– Je veux dire qu'Elle n'est pas restée longtemps après ton départ. Elle me croyait endormie. Elle pensait que je ne l'entendais pas, mais je l'ai entendue. Au bruit du moteur, je suis sortie du lit pour La voir par la fenêtre partir avec sa voiture.

– Tu as rêvé tout cela.

– Oh non! je n'ai pas rêvé! (Maintenant, elle parlait calmement et arrivait même à ébaucher un sourire.) Je ne dormais pas. Il se peut que je me sois assoupie comme cela arrive parfois quand je suis assise ici dans mon fauteuil; mais je ne dormais pas. Je l'ai entendue parler au téléphone. Puis j'ai entendu des pas dans l'escalier et je t'assure qu'Elle devait marcher sur la pointe des pieds. En tout cas, Elle a légèrement entrouvert la porte de ma chambre pour y jeter un coup d'œil. Puis Elle est redescendue, toujours sur la pointe des pieds. Je t'assure qu'à ce moment j'étais bien éveillée. Très vite, j'ai entendu ouvrir et refermer la porte arrière de la maison et aussitôt après le bruit de la voiture. Là, je suis sortie du lit pour observer le parking derrière les volets fermés et je l'ai vue partir. C'était exactement l'heure où débutait ton office à la synagogue et Elle n'est revenue qu'à neuf heures passées. Dès son retour, Elle a remonté l'escalier pour jeter un coup d'œil sur moi et, de nouveau, j'ai fait semblant de dormir.

Brusquement, il se rappela que ce soir-là Henry Maltzman était venu à l'office en retard, précisément à neuf heures passées de quelques minutes.

– Je pense toujours que tu as rêvé, formula-t-il.

– Vraiment? Pourquoi ne l'interroges-tu pas? Tu verras ce qu'elle te répondra.

Ils venaient de terminer leur repas dominical; Laura Maltzman était partie rendre visite à sa mère à la maison de repos tandis que son mari s'apprêtait à se rendre à la réunion du Conseil d'administration de la synagogue. Il venait d'enfiler sa veste quand la sonnerie de la porte d'entrée retentit. C'était le lieutenant Jennings.

– Je suis venu pour cette affaire Jordon, monsieur Maltzman. J'aimerais que vous me suiviez au commissariat où le commissaire Lanigan veut vous poser quelques questions et peut-être recueillir votre déclaration.

– Et si je vous réponds que l'affaire Jordon ne m'intéresse pas?

– Vous direz cela au patron au commissariat.

Avec un regard amusé, Maltzman demanda :

– Avez-vous un mandat, lieutenant?

– Oui.

Déconcerté, Maltzman bégaya :

– Vous... vous en avez un?

– Là-dedans.

Tandis que Jennings mettait la main à sa poche portefeuille, Maltzman dit précipitamment :

– Très bien. Je vous crois. Écoutez, vous voulez que je vienne au commissariat pour faire une déclaration et répondre à quelques questions. Parfait. Toutefois, j'ai une réunion importante à la communauté d'ici quelques minutes. Je viendrai au commissariat dès qu'elle sera terminée.

Sa pomme d'Adam remuant nerveusement, Jennings secoua la tête.

– Non, monsieur, j'ai reçu l'ordre de vous amener sans délai.

– Écoutez, vous ne pouvez quand même pas faire irruption ici et jeter à bas mes plans...

– Oh! que si, dès lors que je dispose d'un mandat!

– Je veux parler à Lanigan. Quel est son numéro de téléphone?

– Cela ne vous servirait à rien. Il n'y est pas pour le moment. Il m'a donné l'ordre de vous amener afin de vous trouver à son retour. Alors, ne faisons pas d'histoires, monsieur Maltzman.

Maltzman se mordit les lèvres tout en réfléchissant. Finalement, il dit :

– D'accord. Je vais seulement faire un mot à ma femme pour qu'elle sache où je me trouve. (Il alla à la cuisine et lorsque le policier le suivit, il dit :) Ne vous en faites pas, je n'ai pas l'intention de me sauver par l'arrière. (Il fixa le mot au mur par une punaise et prit l'appareil de téléphone.) J'ai un coup de fil à donner.

– Appelez-vous votre avocat? s'enquit poliment Jennings.

Maltzman desserra les dents pour se fendre d'un petit sourire.

– Pas encore.

Il composa le numéro de Barry Fisher.

– Barry? Hank à l'appareil. Écoute, j'ai un contretemps important de sorte qu'il m'est impossible de venir à la réunion aujourd'hui... Je sais, je sais. Tu t'occupes de la réunion et tu procèdes exactement comme nous l'avions prévu... Écoute, Barry, nous comptions sur sept voix sûres. Donc si tu présides cela nous en fera sept. Sept à six est aussi bon que huit à six... Bon... Bon... salut.

Se tournant vers le lieutenant de police, il dit :

– OK, allons-y.

Après qu'ils eurent terminé leur repas du dimanche, Myriam avait expédié les enfants à l'étage regarder la télé afin que leur père puisse lire en paix. Lorsqu'on sonna à la porte et qu'elle vit apparaître le commissaire Lanigan, elle dit en souriant malicieusement :

– Vous êtes dans les parages, commissaire? C'est le commissaire Lanigan, David.

– Non, Myriam, corrigea Lanigan l'air sérieux, cette fois-ci je viens pour raisons de service.

Puis il exposa le motif de sa visite.

– Honnêtement, pensez-vous que Maltzman lui ait tiré dessus? demanda le rabbin.

Lanigan remua, mal à l'aise.

– Ce n'est pas à moi de dire s'il l'a fait ou pas. Ce sera au juge et au jury de l'établir. Je me contente d'effectuer les investigations.

– Donc vous le suspectez vraiment?

– Qu'est-ce que cela signifie? Si je pense qu'il est un tueur-né? Bien entendu non. Mais laquelle des personnes impliquées l'est? Tout ce que je sais, c'est qu'il a menacé Jordon le jour du crime, en disant qu'il lui filerait une balle dans la tête. Et c'est de cette façon que Jordon a été tué. C'est suffisant pour que nous entreprenions une action contre lui. Dans un premier temps je m'en suis abstenu, pensant qu'il était à la synagogue à l'heure du crime. Puis j'ai découvert qu'il n'en était rien, ce qui renforçait considérablement les présomptions pesant sur lui. Et lorsque nous lui avons demandé ce qu'il faisait ce soir-là, il a répondu que ce n'était pas notre affaire. Or, j'ai rendez-vous avec le procureur Clegg demain et si je lui raconte que je n'ai exercé aucune pression sur Maltzman pour obtenir une réponse plus valable concernant son emploi du temps, il trouvera que je n'effectue pas convenablement mon travail et inculpera Maltzman sans plus attendre.

– Donc vous l'arrêtez pour le faire parler?

– C'est exact. (Il jeta un coup d'œil sur sa montre.) Je vais m'y essayer tout de suite.

– Et s'il ne parle pas?

– Alors, je lui ferai passer la nuit dans une cellule, répondit promptement Lanigan. Puis, dès demain matin, je rendrai compte à Clegg; à mon avis, il l'inculpera et le fera comparaître devant un juge d'instruction. S'agissant d'un meurtre, il ne saurait être question de liberté provisoire sous caution, de sorte qu'il demeurera en prison. J'en suis navré, David, mais c'est ainsi que les choses se présentent.

Le rabbin hocha la tête.

– Je suis désolé.

– Merci de m'avoir averti.

46.

Si Mme Mandell espérait que son fils demanderait des comptes à sa femme lorsque celle-ci reviendrait à la maison, elle ne pouvait être que déçue. En arrivant, elle dit :

– Bonjour, Mère. Vous êtes-vous bien débrouillée pour le repas?

Puis, embrassant furtivement son mari, elle gravit rapidement les marches menant à la chambre à coucher en expliquant :

– Il faut que je me change, j'ai promis un coup de main à une copine qui organise un bridge.

Elle revint quelques minutes plus tard après avoir enlevé la robe qu'elle avait mise pour Boston et s'être revêtue d'un pantalon et d'un pull jugés plus adaptés à Barnard's Crossing.

– De qui s'agit-il? demanda Herb tandis qu'elle s'avançait vers la porte.

– Oh! ce n'est pas quelqu'un que tu connais! répondit-elle avec désinvolture. C'est une des filles du bureau.

A peine avait-elle fermé la porte derrière elle que Herb se leva, s'étira paresseusement avant d'annoncer :

– Bon, je crois que je ferais mieux de partir également. Ça ne te fait rien de rester, Maman?

– Je suis très bien. Mais pourquoi te presses-tu? Tu as tout ton temps.

Il disposait effectivement d'une bonne demi-heure, mais il ne voulait pas la passer en compagnie de sa mère, à défendre Molly contre les insinuations de celle-ci.

– Oui, mais il y a une sorte de concertation avant la réunion et on m'a demandé d'y assister. Nous sommes quelques-uns à vouloir examiner préalablement un point important de l'ordre du jour.

Il conduisit la voiture jusqu'à la plage publique où il se gara. Le kiosque du marchand d'aliments était resté ouvert, car il faisait beau et il y avait du monde marchant le long de l'eau et s'asseyant sur la rambarde pour contempler le déferlement des vagues. Il prit un gobelet de café qu'il alla boire dans la voiture.

Plusieurs voitures se trouvaient sur le parking, dans

l'une il y avait un couple étroitement enlacé, ce qui l'agaça inexplicablement. Il but son café, alluma une cigarette tout en tentant de trouver une explication rationnelle à la conduite de Molly. Il admit que probablement sa mère n'avait pas rêvé et avait effectivement vu ce qu'elle avait relaté. Et après? L'appel téléphonique émanait sans doute de Gore. Puis elle était sortie pour une demi-heure à peu près. Eh bien, elle avait beaucoup travaillé sur ce rapport et voulait respirer un peu d'air frais. Naturellement, elle n'aurait pas laissé Maman seule; elle est montée voir si elle était bien avant de partir. D'ailleurs, Molly dit toujours que Maman n'est pas aussi malade la nuit qu'elle le prétend, et bien entendu, c'est vrai. Il savait que sa mère avait tendance à exagérer et à dramatiser pour éveiller la pitié, peut-être aussi parce qu'elle se sentait solitaire. Et pourtant...

Il remit la voiture en marche pour se rendre à la réunion. Il avait décidé de ne pas faire de remontrances à Molly. Le climat était déjà assez tendu entre les deux femmes, peut-être est-ce normal lorsqu'une belle-mère et sa bru vivent sous le même toit mais il ne faut pas en rajouter. Car si Molly apprenait que non seulement sa belle-mère l'espionnait mais que par-dessus le marché elle rapportait ses faits et gestes à son fils, cela déclencherait une drôle de bagarre. Et qui sait où cela mènerait?

Les autres membres du Conseil étaient en train de s'installer autour de la table à l'arrivée de Herb. Il salua d'un signe de la tête ceux dont il rencontra le regard et prit place. Barry Fisher se leva pour fermer la porte de la pièce. Puis il s'assit à la place du président pour exposer :

– Henry m'a téléphoné qu'il avait un gros empêchement, de sorte qu'il ne sera pas des nôtres aujourd'hui. J'ouvre la séance en demandant le passage à l'ordre du jour. Si ma mémoire est fidèle, la présente séance doit être consacrée exclusivement au budget, aussi je pense que nous pouvons nous dispenser de la lecture du procès-verbal de la dernière réunion et des rapports des commissions. Herb, vous aviez demandé un laps de temps pour l'étude du budget. C'est la raison pour laquelle nous avons ajourné l'examen de celui-ci jusqu'aujourd'hui. Bon, l'avez-vous étudié?

– Euh...

– OK. Passons à l'examen des différents chapitres. Le premier concerne les dépenses d'entretien. Avez-vous une remarque à formuler concernant les chiffres, Mike?

– Monsieur le président, je pensais que nous passerions le budget en revue point par point.

– C'est ce que nous faisons.

– Alors pourquoi ne pas commencer par le premier paragraphe du point 1?

– OK.

– Bon, ce premier paragraphe concerne le chauffage. Vous avez certainement remarqué que nos prévisions budgétaires ont été dépassées. J'aurais pu me contenter de reproduire tel quel le montant des dépenses de l'exercice écoulé. Cependant, j'ai préféré augmenter ce chiffre du 10 % eu égard à une possible augmentation du prix du fioul.

– Toutefois, Mike, l'hiver dernier était exceptionnellement rigoureux. Il est peu probable que nous ayons un second hiver aussi rigoureux.

– J'ai entendu un gars expliquer à la télé que le climat pourrait se refroidir; selon lui, il y a de bonnes chances que nous entrions dans une nouvelle ère glaciaire. Ce serait en rapport avec la couche d'ozone.

– Ah, cela c'est de la science-fiction! Il n'est pas possible que nous ayons encore une fois un hiver aussi rigoureux que le dernier. Le pays ne le supporterait pas.

– A vous entendre, le Congrès va voter une loi dans ce sens, Bill.

Ils se bagarrèrent, se disputant comme des chiens autour d'un os à ronger, pour accepter finalement le chiffre proposé. Ils procédèrent ainsi point après point. Globalement, les membres féminins se montrèrent plus méthodiques et davantage enclins à s'en tenir aux points évoqués, mais par ailleurs il leur arrivait, à force de chuchoter entre elles, de perdre le fil de la discussion.

– Nous allons passer aux salaires. Voulez-vous dire quelque chose sur ce point, Doris?

– Oui, répondit Doris Melnick, qui présidait la commission scolaire. Lorsque Mike m'a demandé de prendre position sur les salaires individuels des différents enseignants, je lui ai indiqué que je ne pouvais lui donner que le montant global des rémunérations du corps professoral. J'aimerais expliquer les raisons de mon attitude. A la commission scolaire, nous avons pris comme règle de négocier individuellement avec chaque enseignant son salaire. Nous avons adopté cette politique depuis le début et cela a bien marché. Aucun professeur ne sait ce que gagne un autre professeur, à moins que celui-ci ne le lui dise. Cela évite la jalousie et la rouspétance...

– Quelle rousse?

C'était Jack Pollock, qui jouissait d'une solide réputation de pitre et tenait à la garder.

Mme Melnick, en sa qualité d'ancienne institutrice sachant mater les affreux jojos, le cloua du regard avant de moduler :

– Rouspétance, monsieur Pollock. Ce terme vous est-il inconnu?

– Oh non! Evitons les rouspétances. Moi-même, je suis un homme fort en pétance.

Bien entendu, ils discutèrent sur ce point comme sur tous les autres, mais finalement Mme Melnick obtint gain de cause et son montant global fut adopté.

La rémunération du chantre ayant été fixée contractuellement, il aurait dû sembler que ce point ne ferait pas l'objet d'une discussion. Néanmoins, la question fut évoquée si le chantre avait droit à des honoraires pour ses extra aux mariages et aux obsèques et surtout pour la préparation des garçons à la partie chantée de la cérémonie de bar-mitzwa *, bien qu'il s'agisse de services entrant normalement dans ses fonctions. Ce point était évoqué année après année et à chaque fois les mêmes arguments étaient utilisés de part et d'autre.

– Prenons le cas d'un gosse particulièrement abruti; le chantre met un temps fou à le former pour sa bar-mitzwa. Qu'y a-t-il de mal à ce que le père lui refile ensuite quelques dollars pour le dédommager de sa peine...

– Très franchement, si j'étais chantre, je trouverais cela vexant. Après tout, qu'est-ce que des honoraires? Un genre de pourboire, non?

– Oui, mais qu'est-ce qu'un pourboire? Un gage d'appréciation, d'accord? On tombe sur un bon garçon, on lui donne un bon pourboire. Si le garçon est ringard, on ne lui donne rien ou juste le minimum. Pour ma part, c'est comme ça que j'opère.

– Il y a beaucoup de restaurants où les pourboires sont versés dans une cagnotte.

– Ce que j'aimerais savoir, c'est comment vous avez l'intention de procéder. Allez-vous annoncer qu'il est interdit de payer des honoraires au chantre? Ou lui permettrez-vous de les encaisser pour les reverser ensuite dans la caisse? Et comment ferez-vous pour vous assurer qu'il reverse tout ce qu'il encaisse? Demanderez-vous au donateur de vous indiquer le montant versé?

Finalement, comme toutes les années précédentes, ils laissèrent les choses en l'état. Le salaire de Stanley Doble ne donna lieu qu'à peu de discussion. Mais il y eut des bavardages, essentiellement anecdotiques, sur le personnage.

– Vous rappelez-vous comment il était bourré un vendredi soir?

– Sans parler des fois où il ne vient pas du tout, comme il y a une semaine le vendredi soir lors de l'office parainé par la Fraternelle.

– Je préfère qu'il ne vienne pas du tout plutôt que de le voir saoul.

La suggestion d'une des femmes de le remplacer le cas échéant par quelqu'un de plus fiable fut immédiatement repoussée par le président de séance lui-même.

– N'y comptez pas. Nous pourrions trouver maints concierges plus fiables, mais où en trouverions-nous un capable de faire tout ce que fait Stanley? Tout va à vau-l'eau, car le bâtiment arrive à un état où il nécessite partout des réparations; Stanley est capable de faire toutes les réparations, qu'il s'agisse de plomberie, d'électricité ou de chauffage. Il est très bon menuisier; il passe essentiellement l'été à repeindre et à rejointoyer la maçonnerie et à mettre tout en ordre pour l'hiver. D'accord, il lui arrive de charrier quand il se saoule et on ne peut pas toujours compter sur lui. Mais il faut voir ça d'un autre point de vue : s'il était fiable à cent pour cent et toujours sobre, il ne travaillerait pas chez nous comme concierge. Je considère cela comme un compromis; aussi longtemps que les choses n'empireront pas, je pense que c'est nous qui faisons la meilleure affaire. Maintenant que le cas Stanley est réglé, je propose que nous passions au dernier point de ce chapitre : le rabbin.

Cette fois-ci, c'était au tour de Herb Mandell d'intervenir. Il leva la main et quand il obtint la parole, il formula :

– Il me semble, monsieur le président, que ce point est un peu différent des autres.

– Tiens? En quoi est-il différent?

– Pour les autres il s'agissait essentiellement d'une question de salaire. Ce n'est pas le cas du rabbin dont le traitement est fixé par contrat indexé sur le coût de la vie et renouvelable annuellement. Le traitement ne saurait donc donner lieu à discussion. Ce dont nous devons discuter, c'est du renouvellement.

– Vous avez raison, Herb, apprécia Cy Morgenstern. Que proposez-vous?

– Eh bien, il me semble que sur ce point nous devrions voter à scrutin secret, afin que quiconque ayant l'intention de voter contre le rabbin puisse le faire librement, sans craindre que le rabbin ne l'apprenne et ne lui en garde rancune.

Pensif, le président de séance se passa la main sur le menton.

– Voilà qui me semble juste, déclara-t-il. Très bien, c'est ainsi que nous procéderons. (S'adressant à la secrétaire :) Gladys, passez des bouts de papier. Nous voterons par oui et non. Ceux qui sont pour le renouvellement du contrat du rabbin votent oui, ceux qui sont contre votent non. Tout le monde a-t-il compris?

La secrétaire arracha plusieurs feuilles de son bloc-notes qu'elle coupa en morceaux d'égale grandeur pour les passer aux assistants.

– Voilà encore de l'argent gaspillé, remarqua Pollock, l'éternel pitre.

– C'est suffisant pour un mot de trois lettres, fit Mme Pollock, plus que jamais maîtresse d'école. (Puis en contractant ses lèvres :) Savez-vous comment cela s'écrit?

– Sinon, je vous demanderai de me donner des cours privés, répondit-il en lui lançant une œillade polissonne.

Quelques-uns ne se cachèrent nullement de leur façon de voter, mais la plupart couvraient leur bout de papier d'une main en griffonnant de l'autre. Les premiers ne plièrent leur papier qu'une fois avant de le pousser négligemment sur la table pour le faire passer. Les plus prudents le plièrent deux fois pour le remettre personnellement à la secrétaire, certains même quittant leur siège pour ce faire.

Tandis qu'il attendait que son voisin eût terminé afin de lui emprunter son stylo, Herb commença à tergiverser. Il n'avait rien contre le rabbin. Il allait se prononcer dans un sens indiqué par Molly et Maltzman. Molly et Maltzman. Molly se glissant furtivement hors de la maison alors qu'elle était censée rester auprès de sa mère et Maltzman arrivant en retard à l'office. Molly et Maltzman, avec leurs têtes rapprochées tandis qu'ils se penchaient sur la liste. Molly partie donner un coup de main pour l'organisation d'un bridge... « Oh! ce n'est pas quelqu'un que tu connais! » alors que Maltzman téléphone qu'il ne peut pas venir à la réunion. Le voisin lui passa le stylo. Après un moment d'hésitation, Herb vota oui.

La secrétaire attendit d'avoir tous les votes. Puis elle les déplia et les sépara en deux piles. Elle compta le nombre de votes composant chacune d'elles, puis annonça :

– Treize votes ont été émis; sept oui et six non. Le oui l'a emporté.

47.

– Qu'allons-nous faire maintenant? demanda Myriam sur un ton tragique après le départ de Lanigan.

Le rabbin secoua la tête.

– Je ne sais pas si nous pouvons faire quoi que ce soit. C'est à Maltzman de se tirer d'affaire et s'il...

– Oh! je ne me soucie absolument pas de Maltzman! Je pensais à la communauté et à la façon dont la ville va réagir.

– Tu veux parler de la réaction de la ville vis-à-vis de la communauté. Crois-moi, Myriam, il n'y aura aucune réaction. Les gens ne pensent plus de cette façon. Ils n'estiment plus que les actions d'un individu constituent un reflet du groupe dont il est issu. Si la presse parle de son arrestation, elle mentionnera que c'est un notable de la ville de Barnard's Crossing et non seulement de la communauté juive. Elle indiquera qu'il est président de cette communauté, mais également qu'il préside la Chambre de commerce et qu'il est un des dirigeants de l'Association des anciens combattants. Bref, les journalistes diront que c'est une huile. Un point, c'est tout.

– Mais ne penses-tu pas que, dans son propre intérêt, tu devrais tenter de l'aider?

– Que puis-je faire?

– Je ne sais pas ce qui t'arrive ces derniers temps, David, se fâcha-t-elle contre lui. Tu ne sembles plus te soucier de rien. Lorsqu'il paraît que le Conseil d'administration envisage de ne pas renouveler ton contrat, plutôt que de te battre pour obtenir le renouvellement, tu dis que tu laisses à Dieu le soin d'y pourvoir. Et maintenant, alors que le président de la communauté est arrêté pour meurtre, tout ce que tu trouves à dire est : « Que puis-je faire? » Penses-tu qu'il soit vraiment l'auteur du meurtre?

– Non, je ne le pense pas.

– Parce qu'il n'a pas l'air d'un meurtrier?

– Tout type est capable de commettre un meurtre ou n'importe quoi d'autre, répliqua-t-il avec gravité. Qui peut pénétrer dans le tréfonds d'une autre personne? Non, si je ne pense pas qu'il soit coupable c'est pour la simple raison que Lanigan l'a arrêté parce qu'il ne voulait pas parler. Il me semble que, si c'était vraiment lui, il aurait essayé de s'arranger un alibi ou aurait proposé quelque explication plausible, ne serait-ce qu'en arguant qu'il avait piqué un roupillon et ne s'était pas réveillé à temps. Mais le fait qu'il ait dit aux policiers lorsqu'ils lui ont demandé où il se trouvait à l'heure du crime que ce n'était pas leur affaire, me donne à penser qu'il a un alibi, un alibi en béton, qu'il produira en cas d'absolue nécessité.

– Crois-tu qu'il couvre quelqu'un?

– Possible. Mais je ne le pense pas. Peut-être que s'il était venu en retard à l'office uniquement ce vendredi soir, j'en aurais conclu qu'il a pu voir quelque chose ou quelqu'un, par exemple un de ses bons amis entrant dans la maison de Jordon ou en sortant à peu près à l'heure où le crime a été commis. Cependant, Maltzman est également venu en retard à l'office le vendredi soir précédent, ainsi qu'aux suivants. Maintenant que j'y pense, il y a bien trois ou quatre vendredis soir qu'il n'a plus été assis à côté de moi. Non, il est impliqué dans quelque chose chaque semaine à la même heure. Quelque chose dont il ne veut pas parler parce qu'il en a honte, ou qu'il le trouve embarrassant.

– Penses-tu qu'il va voir une femme? demanda Myriam avec vicacité.

– Possible, eu égard à sa réputation. Mais j'en doute. Car à chaque fois, j'ai vu Laura Maltzman assise à sa place habituelle au premier rang, et cela dès le début de l'office. Ensuite, il la rejoint pour la collation et tout a l'air normal entre eux.

– Mais si elle n'est pas au courant...

– C'est possible une fois. Il peut prétendre avoir un important rendez-vous d'affaires pour lui demander d'aller seule à l'office où il la rejoindra ensuite. Mais pas tous les vendredis. Quoi qu'il fasse, je suis certain qu'elle est au courant.

– Je suppose... Oui, elle doit l'être. Alors, peut-être prend-il quelque cours?

– Si c'était cela, je ne vois pas pour quelle raison il n'en parlerait pas à la police. Non, il y a quelque chose qui se produit tous les vendredis soir à la même heure, dont elle est au courant et qu'elle a l'air d'approuver, et qui l'embarrasse cependant à tel point que... (Il claqua des doigts.) Tu as mis dans le mille, Myriam.

– Moi?

– Il prend effectivement un cours, un cours consistant en un traitement chez un psychiatre.

– David, je pense que c'est ça. Henry Maltzman me semble être exactement le genre d'homme qui aurait honte que l'on sache qu'il suit un traitement psychiatrique. Il aurait peur d'être considéré comme fou par les gens. Voilà qui nous permet d'aller de l'avant. Si tu lui parles en lui laissant entendre que...

– Il refuserait de me parler, dit le rabbin carrément. Même si on me permet d'accéder à lui, il se tairait immédiatement dès qu'il constaterait à quoi je fais allusion. Par contre, il serait peut-être intéressant de sonder Laura.

– Pourquoi Laura?

– Parce que je pourrais lui dévoiler à brûle-pourpoint le fond de ma pensée. Si j'ai raison, il y a de bonnes chances que je puisse l'amener à me confier le nom du docteur. Ensuite... écoute, je vais immédiatement la voir.

Durant les quelques minutes qui suivirent le départ de son mari, Myriam fut rassurée par la conviction de celui-ci. Ensuite, le doute s'installa en elle. Laura Maltzman pourrait se montrer tout aussi obstinée que son époux; elle pourrait avoir le même point de vue que lui concernant les traitements psychiatriques. Ou même si ce n'était pas le cas, elle pourrait estimer qu'elle serait déloyale en dévoilant ce que son mari tenait tellement à cacher. Peut-être y avait-il un autre moyen; un plan germa dans son esprit. Elle prit le téléphone pour appeler l'hôpital de la ville.

– Vous avez la liste des médecins locaux, n'est-ce pas? demanda-t-elle à la standardiste, tout en essayant d'empêcher sa voix de trembler. Pouvez-vous...

– Ne quittez pas. Je vais vous relier.

Elle respira plusieurs fois profondément et cette fois-ci elle dit d'un ton tranchant à la personne à l'autre bout du fil :

– J'aimerais avoir la liste des psychiatres pratiquant dans notre ville.

– Qui est à l'appareil, s'il vous plaît?
– Mme Small.
– Mme David Small? L'épouse du rabbin?
– C'est cela. Pouvez-vous me donner le renseignement?
– C'est Mme Clausen, à l'appareil, madame Small. Le rabbin passe chez moi toutes les fois qu'il vient visiter des malades. J'espère qu'il va bien.
– Oh oui! C'est pour un cas dont il s'occupe. Il m'a demandé de...
– Je comprends. Il n'y en a pas beaucoup. Vous pensez à ceux qui pratiquent dans le coin, je suppose. Car il y en a un certain nombre qui habitent ici, mais dont les cabinets sont à Boston. Voyons...
– Pourriez-vous m'indiquer ceux qui reçoivent des patients le soir?
– S'il s'agit d'une urgence...
– Non, il s'agirait d'un traitement régulier.
– Voilà qui limite encore davantage le nombre de médecins entrant en ligne de compte. Voyons, le Dr Boles consultait le soir, mais je sais que ce n'est plus le cas; il se fait vieux. En règle générale, Abner Gordon ne consulte pas le soir, mais il pourrait faire une exception si le rabbin lui parle, notamment s'il estime qu'il s'agit d'un cas intéressant. Je veux dire si ledit cas peut faire l'objet d'un article qu'il rédigerait.

Finalement, elle établit une liste de quatre noms; Myriam en élimina d'entrée deux à consonance juive évidente. En effet, elle estima qu'il y avait de grandes chances que Maltzman n'ait pas voulu être traité par un médecin juif car le risque d'une indiscrétion parmi la communauté juive aurait été trop fort à ses yeux. Sur les deux praticiens restants, l'un était une femme. Durant plusieurs minutes, Myriam se creusa les méninges quant au choix à effectuer avant de décider que Maltzman aurait plutôt tendance à se confier à une femme concernant ses troubles personnels.

– Dr Sayre? Je voudrais savoir si je pourrais avoir un rendez-vous...

Une voix de contralto lui demanda :

– A qui ai-je l'honneur?

– Je m'appelle... Myra, Myra Little.

– Mademoiselle ou madame?

– Mademoiselle.

– Très bien. Et à quel sujet désirez-vous me voir?

– C'est... Je n'aime pas en parler au téléphone... Je ne voudrais pas... Si jamais quelqu'un écoute...

– Qui vous a dirigée sur moi, mademoiselle Little?

– Ce n'est pas un médecin. C'est l'un de vos patients, Henry Maltzman.

– Ah oui!

Ce n'était rien d'autre qu'une simple confirmation polie, qui aurait pu être dénuée de signification, néanmoins ce fut suffisant pour donner à Myriam le courage de continuer.

– Il m'a dit que vous preniez des patients le soir, car je ne peux pas venir dans la journée.

– Je prends quelques patients le soir.

– Parfait, pourrais-je avoir un rendez-vous pour vendredi soir, vers sept heures et demie?

– Vendredi soir? Voyons. Mais c'est l'heure du rendez-vous de M. Maltzman.

– Êtes-vous sûre, docteur? Car il m'a dit...

– Sûre et certaine, il...

Myriam raccrocha, laissant la doctoresse désarçonnée devant son téléphone, qui brusquement s'était tu.

Lorsque le rabbin revint peu après, il était visiblement déçu.

– J'aurais dû téléphoner d'abord; il n'y avait personne à la maison.

– Ça ne fait rien, David, dit-elle. Ça ne fait rien.

Elle était excitée de son succès tout en craignant sa désapprobation.

Le rabbin écouta en silence quand elle lui relata ce qu'elle avait fait et lui répéta sa conversation avec le Dr Sayre.

Étonné, il secoua la tête, puis sourit.

– Comme je l'ai remarqué tout à l'heure, nul ne peut pénétrer dans le tréfonds d'une autre personne.

– Es-tu en colère? Ai-je mal agi?

– Le Talmud * interdit de formuler une appréciation sur une marchandise que l'on n'a pas l'intention d'acheter. Cela donne un espoir fallacieux au vendeur avant de lui causer une peine inutile imputable à sa déception. Je suppose que cela s'applique également aux médecins. (Il rejeta la tête en arrière et rit à gorge déployée.) Mais c'était terriblement astucieux de ta part. Maintenant, je ferais mieux d'aller voir Lanigan. (Il hésita.) N'aurais-tu pas d'autres idées lumineuses que tu pourrais essayer d'exploiter pendant mon absence, Myriam?

– Oh, David!

– Écoutez, monsieur le commissaire, je vous ai donné ma parole qu'à aucun moment je ne me suis trouvé à proximité de la maison de Jordon ce fameux soir, ni même durant la journée qui l'a précédé. Je suis disposé à vous confirmer cela sous la foi du serment. Je sais pertinemment que vous ne me suspectez nullement d'être impliqué en quoi que ce soit et je considère être l'objet d'un sérieux abus de droit.

Lanigan écoutait avec une impatience croissante. Finalement, il explosa :

– Nom de Dieu, il ne s'agit pas d'un stationnement interdit. Il s'agit d'un meurtre et...

On entendit la voix du sergent de permanence à l'interphone.

– Le rabbin Small est là, chef; il aimerait vous voir.

– Dites-lui que je suis occupé pour le moment. Peut-être plus tard.

– Oui, monsieur, mais il dit que c'est très important et qu'il faut qu'il vous voie sans délai.

– Soit. (S'adressant à Maltzman :) Jusqu'à présent, j'ai pris des gants avec vous, mais à mon retour vous parlerez, Henry, sinon le lieutenant Jennings vous mettra dans une cellule et vous n'aurez plus l'occasion de parler avant demain matin. Surveillez-le, Eban.

En sortant, il dit au rabbin en guise de salutation :

– Il vaudrait mieux que vous m'annonciez une nouvelle agréable, David.

– Il s'agit d'une bonne nouvelle, commissaire, dit le rabbin sérieusement avant de lui conter la prouesse de Myriam.

Lanigan rit.

– Pendant votre absence, eh? Elle est épatante. Quand vous serez rentré, demandez-lui si elle ne voudrait pas d'un emploi à temps partiel à la police. Très bien. Nous allons probablement vérifier cela chez le Dr Sayre, mais pour le moment ça me suffit. (Comme le rabbin s'apprêtait à partir, il ajouta :) Et saluez Myriam cordialement de ma part.

De retour dans son bureau, Lanigan lança un regard maussade à Maltzman et dit :

– OK, vous pouvez partir. Le lieutenant s'occupera des formalités de levée d'écrou.

– Le rabbin Small est-il venu ici pour moi? Est-ce pour cela que vous me relâchez?

– Allez-y. Foutez le camp avant que je change d'avis.

48.

De retour de sa réunion du Conseil d'administration, Herb fut surpris de trouver Molly à la maison.

– Ton bridge n'a pas duré bien longtemps, observa-t-il.

– Oh! je n'avais pas l'intention de rester! J'y suis uniquement allée pour donner un coup de main pour la décoration. Il s'agit d'une réception-partie de bridge à l'occasion de fiançailles.

– Maman?

Elle désigna le plafond du regard.

– Elle se repose. (Puis elle enchaîna avec vivacité :) Comment ça s'est passé à la réunion? Comme prévu?

– Non, le contrat du rabbin a été renouvelé. La marge était étroite, mais il a gagné.

– Mais, mais comment? Henry était sûr de pouvoir compter sur huit voix.

Il sourit tristement.

– Je suppose qu'il a dû insister lourdement pour y arriver. Puis il s'est lui-même foutu dedans avec son idée de scrutin secret. (Il prenait un malin plaisir à lui articuler en pleine figure :) Vois-tu, avec un scrutin secret, Big Brother Henry ne peut pas savoir comment les uns et les autres votent.

– Je ne comprends pas. (Elle semblait abasourdie, incapable de réaliser.) Simplement, je ne comprends pas.

– Aucune importance, dit-il d'un seul trait. Il y a une foule de choses que je ne comprends pas. (Le fait que Maltzman était absent à la réunion tandis qu'elle était soi-disant à un bridge l'avait amené à changer d'avis. Maintenant, il fallait qu'il la mette au pied du mur.) Ainsi, par exemple, je ne comprends pas pourquoi tu es sortie le soir où je m'occupais de l'office de la Fraternelle alors que tu étais censée rester avec Maman.

Il la vit sursauter et constata qu'elle avait rougi.

– C'est Stanley qui t'a raconté? J'avais bien l'impression d'avoir vu son vieux tacot tandis que je tournais pour entrer dans la propriété.

– Quelle propriété?

– Celle d'Ellsworth Jordon, bien entendu. J'étais allée lui porter ce rapport sur lequel j'avais travaillé.

– C'est Gore qui t'a demandé de le faire?

– Non, je le lui ai proposé.

– Pourquoi?

– Parce que j'avais vu que Larry était très ennuyé de ne pas l'avoir à temps. La banque risquait de perdre le compte de Jordon, qui pouvait être très mauvais pour une histoire de ce genre.

– Et le lui as-tu remis?

Elle secoua la tête.

– A mon arrivée, la maison était plongée dans l'obscurité. Pensant qu'il avait dû se coucher de bonne heure ou partir, j'ai fait demi-tour. (Elle hésita.) J'y ai beaucoup pensé depuis, peut-être que... Crois-tu que... qu'il était déjà mort à ce moment-là?

– C'est dans le domaine du possible, admit-il prudemment. Mais comme tu ne l'as pas vu et ignorais tout, tu n'y pouvais rien. Alors pourquoi ne pas chasser cela de ton esprit?

– Cependant, quand le policier est venu m'interroger au sujet de l'appel téléphonique de M. Gore, j'aurais dû lui dire que j'étais allée ce soir-là à la maison de Jordon.

– Mon Dieu, oui! Tu aurais certainement dû. Cela peut être un indice important. Pourquoi ne le lui as-tu pas dit?

– Parce que tu te trouvais à côté de moi, répliqua-t-elle avec une certaine aigreur de ton. Je n'ai pas voulu dire que j'étais sortie alors que j'avais promis de rester. Je pensais voir ce détective par la suite pour le lui dire, mais j'ai toujours remis et n'ai jamais eu l'occasion de le revoir. Mais s'ils viennent à découvrir que j'ai caché cette information...

– Comment le découvriraient-ils?

– Eh bien, Stanley t'en a parlé, non? Pourquoi n'en parlerait-il pas à la police?

Le fait d'apprendre qu'elle était partie chez Jordon et non pour voir Maltzman lui avait enlevé un poids considérable du cœur. Du coup, il était tout confus d'avoir douté d'elle. Il ressentait une immense tendresse pour elle. Voyant qu'elle était soucieuse et légèrement effrayée, il tenait absolument à calmer sa frayeur. D'autre part, l'ayant amenée à penser qu'il avait été renseigné par Stanley, il aurait été idiot de sa part de reconnaître maintenant que c'était sa mère qui avait vendu la mèche.

– Oh! je ne pense pas que Stanley soit enclin à aller à la police! Pourquoi le ferait-il?

Il entreprit de lui expliquer en long et en large que normalement les gens ne vont pas à la police, même s'ils disposent de renseignements importants, simplement parce qu'ils ne veulent pas d'histoires; surtout des gens comme Stanley s'enivrant de temps à autre et pouvant être arrêtés de ce fait ne sont pas particulièrement tentés de venir en aide à la police; ils ont une antipathie innée pour elle. En conséquence, elle n'avait rien à craindre. Voyant qu'elle n'était pas convaincue, il finit par dire :

– J'ai une idée, je vais aller voir le rabbin pour lui demander ce qu'il y a lieu de faire.

– Qu'a-t-il à voir là-dedans? Pourquoi aller chez lui?

– Parce qu'il est très lié au commissaire Lanigan. Je crois avoir compris qu'ils se voient à titre privé. Je vais lui expliquer exactement ce qui s'est passé. Après tout, il nous connaît et il connaît ma mère. Peut-être acceptera-t-il de parler à Lanigan, ce qui nous dispensera de le faire. Ou pour le moins il nous balisera la route.

– Non, nous ne pouvons pas solliciter l'aide du rabbin.

– Pourquoi pas?

– Parce que nous ne nous sentirions pas à l'aise. Je... nous venons d'œuvrer pour son éviction. Nous ne pouvons pas simplement tourner casaque et lui demander de nous venir en aide.

Il sourit.

– Ne t'en fais pas pour cela. En effet, j'ai voté pour lui et je crois bien que ma voix a fait la décision.

– Tu as voté pour lui?

Il avait réalisé trop tard qu'il s'était trahi et désormais il ne pouvait faire autre chose que vider entièrement son sac.

– J'étais jaloux, reconnut-il avec candeur. Ce soir où tu étais sortie, Maltzman est arrivé en retard à l'office, après neuf heures. Puis, dimanche dernier, quand je suis revenu avec mon journal, il était là et vous aviez l'air, comment dirais-je, très affectueux. Enfin, aujourd'hui tu es allée à ce bridge et en arrivant à la réunion, j'ai appris que Henry s'était décommandé par téléphone. Alors, je me suis mis à gamberger...

– Tu étais jaloux de Henry Maltzman! Tu me voyais avoir des faiblesses pour Henry Maltzman! J'aurais cru que tu me connaissais assez pour ne pas penser que je pouvais me sentir attirée par un type de macho professionnel du genre de Henry Maltzman.

– Pardonne-moi, implora-t-il. Je t'aime tellement, Molly, que parfois j'en perds la tête.

Elle se radoucit. Il était si gentil garçon! Elle vint vers lui et l'enlaçant lui murmura :

– Grand bêta de Herbie!

Il était rayonnant.

– Tout s'est goupillé pour le mieux, ne trouves-tu pas? Car, du coup, j'ai le droit de demander un service au rabbin.

49.

– Voyez-vous, monsieur le rabbin, elle est si loyale! Lorsqu'elle se rendit compte que Gore se faisait du souci parce que le rapport n'arriverait pas chez le vieil homme en temps voulu, elle a proposé de le porter. Je suppose qu'elle pensait que Gore risquait de perdre le compte de Jordon; ce dernier était tellement à cheval! (Il rit.) Et le plus drôle dans l'histoire, c'est que le bilan n'était même pas équilibré.

– Alors à quoi bon l'avoir porté s'il était incomplet?

– C'était mon point de vue, monsieur le rabbin. Mais Gore pensait que ce qui importait était qu'il l'ait en temps voulu.

– Et elle ne pouvait pas dire au détective qu'elle était sortie du fait que vous étiez présent à l'interrogatoire.

– Exact. Elle avait l'intention de le voir par la suite pour le lui dire, mais comme toujours dans ces cas-là, elle remettait la chose de jour en jour.

– Sait-elle que c'est votre mère qui vous a raconté qu'elle avait quitté la maison?

– Euh... Elle pense que c'est Stanley, car je revenais justement de la synagogue, de la réunion du Conseil d'administration, vous voyez...

– Pourquoi Stanley?

– Eh bien, elle croit avoir reconnu sa voiture qui arrivait dans l'autre sens, alors qu'elle était en train de tourner pour s'engager dans la propriété de Jordon; elle en a conclu que Stanley l'avait vue. Je ne l'ai pas détrompée; je veux dire, je n'ai pas contesté son affirmation.

– Je vois. Maintenant, que voulez-vous que je fasse?

– Eh bien, étant donné que vous et le commissaire Lanigan avez des liens amicaux, j'ai pensé que vous pourriez peut-être lui expliquer comment ça s'est produit.

Il regarda le rabbin ardemment.

– Non, monsieur Mandell. Il faut que vous admettiez que cela ne servirait à rien. Le commissaire Lanigan devrait quand même interroger votre femme. C'est son boulot. Et si j'essayais à l'avance d'arrondir les angles, cela aurait comme premier effet d'éveiller sa méfiance.

– Alors que devons-nous faire?

– Mon conseil est, monsieur Mandell, que vous et votre épouse alliez voir le commissaire Lanigan dès que possible, cet après-midi, ou tout de suite, si vous pouvez, pour lui relater toute l'histoire, comme vous venez de le faire pour moi. Il se peut qu'il vous en veuille d'avoir attendu jusqu'à présent, mais plus vous attendez, plus vous rendez votre cas difficile. Et s'il découvre la vérité par ses propres moyens, cela risquerait d'entraîner de sérieuses conséquences pour vous.

Plus tard, constatant que le rabbin semblait anormalement préoccupé, Myriam lui demanda :

– Es-tu ennuyé à cause des Mandell, David? Penses-tu que Lanigan leur passera une engueulade?

– Oh! j'en suis certain! Ne serait-ce que pour les rendre attentifs à la faute sérieuse consistant à celer un élément de preuve à la police dans une affaire criminelle. Mais c'est essentiellement de la frime, car il sait pertinemment que cette faute est commise par la plupart des gens. Il m'a dit plus d'une fois que ce fait appartient au train-train quotidien de la police. Ce qui me préoccupe est que l'histoire de Mme Mandell tend à démontrer que la voiture de Stanley se trouvait dans les parages à l'heure fatidique; il se peut que Lanigan suive cette piste et mette la main au collet de Stanley.

– Mais, il est innocent...

– Alors, je suppose qu'il aura de bonnes chances de s'en tirer. Mais entre-temps ils lui en feront voir de toutes les couleurs. Ils estimeront sans doute que du moment que Mme Mandell a pu identifier sa voiture, il aurait dû pouvoir identifier la sienne et ils l'accuseront d'avoir dissimulé un élément de preuve.

– Pourtant, M. Mandell n'a pas été avisé par Stanley. C'est sa mère qui lui a dit que Molly était sortie.

– Vrai. Mais M. Mandell n'acceptera pas de le dire, car son épouse sera présente et il ne veut pas qu'elle le sache. En tout cas, cela semble terriblement injuste envers Stanley.

Néanmoins, le rabbin reçut quelques heures plus tard un coup de fil lui prouvant que ses craintes étaient injustifiées ou pour le moins hors de propos. C'était Herb Mandell. Il était en colère, peut-être un peu effrayé; cela se remarquait au ton sarcastique de sa voix :

– Je tiens à vous remercier pour votre conseil, monsieur le rabbin. Nous l'avons suivi fidèlement. Lanigan a interrogé Molly pendant plus d'une heure, et il a fini par la laisser en larmes. Mais ce n'est pas tout. Il lui a enjoint de ne pas quitter la ville. Merci pour votre conseil; désormais elle est suspecte et est suivie pas à pas par les flics.

– Oh! certainement pas...

– Non? Eh bien, il y a quelques minutes par la fenêtre j'ai vu une voiture garée juste en face de notre maison avec plusieurs flics assis à l'intérieur. Et je serais prêt à vous parier tout ce que vous voulez qu'il y en a une autre Francis Street pour surveiller l'issue arrière de notre maison.

– Je suis sûr que vous faites erreur, monsieur Mandell. Le commissaire Lanigan veut qu'elle soit disponible pour témoigner. Si vous le désirez, je le contacterai pour faire le point sur la situation.

– J'aimerais bien.

50.

Après la levée d'écrou de Maltzman, Lanigan conseilla à Jennings de rentrer chez lui pour se reposer un peu.

– Bonne idée, Hugh. Ma femme s'est plainte d'être seule aux repas ces dernières semaines. Qu'en est-il de vous? Pourquoi ne rentrez-vous pas également?

– J'irai un peu plus tard. Je veux d'abord préparer mon dossier pour mon entretien avec Clegg. Je vous verrai demain matin.

Quelques heures plus tard, cependant, alors qu'il sommeillait sur un divan au milieu des feuilles éparpillées du journal dominical, Jennings fut réveillé par un coup de fil de Lanigan. Il y avait du nouveau. Lui serait-il possible de venir?

Il remarqua une certaine excitation chez son chef.

– Je viens tout de suite, Hugh.

Bien qu'il fût sur place en moins de dix minutes, Lanigan ronchonna :

– Pourquoi avez-vous mis aussi longtemps? (Alors que Jennings, dont la pomme d'Adam s'était mise à remuer, se retenait pour ne pas laisser éclater son indignation, Lanigan enchaîna :) Peu importe. Pour la première fois, nous avons fait le break. Nous *pouvons* placer quelqu'un sur la scène exactement aux environs du moment où le meurtre s'est produit. Nous n'avons pas besoin de le prouver. Elle le reconnaît.

– Elle?

– Parfaitement.

Il lui fit part de son entrevue avec les Mandell.

– Depuis le début, j'avais le sentiment que la façon dont les coups de feu avaient été tirés constituait la clé de l'affaire. Le Dr Mokely l'a mis en évidence en formulant que l'on dirait une femme qui, les yeux fermés, a tiré jusqu'à ce que le chargeur soit vide. J'avais exactement la même impression. C'est la raison pour laquelle je tenais tellement à connaître les faits et gestes de Martha. Quand nous avons dû l'éliminer de la liste des suspects, j'ai pensé au jeune Billy, mais je n'arrivais pas à me faire à l'idée qu'il était coupable. Alors que maintenant une deuxième femme entre dans le jeu...

– Mais elle a dit que tout était noir à l'intérieur de la maison, et Stanley a dit la même chose.

– Jordon se servait uniquement du rez-de-chaussée, lequel est pratiquement caché par les arbres. De la rue, il ne pouvait pas voir si le salon était éclairé ou non. Quant à Mme Mandell, que pourrait-elle dire d'autre?

– Soit, Hugh, mais quel est son motif? Pourquoi aurait-elle voulu tuer Jordon?

– Je n'en sais rien. Pourquoi se serait-elle offerte à aller remettre ce rapport alors que pour ce faire elle devait laisser sa mère...

– Sa belle-mère.

– Soit, la mère de son mari. Elle n'est pas allée à la synagogue où son mari jouait un rôle important, parce qu'il ne fallait pas laisser la vieille dame seule la nuit. Par contre, elle se faufile hors de la maison pour aller porter ce rapport à Jordon. Bon, j'ignore ce qu'il y avait entre elle et Jordon, mais en parcourant le dossier je viens de trouver un élément donnant à penser. Lorsque nous avons interrogé Gore, celui-ci a déclaré que Jordon avait importuné sa secrétaire. Or, il se trouve que ladite secrétaire est Mme Mandell. Que signifie importuner? Cela peut être rien de plus qu'un vieux salopard dont les mains s'égarent vers les fesses d'une jeune femme d'aspect agréable. Mais il se peut également que Gore ait découvert l'existence d'une magouille entre les deux que Mme Mandell a tenté de dissimuler en arguant qu'il l'avait importunée.

Jennings crispa les lèvres et secoua la tête.

– Je sais que tout cela est loin d'établir sa culpabilité. Je dirais que c'est une simple présomption. Alors je veux que vous interrogiez à ce sujet les gens de la banque, chacun séparément. Et avec subtilité, vous me comprenez. Et voyez ce qu'on peut en tirer. Les rumeurs, les bavardages, n'importe quoi pouvant me servir de point de départ pour un interrogatoire musclé de cette jeune femme.

– Bien entendu, Hugh; mais on voit mal une employée de banque sous l'aspect d'un tueur.

– Dès lors qu'il ne s'agit pas d'un meurtre commis par un professionnel, c'est toujours l'acte de quelqu'un comme Mme Mandell, une personne ordinaire, comme l'épicier du coin, un instituteur ou même un flic. Parfois, certains d'entre eux viennent ensuite se livrer eux-mêmes. Ce n'est pas qu'ils soient tourmentés par les remords, mais ils sont certains d'être découverts. Mais d'autres fois, ils sont assez intelligents et le crime n'est pas élucidé. D'accord?

– Je crois.

– Autre chose, Eban. Je veux que la maison des Mandell soit placée sous surveillance.

– Pensez-vous qu'elle soit capable de prendre la fuite?

– J'en doute. Mais si jamais demain, lors de notre entretien, Clegg me dit qu'il aimerait lui parler, je ne veux pas apprendre là-dessus qu'elle a décidé d'aller rendre visite à une tante au Canada. Alors placez quelqu'un devant sa maison. Et peu importe qu'elle s'en rende compte. Cela vaudrait même mieux. Rien de tel pour énerver et faire craquer un suspect que le fait qu'il se sache surveillé. Alors arrangez-moi cela et ensuite rentrez chez vous. Vous ne pouvez pas commencer vos investigations à la banque avant demain matin.

– Allez-vous également rentrer chez vous?

– Non, je crois que je vais aller jeter un nouveau coup d'œil à la maison de Jordon.

51.

Lorsque le rabbin téléphona au commissariat, on lui indiqua que le commissaire n'était pas là.

– Pouvez-vous me dire où il est?

Le sergent de permanence se montra évasif :

– Je vous assure, monsieur le rabbin, que je n'en sais rien.

Appelant chez Lanigan à la maison, il trouva Mme Lanigan :

– Non, monsieur le rabbin, il n'est pas là. Est-ce important?

– C'est extrêmement important.

– Alors je vais vous dire où je pense que vous avez des chances de le trouver. Il a téléphoné pour me dire qu'il allait jeter un nouveau coup d'œil à la maison de Jordon.

Lanigan ne fut pas trop content lorsqu'en ouvrant la porte il vit qui était son visiteur.

– Ah, c'est vous, fit-il en guise de salutation. (Cependant, il ajouta :) Bon, entrez. Je pense vous devoir quelque chose pour l'aide que vous m'avez apportée en ce qui concerne Maltzman.

En entrant dans le salon, le rabbin examina les lieux avec curiosité. Il désigna le sofa :

– Est-ce là que le corps a été trouvé?

– Hum.

Il montra l'horloge sur le plancher.

– Et l'horloge?

– C'est là que nous l'avons retrouvée. Rien n'a été déplacé, sauf, bien entendu, le corps. A l'origine, l'horloge était là-bas sur le dessus de la cheminée. La balle qui l'a atteinte l'a jetée par terre. (Il montra différents éléments dans la pièce :) Une autre balle a touché cette peinture en plein dans la bouche, une autre la lampe, une autre encore le pommeau au-dessus du lustre et une encore ce pilulier là-bas par terre. Selon Martha Peterson, la gouvernante, ce pilulier était sur la table. Mais, si vous désirez me parler, venez à la salle à manger. Je l'utilise comme bureau.

Lanigan s'assit à la table pour rassembler les papiers éparpillés devant lui et les classer dans le dossier. Le rabbin se mit de l'autre côté. Les coudes sur la table, le menton posé sur ses mains, Lanigan fit face à son visiteur :

– Je suppose que vous êtes venu au sujet de Mme Mandell.

– C'est exact. Est-elle suspectée?

Lanigan se pinça les lèvres pour formuler :

– Je n'ai rien à dire là-dessus.

– Car si elle l'est, enchaîna le rabbin, cela me place dans une position fort inconfortable. C'est que, voyez-vous, elle est venue vous trouver sur mon conseil; je dirais même plutôt sur mon insistance.

Lanigan réfléchit. Le rabbin était son ami et en tant qu'homme équitable, il trouvait que la requête pour un supplément d'information était justifiée. Et où serait le mal? Il savait pouvoir compter sur le rabbin pour garder le secret sur des renseignements confidentiels.

– Bon, fit-il. Elle est suspecte.

– Simplement parce qu'elle s'est trouvée dans les parages le soir du crime?

– Pour cela et parce que c'est une « elle ». (Il sourit.) Retournons dans l'autre pièce, je vais vous expliquer.

Il ouvrit le chemin et s'arrêta à quelque cinq mètres du sofa.

– Jordon était couché là en train de sommeiller ou de dormir. L'étude balistique a établi que le tireur se tenait à peu près à l'endroit où je suis debout. Maintenant, supposez qu'il ait fait feu et ait manqué la victime. Un 22 long rifle ne fait pas beaucoup de bruit, mais dans une pièce comme celle-ci, ce bruit serait suffisant pour éveiller n'importe qui, aussi profond que soit son sommeil. Donc Jordon se réveille. Va-t-il rester couché en voyant quelqu'un pointer une carabine sur lui et faire feu? Certainement pas. Il essayera de se lever, de s'enfuir, de se cacher, il fera n'importe quoi plutôt que de rester à attendre le prochain coup de feu. D'accord?

– Continuez.

– Nous admettons donc qu'il a été touché par la première balle. En plein front et très visiblement. Le tueur sut immédiatement qu'il l'avait atteint et que presque certainement il était mortellement blessé. S'il avait eu le moindre doute, il se serait approché et lui aurait tiré une autre balle pour être sûr d'en terminer. Mais il reste là à continuer à tirer jusqu'à ce que le chargeur soit vide. Pourquoi aurait-il fait cela? Un coup aurait pu passer inaperçu, mais une demi-douzaine pouvaient parfaitement être entendus et donner l'alerte. C'est un défi au bon sens. Nous avons donc bâti un scénario, pour employer un langage moderne, d'une femme la main crispée sur l'arme, tirant les yeux fermés jusqu'à ce qu'elle ait entendu un cliquetis lui indiquant que le barillet était vide. Alors, elle ouvre les yeux et se rend compte qu'elle l'a tué. Bien entendu, il se peut que le premier coup de feu ne l'ait pas tué, mais ait déclenché chez lui une crise cardiaque, de sorte qu'il est mort pour ne pas avoir pu bouger. Mais cela ne change en rien le fond de l'affaire et le médecin légiste estime cette hypothèse hautement improbable. La seule femme dont nous ayons eu connaissance dans cette affaire était Martha Peterson, la gouvernante. En premier lieu, nous nous sommes appesantis sur elle. Mais nous avons fait marche arrière, dès lors qu'il était clairement prouvé qu'elle ne pouvait pas s'être trouvée sur le lieu du crime à l'heure où il a été commis. Ensuite nous avons pensé à Billy Green...

– Comme à quelqu'un capable de fermer les yeux tout en vidant le chargeur d'une carabine?

– Quelque chose dans ce genre. Ou il aurait pu tuer Jordon, puis se dire que tant qu'il y était il n'avait qu'à tirer les autres balles. Nous avons également pensé à Stanley Doble, nous basant sur le fait qu'il aurait pu être tellement bourré le soir du crime qu'il ne savait plus ce qu'il faisait. Cependant, aucune de ces hypothèses ne nous donnait satisfaction.

– Là-dessus, je vous ai envoyé Mme Mandell.

– Exact.

– Toutefois, ne serait-il pas possible qu'après avoir tué Jordon avec la première balle, le meurtrier ait continué à faire feu pour une raison qui lui était propre? demanda le rabbin sur un ton obstiné. Ainsi, par exemple, aurait-il pu tirer sur la lampe pour ne pas être vu.

Lanigan ricana.

– Ne croyez-vous pas qu'il aurait été plus simple de tourner le commutateur? Bien entendu, avec beaucoup d'imagination on peut découvrir une raison de tirer sur chacun des objets qui ont été touchés. Il a tiré sur le portrait, car il haïssait l'original. Il a tiré sur le pilulier, car c'est un fanatique de la médecine naturelle, détestant les médicaments. Il...

– Il aurait pu tirer sur l'horloge pour se créer un alibi, observa le rabbin. Il aurait pu l'avancer puis tirer dessus pour l'arrêter.

Le ricanement de Lanigan se fit plus distinct.

– Certainement qu'aucun des éventuels suspects ne dispose d'un alibi, ni Stanley, ni Billy, ni Martha Peterson, ni Gore...

– Il a un alibi, interjeta le rabbin.

– Ce n'est pas un alibi dont il a fait état. Lorsque nous l'avons interrogé, il s'est limité à nous dire qu'il s'était arrêté sur la route de Boston pour donner un coup de fil, peu après huit heures du soir. Or, il aurait pu consolider cet alibi, car dans le bureau de la station-service d'où il avait téléphoné se trouve une grande horloge publicitaire, placée là par quelque marque d'huile de moteur. Rien n'aurait été plus facile que de demander au préposé de la station-service : « Cette horloge est-elle à l'heure? » Or, il ne l'a pas fait. Il ne nous a soumis aucune sorte d'alibi. C'est nous qui avons dû le mettre au jour.

– C'est peut-être la meilleure sorte d'alibi.

– De quelle sorte d'alibi parlez-vous?

– Celui que la police découvre pour vous.

La sonnerie du téléphone retentit; tout en ravalant un juron, Lanigan prit l'appareil :

– Oui, il est là. Une minute, s'il vous plaît. (Puis, il appela :) C'est pour vous, David, c'est Myriam.

Prenant l'appareil, le rabbin s'entendit dire par Myriam :

– David, sais-tu si tu en as pour longtemps? Les Reuben Levy viennent de téléphoner. Ils sont en ville, à Cambridge, pour une noce. Ils n'ont pas téléphoné hier comme c'était sabbat. Ils aimeraient nous voir si c'est possible. J'ai promis de les rappeler.

– Les Reuben Levy?

– Oui, tu te rappelles, du séminaire.

– Bien sûr. La Voix.

– Exactement.

– La Voix est dans la région? Ça, par exemple! Oui, j'aimerais le voir, mais... écoute, si tu le rappelais pour lui demander si tu peux lui téléphoner un peu plus tard.

– Tu veux dire que je devrais lui téléphoner maintenant et... très bien, je comprends.

Le rabbin Small avait l'air très préoccupé en revenant au salon. Lanigan lui sourit gentiment :

– C'est un vieil ami à vous qui vous a téléphoné?

Le rabbin ne répondit point. Il s'arrêta et se tint immobile et tendu, les bras rigides le long du corps, les poings serrés. Il avait la tête penchée en arrière et regardait fixement le plafond.

– Qu'y a-t-il? demanda Lanigan apeuré. Quelque chose qui ne va pas?

Le rabbin se détendit et dit benoîtement :

– Non, je pensais simplement à quelque chose. Dites-moi, vous est-il jamais arrivé de tirer des coups de feu les yeux fermés?

Lanigan cligna des paupières devant le caractère inattendu de la question.

– Non, dit-il prudemment, je ne puis affirmer l'avoir jamais fait.

– Eh bien, moi, je l'ai fait, enchaîna le rabbin avant de raconter son expérience au stand de tir à Revere. Je vois très bien avec mes lunettes, mais dès que je les enlève, c'est comme si je fermais les yeux s'il s'agit de voir à plus d'un mètre.

– Alors pourquoi avez-vous enlevé vos lunettes?

– Parce que j'avais entendu parler du recul, de sorte que j'avais peur de les casser.

– A cause du recul d'une carabine 22 long rifle d'un stand de tir dans un parc d'attractions?

Le rabbin rougit.

– Elles me semblaient être en danger lorsque j'ai épaulé l'arme. Je m'y suis probablement mal pris. Le jeune homme du stand avait l'air amusé. De toute façon, je n'avais pas l'intention de faire un carton, je voulais le faire travailler un peu un jour où il n'y avait guère de clients.

– Et quel fut votre résultat?

Le rabbin sourit.

– J'avais un score parfait.

– Vraiment?

– Hum. Dix tirs, dix loupés. Le préposé pensa que le viseur était peut-être déréglé et me donna une autre arme; mais je n'obtins pas un meilleur résultat. Voyez-vous où je veux en venir?

– La seule conclusion que je tire de votre histoire est que vous êtes un piètre tireur.

– Non, non, il y a plus que cela. Il y avait un petit espace, cinq mètres au maximum, rempli de toutes sortes de choses : rangées de pipes en argile, canards avançant dans une direction tandis que des lièvres bondissaient dans l'autre, un grand cercle sur un pendule bougeant en arrière et en avant. On aurait juré que toute balle tirée en direction de cet ensemble devait toucher quelque chose. Pourtant, tous mes tirs étaient manqués. J'y ai réfléchi après coup en me demandant comment j'avais pu réaliser un score aussi incroyable. Là, j'ai réalisé que le vide occupait beaucoup, beaucoup plus d'espace que les cibles. Là où je veux en venir est que si Molly Mandell ou Martha Peterson avait tiré six balles, les yeux fermés, en direction du sofa, elles auraient atteint le mur ou le plafond. Pour toucher tous ces petits objets...

– La peinture n'est pas petite.

– Oui, mais la balle l'a touchée en plein dans la bouche. Et le pommeau au-dessus du lustre, puis le pilulier, enfin, bien entendu, la victime exactement entre les yeux, ce n'est pas un tir de néophyte. Je dirais plutôt que c'est l'œuvre d'un champion de tir.

Lanigan regarda la rabbin soupçonneusement.

– Essayeriez-vous de me rouler à l'aide d'un tour de passe-passe talmudique... comment dites-vous encore, de pilpil?

– Pilpoul *? Non. Mais je vous propose une autre méthode de raisonnement tirée du Talmud *. Voyez-vous, les vieux érudits qui s'ingéniaient à rechercher la vraie signification des commandements divins étaient très entiers. Pour tester leurs interprétations, ils choisissaient toutes sortes d'exemples et évoquaient toutes les hypothèses envisageables, même si elles étaient fort improbables ou farfelues. Car, uniquement si leur interprétation pouvait s'appliquer à un cas extrême, ils savaient qu'elle était correcte. Cela m'est venu d'un coup à l'esprit lorsque Myriam m'a téléphoné au sujet de Reuben Levy...

– Qui est-ce?

– Un de mes camarades de classe au séminaire. Il me semble vous en avoir parlé une fois. Au lieu de raconter une bonne histoire pour illustrer un sermon, il faisait le contraire en construisant son sermon autour de l'histoire. Vous aviez même observé que c'était comme l'homme qui s'acquit une réputation de champion de tir en commençant par tirer pour dessiner ensuite la cible autour du point d'impact.

– Oui, je me souviens...

– L'idée m'est venue que l'on pouvait faire cela en sens inverse. Mettons que vous disposiez d'une demi-douzaine de cibles et que vous tiriez à chaque fois en plein dans le mille, pour enlever ensuite toutes ces cibles, à une seule exception près. Lorsque ensuite quelqu'un survient et voit tous ces points d'impact éloignés de la seule cible restante, il se dira certainement que c'est l'œuvre d'un piètre tireur et que le coup dans le mille est dû à un pur hasard. Or, je me rappelle que quand nous étions à l'*Agathon*, on nous a spécifié que Gore était un crack du tir, le nº 1 du club. A partir de ces données je vous propose un scénario différent : Un homme, champion de tir, après avoir expédié la victime vers un monde meilleur par une seule balle, bien ajustée entre les deux yeux, se tient là, détendu, confiant, un sourire d'autosatisfaction sur les lèvres, et vide son chargeur en visant un petit objet après l'autre.

– Vous alléguez qu'il a pris le risque de tirer tous ces coups de feu uniquement pour couvrir la précision du premier coup tiré. Ça n'a pas de sens. Il aurait pu...

– Pas pour couvrir le premier coup de feu. Pour couvrir le second.

– Le second?

– Celui ayant frappé l'horloge. Il lui fallait établir un alibi. Aussi, après avoir tué Jordon, il a avancé l'horloge à huit heures et demie, puis a tiré dessus pour l'arrêter, fixant ainsi l'heure présumée du meurtre. Mais s'il avait laissé les choses en l'état après ces deux coups de feu, la police l'aurait immédiatement soupçonné. Par conséquent, il s'est couvert en vidant le chargeur. Ensuite, il lui suffisait de prouver que vers huit heures et demie, il se trouvait loin d'ici.

– Mais, nom de Dieu, il n'a pas établi d'alibi. Je vous ai dit...

– Oh, que si! dit rapidement le rabbin. Il a pris la route de Boston et chemin faisant il s'est arrêté dans une station-service pour donner un coup de fil à partir du bureau. Du moment que ce coup de fil se situait près de l'heure de la fermeture, il y avait de bonnes chances pour que l'employé de la station-service se souvienne quand il a été donné. Par ailleurs, le destinataire du coup de fil peut également se souvenir de l'heure. Si en l'occurrence il s'agit d'une ménagère, elle se rappellera l'heure où elle a servi le dîner, l'heure à laquelle le repas était terminé et le temps qu'il lui a fallu pour la vaisselle, surtout si ensuite elle a dû sortir faire une course. A moins que l'alibi ne doive se situer à la fraction de seconde près, il est certain qu'entre la déclaration de l'employé de la station-service et celle de la ménagère la police aura vite fait de délimiter une plage de temps nettement suffisante pour constituer un alibi. Mais on ne peut pas appeler n'importe qui alors qu'on se trouve sur une route nationale. On ne s'arrête pas histoire d'appeler une vieille connaissance pour lui faire savoir qu'on pense à elle. Il faut que ce soit pour une raison importante. Pour les affaires. Par conséquent, il a téléphoné à Mme Mandell.

Bien qu'impressionné, Lanigan ne voulait pas s'avouer battu. Il se montra même incrédule en demandant sur un ton dégagé :

– Et où est le motif, David? Vous n'allez quand même pas me raconter qu'il a fait cela pour se prouver qu'il était bon tireur.

Le rabbin sourit.

– Pas pour un motif aussi extravagant psychologiquement. A mon avis, il a fait cela pour des raisons financières.

– Pensez-vous au bilan qui n'était pas équilibré?

– J'ai trouvé que c'était notable, cependant...

– Inutile d'insister là-dessus, fit Lanigan. Nous avons fait vérifier le compte de Jordon par un comptable. Il était parfaitement en ordre.

– Ce n'est pas à cela que je pensais, dit le rabbin. J'avais à l'esprit la remarque du révérend Springhurst le soir où nous étions à l'*Agathon*, indiquant que Jordon n'avait ni amis ni famille. Ensuite, il a été dit, en contradiction avec la remarque précitée, que Gore était apparenté à Jordon. Je suppose que cela signifiait que Jordon n'avait pas de proche famille, mais que Gore était un lointain cousin. Cependant, à défaut de plus proche famille, si Jordon mourait intestat, Gore serait naturellement son héritier. Maintenant, supposez que Jordon ait confié à Gore que Billy était son fils et qu'il avait l'intention de faire un testament en sa faveur...

– Je vois où vous voulez en venir, admit Lanigan, et votre version est plausible. Bien entendu, vous êtes conscient qu'il n'y a pas l'ombre d'une preuve de tout ce que vous avancez.

– Des empreintes digitales? proposa le rabbin avec confiance.

– De Gore? Il y en a plein, mais elles ne démontrent rien. Il a passé la soirée ici.

– Je veux dire peut-être sur l'horloge. Billy m'a confié que Jordon tenait beaucoup à cette horloge et qu'il ne permettait à personne de la remonter. Donc, si vous y trouvez les empreintes de Gore, ce serait un début de preuve, non?

Le rabbin s'accroupit pour loucher sur l'horloge renversée par terre.

Lanigan était retourné à la salle à manger pour chercher son dossier et, revenu, était en train de le feuilleter.

– Voyons, voici des agrandissements de différentes

empreintes et... le voilà... un résumé des conclusions d'expertise concernant les empreintes : « Horloge de voiture, par terre; pas d'empreintes. » Je suppose qu'elles ont été nettoyées.

– Mais ce fait n'est-il pas suspect en lui-même? Il devrait y avoir des empreintes, ne serait-ce que celles de Jordon lorsqu'il l'a remontée pour la dernière fois.

– Pas si Martha les a essuyées en faisant le ménage.

– Alors, on devrait y trouver les siennes, observa le rabbin.

– A moins qu'elle n'utilise ces gants de nettoyage dont certaines femmes se servent. J'en ai vu une paire à la cuisine.

Il rejoignit le rabbin pour s'accroupir sur ses talons à côté de lui.

– Comment la remonte-t-on? demanda le rabbin.

– On l'ouvre à l'arrière. (Il la saisit par la poignée de laiton qui la surmontait pour la porter sur la table. Elle avait entre quinze et vingt centimètres de hauteur et le boîtier était composé de plaques rectangulaires de verre biseauté, dont deux avaient été fracassées par la balle, serties dans un cadre en laiton.) On appelle cela une horloge de voiture et habituellement, elles ont un cadre de cuir rembourré. C'est une ancienne horloge de voyage. On la tenait par la poignée et en arrivant à l'auberge ou à l'hôtel, on la plaçait sur le revêtement de la cheminée. Pour la remonter, on la sortait de son cadre en cuir et on ouvrait l'arrière. Voyez-vous cette tige dans le trou là-bas? C'est par là qu'on la remontait. Il fallait une clé.

– Deux clés, rectifia le rabbin. La tige dans le trou central doit servir à déplacer les aiguilles. Elle est plus petite que l'autre. Où pensez-vous qu'il gardait les clés?

– Nous avons au salon une horloge qu'il faut remonter. Nous gardons la clé derrière elle sur la garniture de cheminée.

Il s'avança vers la cheminée et s'exclama :

– Il y a une clé, monsieur le rabbin, mais une clé double. Une extrémité sert à remonter le mécanisme et l'autre à déplacer les aiguilles. Celle que nous avons à la maison, on la remonte à l'avant et les aiguilles se déplacent à la main.

– Martha ne se sera pas attardée à essuyer cette clé, dit le rabbin, particulièrement si on la gardait derrière l'horloge.

– Certainement pas, si elle portait les gants de nettoyage. (Il reprit son dossier.) Le résumé ne mentionne pas cette clé. Je doute que notre expert l'ait examinée pour les empreintes digitales. Je vais lui téléphoner.

52.

Alors qu'ils étaient assis dans la salle à manger à attendre l'expert de l'identité judiciaire, Lanigan méditait sur l'affaire.

– J'avais éliminé Gore de la liste des suspects même avant que nous eussions mis au jour son alibi. J'estimais qu'il était la seule personne qui ne pouvait pas avoir commis le meurtre, car il était le seul à savoir qu'il y avait encore quelqu'un dans la maison. En effet, lui seul était présent quand Billy fut renvoyé dans sa chambre pour y être enfermé. D'une manière ou d'une autre, il devait avoir découvert que Billy était parti.

Le rabbin acquiesça.

– Lorsque j'ai rencontré Billy sur l'île, il m'a raconté que Gore savait qu'il le faisait à chaque fois que Jordon l'envoyait dans sa chambre. Il l'avait mis au courant et ils en avaient ri. Toutefois, je ne pense pas que Gore se soit contenté de tabler sur une probabilité. Il a dû entendre ouvrir la fenêtre...

– Certainement, elle a un cadre en bois et la porte de

la chambre est mince. Il a suffi à Gore de se tenir à proximité de la porte pour qu'il puisse tout entendre, concéda Lanigan.

Ils parlèrent de Gore et du genre d'homme qu'il était.

– Il jouit d'une bonne réputation en ville, exposa Lanigan. Esprit orienté vers le bien public comme le dénote, par exemple, la mise sur pied de cette exposition d'argenterie. Il est divorcé et je me suis laissé dire à l'époque que son divorce pouvait être imputable à cette orientation. Vous savez, quand on s'active pour toutes sortes de causes, on n'est pas très souvent à la maison. Je ne sais pas ce qu'il gagne comme P-DG de la banque, mais son train de vie est modeste. Si nous menons une enquête, il se peut que nous découvrions qu'il s'adonnait à des jeux de hasard. S'il avait des problèmes d'argent, les millions de Jordon pouvaient lui être d'un grand secours.

– Il n'est pas indispensable d'avoir des problèmes d'argent pour essayer de s'approprier quelques millions, observa le rabbin.

– Voilà qui est certain.

– Et dès lors qu'il était sûr que l'argent lui reviendrait, il a pu, au bout d'un moment, en venir à penser qu'en réalité cet argent lui appartenait et que Jordon n'en était qu'une sorte de gardien temporaire.

La sonnerie de la porte d'entrée retentit. C'était l'expert de l'identité judiciaire. Lanigan s'avança vers le revêtement de la cheminée pour désigner la clé du doigt :

– Lorsque vous avez relevé les empreintes, Joe, vous êtes-vous occupé de cette clé?

– Je ne l'avais même pas vue, chef. (Il se crut obligé de se défendre.) Écoutez, on ne peut pas tout vérifier. Ou alors il faudrait que nous restions là pendant toute une semaine. On vérifie l'essentiel. Ainsi, par exemple, je ne me suis pas occupé du plafond, ni du plancher ou...

– Ça va, ça va, Joe. Personne ne vous critique. Je veux uniquement que maintenant vous vous occupiez de cette clé.

Ils l'observèrent tandis qu'il mettait la poudre sur la clé puis l'examinait avec le verre grossissant.

– Ah, voilà une belle empreinte. Une empreinte de pouce. Je suis tout à fait certain qu'il s'agit d'un pouce droit.

– D'accord, Joe, voilà les agrandissements des différentes empreintes que vous avez relevées. J'aimerais que vous contrôliez si celle-ci correspond à l'une d'entre elles.

– Je reconnais celle-ci, commissaire. C'est celle d'Ellsworth Jordon.

– Oh!

Lanigan et le rabbin poussèrent tous les deux le même cri de désappointement. Lanigan secoua la tête en signe de dépit et de frustration; le rabbin toutefois dit :

– Qu'en est-il de l'autre côté? en désignant la clé. Cette empreinte se trouve vers la grosse cavité servant à remonter le mécanisme. Peut-être y en a-t-il une autre vers la petite cavité servant au déplacement des aiguilles.

– C'est une idée, concéda Joe.

Il sortit un petit tournevis de sa poche pour en insérer la pointe dans la cavité et retourner la clé. Une fois de plus, il mit la poudre avant d'annoncer un instant après :

– Oui, et cette fois-ci, c'est une autre empreinte.

– En êtes-vous sûr? demanda Lanigan avec ardeur.

– Sûr et certain, commissaire! (Le ton de Joe était plein de reproches.) Je ne peux pas me tromper au sujet de celle-ci. Il y a une petite cicatrice linéaire qui appartient à Lawrence Gore.

– Qu'est-ce qui vous a amené à penser à Gore? demanda Lanigan. Y aviez-vous pensé avant le coup de fil de Myriam?

Le rabbin acquiesça.

– A partir du moment où j'ai entendu parler de ce bilan trimestriel que Molly Mandell avait essayé de remettre à Jordon. Pour me montrer combien elle avait agi légèrement, son époux m'a dit qu'il n'était même pas équilibré.

– Oui, il m'en a également parlé. Et vous l'avez mentionné. Était-ce une idée à vous que Gore piquait dans la caisse? Ce n'était pas le cas. Nous avons vérifié.

– Non, je n'ai jamais eu cette idée. Ce que j'ai trouvé étrange, c'est que, sachant que les comptes n'étaient pas équilibrés, Gore tenait néanmoins à ce que Molly les remette à Jordon. D'un côté, Gore craignait terriblement que le bilan arrive avec un jour de retard et de l'autre il semblait indifférent au fait qu'il ne soit pas équilibré. C'était tout à fait illogique. Normalement, il aurait dû dire qu'il n'y avait pas lieu de remettre le bilan avant qu'il soit corrigé, car un bilan non équilibré risquait d'indisposer Jordon bien plus qu'un retard.

– Oui, concéda Lanigan. Maintenant que j'y pense...

– Alors, il m'est venu à l'esprit que Gore ne faisait aucune objection à ce que Molly le porte tel quel, sachant que le risque était nul pour la bonne raison que Jordon était mort.

53.

Le rabbin Reuben Levy avait pris du poids depuis que le rabbin Small l'avait vu pour la dernière fois. Il se souvenait de lui comme de quelqu'un d'élancé et de presque maladivement maigre, mais au long des années il s'était arrondi et commençait même à présenter une bedaine.

Lorsque le rabbin Small lui en fit la remarque, le rabbin Levy dit tristement :

– Je sais, je sais. Notre communauté compte plus de mille familles, et il se passe à peine un jour sans bar-mitzwa *, fiançailles ou noce. Nous figurons toujours parmi les invités. Dans ces conditions, il est difficile de garder la ligne.

Sa belle voix de baryton était plus riche et plus sonore que dans le temps. En plus il avait l'aplomb et l'assurance correspondants. Ils étaient assis dans le bar de l'élégant et dispendieux hôtel *Lafayette* à Cambridge, et le rabbin Small et Myriam étaient impressionnés par son aptitude à déplacer un barman par un simple hochement de la tête ou un mouvement du menton.

Mme Levy, en sa qualité d'épouse d'un rabbin éminent, avait également de l'assurance et de l'aplomb. Non qu'elle prît des airs protecteurs ou condescendants, mais elle manifestait le raffinement d'une bourgeoise de grande ville.

Les deux rabbins parlèrent de leurs anciens camarades de promotion; le rabbin Levy venant de la région de New York, c'est-à-dire du principal centre des activités, était au courant de que faisait la majorité d'entre eux, dans quelles communautés ils officiaient et quels étaient leurs problèmes.

– Et pour toi, David, comment cela se passe-t-il avec ta communauté? demanda-t-il.

– Oh! j'ai également mes problèmes! répliqua le rabbin Small.

– Tu as bien un contrat à vie, n'est-ce pas?

Myriam prit la parole :

– On lui en a proposé un il y a quelques années, et il l'a refusé. Il préfère être employé sur la base d'un contrat renouvelable annuellement.

Le rabbin Levy ouvrit de grands yeux.
– Mais pourquoi, David?
Le rabbin Small haussa les épaules.
– Je préfère cette formule; je me sens plus libre.
– Mais n'y a-t-il pas de chamaillerie chaque année au moment où ton contrat doit être renouvelé?
– Occasionnellement, admit le rabbin Small.
– Il y en a une précisément en ce moment, intervint Myriam, pour l'année à venir, et David refuse de remuer ne serait-ce que le petit doigt à ce sujet.
– Là tu as tort, David, fit Levy avec emphase. Nous ne devons jamais oublier qu'un rabbin sert une communauté en la dirigeant de la même façon qu'un chef d'orchestre dirige un grand orchestre symphonique. Et de même que le chef doit pouvoir compter sur l'absolue loyauté des premiers violons pour contrôler son orchestre, le rabbin doit s'appuyer sur un noyau dur (il montra le poing pour symboliser le noyau dur) d'amis fidèles parmi les dirigeants de la communauté, qui soutiendront sa politique, feront avancer ses projets et, oui, prendront son parti en cas de conflit.
Il semblait au rabbin Small que Levy était en train de citer des extraits d'un sermon ou peut-être d'une allocution prononcée devant un groupe d'étudiants rabbins. A moins, admit-il après réflexion, que son esprit ne travaille de cette façon.
– Je tâcherai de m'en souvenir, Reuben, dit-il.

Il était minuit passé quand ils se quittèrent et que les Small arrivèrent à leur voiture pour couvrir le long trajet de Cambridge à Barnard's Crossing. Après avoir tâtonné un moment autour de la serrure de la portière, le rabbin Small donna les clés à son épouse en disant :
– Je crois qu'il vaut mieux que tu conduises. Je dois avoir bu un peu plus que de raison.
– Te sens-tu bien, mon cher? demanda-t-elle avec anxiété.

– Oh! je suis très bien, mais je m'attends à avoir la gueule de bois demain matin!

Le lendemain matin, il eut mal à la tête et se réveilla trop tard pour aller à l'office. En fait, quand Lanigan vint le voir juste avant midi, il était encore en robe de chambre et en pantoufles. Il avait repris le dessus, mais avait toujours l'air vanné.

Lanigan le regarda d'un œil critique.

– Vous couvez une grippe ou vous avez fait la nouba hier soir?

– Je crains d'avoir célébré un peu plus que de raison mes retrouvailles avec un vieux camarade d'études. Mon Dieu, comment arrivez-vous à absorber tout ce que vous buvez?

– Est-ce la première fois? s'enquit gentiment Lanigan.

– Pas vraiment. A la veillée de Pâque, la tradition veut que nous vidions quatre coupes de vin, et à plusieurs reprises cela m'a tourné la tête. Puis il y a Sim'hat-Tora *, lorsque nous terminons la Lecture du rouleau de la Loi pour tout de suite recommencer; on a tendance à exprimer sa joie et son bonheur, parfois avec un peu trop d'enthousiasme. Puis la fête de Pourim *, où les excès sont presque recommandés.

– N'est-ce pas terrible? fit Myriam.

Lanigan rit.

– D'après les on-dit, le jus de tomate serait un bon remède. J'ai fait un saut chez vous pour vous apprendre comment les choses avancent. J'estime que vous avez le droit de savoir. Nous avons arrêté Gore hier soir, et cela a fait un des titres des informations ce matin. Les avez-vous écoutées?

Le rabbin secoua la tête.

– J'ai dormi jusqu'à dix heures.

– Je n'en doute point, dit Lanigan en ricanant. Tout

ce qui a été annoncé c'est que Gore a été appréhendé dans le cadre de l'enquête concernant le meurtre de Jordon. Nous espérons vous fournir des renseignements complémentaires aux informations de la mi-journée.

– Comment a-t-il réagi quand...

– J'ai tenu à conduire moi-même notre petite expédition. Je ne voulais pas qu'il y ait des pépins, que l'on oublie par exemple de lui faire part de ses droits. Et savez-vous ce qu'il a dit? Il a dit : « C'était une belle série de tirs, non? » Que pensez-vous de cela?

– Eh bien, je pense que les gens s'inventent des motifs de fierté de toutes sortes.

– Il s'est montré très ouvert, constatant que nous le tenions pieds et poings liés. Toutefois, il s'est mis en colère une fois, lorsque Jennings a évoqué Billy. Il a insisté sur le fait qu'il n'avait jamais eu l'intention de faire porter le chapeau à Billy. Il l'a répété plusieurs fois.

Le rabbin hocha la tête.

– Je pense que cela devait le travailler. Il était certainement conscient de ce que les soupçons se porteraient probablement sur Billy. A-t-il ajouté qu'il serait venu se dénoncer si Billy était accusé?

– Je ne lui ai pas posé la question.

– Et Billy?

– Je suis allé le voir ce matin sur l'île.

– Pour lui dire qu'il était libre de la quitter?

– Allons, David, nous ne l'avons jamais inculpé. Il était libre de partir à tout moment si tel était son bon plaisir.

– A condition de savoir bien nager ou de louer un bateau?

Lanigan prit un air penaud.

– J'admets qu'il y avait quelques entraves, on peut dire...

– Et comment a-t-il réagi en apprenant les nouvelles concernant Gore?

– Eh bien, c'est très intéressant. Il a dit qu'il n'était pas surpris. Il pensait que c'était probablement Gore qui avait fait le coup. Car quand il est sorti par la fenêtre, Gore était seul avec Jordon. Et aussi parce que ce dernier a été tué par un magnifique tir juste entre les deux yeux. Quand ensuite je lui ai parlé des autres tirs et de l'alibi de Gore, tout ce qu'il m'a dit, c'était : « Ah, bon », comme si cela n'avait aucune importance. Que pensez-vous de cela?

Le rabbin sourit.

– Je suppose que cela démontre qu'on peut allier l'âge, l'expérience et la sagesse de la maturité et se tromper lourdement. Que va-t-il faire maintenant? Retourner à New York?

– Non. Il aime la vie sur l'île et désire y rester jusqu'à la fête du Thanksgiving quand le travail sera à peu près terminé. Sa mère rentrera à ce moment et entre-temps il préfère attendre son retour sur l'île. A propos, il a demandé qu'on le rappelle à votre souvenir. Il vient sur le continent avec les Hegerty pour le week-end et demande si vous seriez disposé à le voir.

– J'en serais très heureux. Quand vient-il? Vendredi? Samedi?

– Peut-être aimerait-il venir pour le repas du vendredi soir? intervint Myriam.

– Je suis certain qu'il apprécierait beaucoup, opina Lanigan. Je lui dirai.

– C'est Ben Segal qui m'a aiguillé sur lui, enchaîna le rabbin. Si nous invitions également les Segal, Myriam?

– Parfait. Je leur téléphonerai, dit-elle. Je suis sûre qu'ils aimeront un repas confectionné à la maison.

La lettre arriva par le courrier de mardi. Le rabbin décacheta l'enveloppe et lut : « Monsieur le Rabbin, nous vous informons par la présente que le Conseil d'administration a décidé le renouvellement... »

Myriam, ayant entendu le coup de sonnette du facteur, arriva de la cuisine :

– Du nouveau? demanda-t-elle.

– Pas grand-chose, dit-il en lui tendant la lettre.

Elle essaya de cacher son soulagement et sa joie tandis qu'elle lisait. Elle arriva même à faire la grosse voix pour formuler :

– Ils auront pris le temps!

Enfin, elle rit :

– Oh! David, je suis si heureuse!

Il lui sourit.

– Tu vois, je n'avais même pas besoin de remuer le petit doigt.

GLOSSAIRE

des termes hébreux et yiddish

Apicoyres : Mot yiddish signifiant hérétique, libre penseur.

Bar-mitzwa : Littéralement en hébreu « fils du commandement ». Cérémonie de confirmation par laquelle le jeune juif accède à la majorité religieuse. En principe, elle se situe à son treizième anniversaire; toutefois, dans certaines communautés dites réformées, essentiellement aux États-Unis, elle est célébrée à quinze-seize ans.

Chatnes : Mot hébreu; tissu mixte de laine et de lin ou de coton, dont le port est interdit par la loi rabbinique.

Chabat Chalom : Salutation sabbatique équivalant à « bon dimanche ».

Havdala : Terme hébraïque signifiant séparation, différence. Cérémonie marquant la fin du sabbat, c'est-à-dire la séparation du sacré et du profane.

Kaddish : Prière de sanctification prononcée par les fidèles en deuil ou lors des anniversaires de deuil.

Kol Nidré : Prière qui inaugure le Yom Kippour, principale solennité de l'année religieuse juive au cours de laquelle les fidèles jeûnent pendant vingt-cinq heures.

Maïven : Mot yiddish d'origine hébraïque signifiant expert, connaisseur.

MEZOUZA : Tube métallique souvent ouvragé renfermant un parchemin sur lequel est écrite la profession de foi juive.

MITZWA : Mot hébreu signifiant en même temps commandement religieux et bonne action.

MYNIAN : Mot hébreu signifiant « quorum ». Pour célébrer un office, il faut un « mynian », c'est-à-dire la présence d'au moins dix fidèles de sexe masculin ayant atteint l'âge de la majorité religieuse.

PILPOUL : Mot hébreu; argumentation subtile, dialectique talmudique.

POURIM : Carnaval juif, commémorant la débâcle du persécuteur Haman, telle qu'elle est relatée dans *Esther* par Racine.

SIM'HAT TORA : Mot à mot « fête de la Tora ». Fête marquant chaque année la fin de la Lecture du rouleau de la Tora et le recommencement concomitant, chaque semaine étant caractérisée par la lecture d'un passage.

SOUCCA : Mot hébreu signifiant « cabane ». A l'automne de chaque année, les fidèles prennent leurs repas dans des cabanes lors de la fête de Souccoth, c'est-à-dire des cabanes pour célébrer la protection de Dieu durant le séjour dans le désert après la sortie d'Égypte.

TALMUD : Mot hébreu signifiant « étude, enseignement ». Vaste recueil d'interprétations et de commentaires sur la Tora.

TORA : Mot hébreu signifiant « loi ». Il s'agit du Pentateuque (cinq livres de Moïse) constituant la première partie de la Bible et le code écrit du judaïsme.

YOM KIPPOUR : Locution hébraïque, « jour du Grand Pardon ». Pendant toute une journée allant d'une tombée de la nuit à la suivante, les fidèles se privent de toute nourriture et se consacrent à la prière, au repentir et à la méditation.

Cet ouvrage a été réalisé
par la SOCIÉTÉ NOUVELLE FIRMIN-DIDOT
Mesnil-sur-l'Estrée
pour le compte de Christian Bourgois Éditeur
le 8 juin 1989

Imprimé en France
Dépôt légal : juin 1989
Nº d'édition : 1928 – Nº d'impression : 12023